WAMPIR
Z MO

fabryka słów
WYDAWNICTWO

ANDRZEJ PILIPIUK

WAMPIR Z MO

ILUSTRACJE
ANDRZEJ ŁASKI

fabryka słów

LUBLIN 2013

SPIS RZECZY

WYDANIE I

ISBN 978-83-7574-866-6

PROJEKT I ADIUSTACJA AUTORSKA WYDANIA Eryk Górski, Robert Łakuta

PROJEKT OKŁADKI Paweł Zaręba

GRAFIKA NA OKŁADCE ORAZ ILUSTRACJE Andrzej Łaski

REDAKCJA Rafał Dębski

KOREKTA Magdalena Byrska

SKŁAD „Grafficon" Konrad Kućmiński

SPRZEDAŻ INTERNETOWA
fabryka.pl ponad normę

ZAMÓWIENIA HURTOWE
Firma Księgarska Olesiejuk sp. z o.o. S.K.A.
05-850 Ożarów Mazowiecki, ul. Poznańska 91
tel./faks: 22 721 30 00
www.olesiejuk.pl, e-mail: hurt@olesiejuk.pl

WYDAWCA
Fabryka Słów sp. z o.o.
20-834 Lublin, ul. Irysowa 25a
tel.: 81 524 08 88, faks: 81 524 08 91
www.fabrykaslow.com.pl
e-mail: biuro@fabrykaslow.com.pl

DRUK I OPRAWA CPI MORAVIA BOOKS www.cpi-moravia.com

WAMPIR Z MO

Towarzysz Pierwszy zmęczonym ruchem zdjął ciemne okulary i położył na blacie biurka. Jego gość niespokojnie kręcił tłustym zadem na krześle.

– Sytuacja międzynarodowa jest napięta – powiedział dygnitarz. – Zagraniczne stacje telewizyjne bez przerwy trąbią o opresyjności naszego systemu... Ich najemni pismacy non stop zaczerniają szpalty gazet pochwałami solidarnościowej ekstremy. Trzeba coś zrobić, aby cały ten bajzel odwrócić na naszą korzyść. Macie jakieś propozycje? – Podniósł głowę i rzucił spojrzeniem jak cegłą.

Rzecznik rządu na widok wrzecionowatych, jakby kocich źrenic poczuł nieprzyjemny dreszcz na karku. Odstające uszka zatrzęsły się jak galareta.

– Najlepsza będzie oczywiście najbardziej sprawdzona metoda, to znaczy prowokacja – bąknął. – Mam tym razem naprawdę wredny pomysł.

– Kontynuujcie.

– Media na Zachodzie mają kompletnie fałszywy obraz Solidarności... To znaczy... – zaplątał się. – Sęk w tym, że mają prawdziwy, ale odbiega on znacznie od tego, jaki powinni mieć! Nasza propaganda jest zbyt mało finezyjna, żeby ktokolwiek dał się na nią nabrać.

– Zajmują się nią najlepsi, wierni i wypróbowani towarzysze.

– O pochodzeniu robotniczo-chłopskim, co, niestety, negatywnie rzutuje na jakość ich pracy. Walą jak młotkiem, a tu potrzeba małego młoteczka i dłutka cienkiego jak szpilka. Finezji. Proponuję dokonać dziś małej, starannie wyreżyserowanej awantury, która pokaże skrajne zezwierzęcenie naszej klasy robotniczej, ze szczególnym uwzględnieniem jej reakcyjnej części...

– Do rzeczy.

– Urządzimy kontrolowaną zadymę. Robotnicy napadną na ZOMO. Na ich czele ustawimy naszych prowokatorów. Przejrzałem katalog i wybrałem najbardziej mordziastych żuli idących na naszej smyczy. Burdę sfilmujemy. Pokażemy film na wieczornej konferencji prasowej i cały świat zachodni oniemieje ze zgrozy i obrzydzenia.

– Mordziastych? – podchwycił Pierwszy.

– Proszę, oto katalog.

Rzecznik wręczył szefowi album. Generał otworzył go na przypadkowej stronie i aż rzuciło go w tył. Gapiły się na niego gęby niczym z sennego koszmaru. Niedogolona szczecina, połamane nosy, pryszcze i plamy nadawały fizjonomiom wygląd nieomal zwierzęcych pysków.

– Gdzie się, u diabła, tacy lęgną?! – jęknął.

– W melinach na Woli wyszukaliśmy. Oczywiście jeszcze ich trochę podmalujemy. Odegrają nam tę scenkę. Dla odmiany zomowców wybraliśmy najładniejszych. Chłopcy, jakich przyjemnie spotkać na ulicy czy to w dzień, czy w nocy...

Podsunął drugi album. Generał przeglądał go z przyjemnością. Młodzi, wymuskani milicjanci byli faktycznie jak malowani. Szlachetne, sympatyczne, jasne i uśmiechnięte robotniczo-chłopskie twarze.

– Ten film uzmysłowi zgniłemu Zachodowi, że to my stoimy na straży kultury i cywilizacji, zaś reakcjoniści to coś w rodzaju nieomal małp człekokształtnych!

– Genialne – pochwalił dygnitarz. – A ci żule... Są pewni? Może by ich potem... – Wykonał dłońmi gest skręcania karku. – Tak na wszelki wypadek.

Rzecznikowi gruba kropla potu spłynęła po karku.

– Nie trzeba. To nasi ludzie.

– Nasi ludzie z takimi mordami!?

– Byli ludzie. Starzy ubecy na emeryturze, alkoholicy wylani z milicji, dawni żołnierze z KBW... Rozumiecie, towarzyszu, życie ich nie rozpieszczało, ciągłe użeranie się z reakcjonistami powoduje nerwice, choroby... Ludzie nie wytrzymują napięcia, zaczynają pić, z czasem, niestety, spalają się na taki żużel. To właśnie dlatego każdy rok przepracowany w organach liczy się do emerytury jak trzy lata...

– Dziwne – mruknął generał. – Mnie nie spaliło.

– Wszystko zależy od materiału ludzkiego. Ogień walki jednych spopieli, innych wypiecze jak najtwardszą cegłę, a z nielicznych wytopi prawdziwą stal – podlizał się bezwstydnie rzecznik. – W każdym razie wszyscy już z nami współpracowali. Warunki udziału w maskaradzie wynegocjowaliśmy takie. Po pierwsze nie narobią takiego smrodu u siebie na dzielnicy, zażądali transportu na Pragę. Po drugie wynagrodzenie. – Skrzywił się. – Litr wódki na łba i po dziesięć rolek papieru toaletowego.

– Sporo – syknął generał. – Ilu weźmie udział?

– Dwudziestu pięciu.

– Dwieście pięćdziesiąt rolek skrajnie deficytowego towaru? Cholernie dużo!

– W praktyce trzysta, trzeba mieć rezerwę na nieprzewidziane okoliczności. Wiem, że to dużo, ale gra idzie o naprawdę wysoką stawkę. Efekty będą olśniewające. Po akcji domagają się też bezpiecznej ewakuacji za Wisłę.

Generał skrzywił się strasznie i kiwnął głową.

– Kto pokieruje naszymi siłami?

– Major Wiecheć z Cyryla i Metodego. To doświadczony, twardy zomowiec. Nie takie już zadania mu powierzaliśmy. Łapy ma ubabrane we krwi po same łokcie. Nie da plamy. I nie może dać, bo punkt najważniejszy całej zadymy to trup!

– Trup?

– Zachód bez przerwy wywleka nam jakieś bzdury o nieznanych sprawcach. Pokażemy, że i po naszej stronie padają ofiary. I pokażemy, jak padają nieomal na oczach kamer. Doprowadzimy do starcia i w zamieszaniu podłożymy na ulicy nieboszczyka w milicyjnym mundurze!

– Skąd go weźmiecie?

– Z chłodni. Chyba że major skombinuje coś świeższego.

– Akceptuję plan. – Generał kiwnął głową. – Tylko że milicja nie ma w magazynach takich zapasów srajtaśmy. Będę musiał naruszyć prywatne rezerwy...

Marek popylał wesoło swoim maluszkiem ulicą Radzymińską. Po zmianie filtra powietrza autko pruło aż miło. Silnik grał jak płuca nałogowego palacza.

– Dawno już trzeba było zrobić ten remont. – Uśmiechnął się pod nosem. – Jeszcze nad hamulcami trzeba chwilę podłubać i tę dziurę, co wyrdzewiała w podwoziu, trzeba załatać. O cholera!

Za późno spostrzegł, że wpakował się prosto w pułapkę. Na chodniku parkował milicyjny polonez. Funkcjonariusz zamachał lizakiem. W pierwszej chwili wampir chciał dodać gazu i uciekać, ale jak na złość obok poloneza stał jeszcze motocykl. I to jakiś lepszy, nie byle wueska. Ślusarz, klnąc pod nosem, zjechał na pobocze. Gliniarz podszedł.

– Dzień dobry, prawo jazdy, papiery wozu...

– Eeee... – wykrztusił ślusarz. – Problem w tym, że ja nie mam prawa jazdy.

– Zostawiliście w domu? – Gliniarz był chyba tego dnia nastawiony do społeczeństwa pozytywnie i wyrozumiale.

– Tak, w domu – zełgał wampir. – Zapomniałem zabrać.

– Zatem dowodzik osobisty.

– Też nie zabrałem.

– No co wy, obywatelu, przecież człowiek bez dowodu w ogóle nie istnieje. – Gliniarz spoważniał, ale jeszcze nie kazał wysiadać.

Ślusarz uznał, że jest cień szansy, by wyplątać się z kabały.

– Tak sobie myślę, może ma pan ochotę porozmawiać ze znanym kompozytorem? – Nieznacznym ruchem wyciągnął z kieszeni na piersi rożek zielonego banknotu z Chopinem.

– Niestety, nie dzisiaj – pokręcił głową mundurowy. – Innym razem z przyjemnością, ale dziś akurat jak na złość mamy limit do złapania.

Drugi policjant skończył konsultacje przez radiotelefon, wysiadł z poloneza i podszedł. Minę miał grobową.

– Czyj to samochód? – zapytał.

Teraz dopiero ślusarz zrozumiał, że ma naprawdę przerąbane.

– Mojego wujka, Apolinarego Nowaka – powiedział z rezygnacją.

– To by się nawet zgadzało – mruknął gliniarz. – Tylko że ten pański wujek nie żyje od czterech lat. Autko zapisał panu w testamencie czy jak? Samochód należało już dawno przerejestrować.

– Eee...

– No cóż, w takim razie zapraszamy na komisariat, tam pan sobie wszystko przypomni ze szczegółami. I to, jak się pan z wujkiem umówił, i dlaczego nadal jeździ pan autem, i może nawet jaka była przyczyna zgonu wujaszka.

Kwadrans później Marek skuty kajdankami jechał już nyską na komendę. Ławka była twarda. Autem trzęsło na każdym wyboju. Linoleum cuchnęło. Kratki w oknach też nie nastrajały optymistycznie.

– Diabli nadali – pomyślał. – Leżę i kwiczę...

Sprawa z samochodem była kompletnie beznadziejna. Ślusarz wyuczył się jeździć autem jeszcze w czasie drugiej wojny światowej. Problem w tym, że już wówczas, będąc wampirem, nie mógł sobie zrobić zdjęcia, a co za tym idzie – nie miał jak wyrobić prawa jazdy. Doszedł więc do logicznego wniosku, że przecież może jeździć bez. Przez cztery dekady, o ile oczywiście miał jakieś cztery kółka, jeździł i nic się nie działo. Udawało mu się jakoś unikać kontroli. Aż do teraz. Z maluszkiem był podobny problem. Marek zebrał pieniądze, ale nie mógł zrobić przedpłat. Za parę groszy ekstra wręczonych pod stołem wóz kupił na siebie jeden jego ciepły znajomek i także na siebie zarejestrował.

Nim Marek zdołał obmyślić jakiś błyskotliwy plan zrobienia gliniarzy w konia, dojechali na miejsce. Nyska wjechała na dziedziniec podwórza przy Cyryla i Metodego. Marka poprowadzili tylnym wejściem, po betonowych schodkach na piętro. Po drodze przez otwarte drzwi zobaczył salę odpraw. Czterej milicjanci rozłożyli na szerokich stołach ekwipunek ZOMO. Wzmacniane stalą buciory, tarcze z grubego plastiku, pały, hełmy z przyłbicami. Sprawdzali rutynowo wiązania tarcz, rzemienie pałek, zasłony kasków. Jeden przewlekał nowe sznurówki w kilku parach trepów.

Ulala... – pomyślał wampir na ten widok. Po południu szykuje się na mieście jakaś grubsza zadyma...

Konwojenci wepchnęli go do pokoju przesłuchań. Za biurkiem siedział młody glinowinka w stopniu szeregowca.

– Proszę siadać – wskazał zydel – i zeznawać! Najpierw imię i nazwisko.

– Olgierd Kowalski – zełgał wampir.

– Adres?

– Łochowska jeden przez dwadzieścia dziewięć – kolejne kłamstwo spłynęło gładko z ust.

W sąsiednim pokoju chyba kogoś bili, bo dobiegał stamtąd łomot i jakieś skowyty. Niewykluczone też, że dźwięki nagrano wcześniej i teraz puszczano z magnetofonu, by zmiękczyć zatrzymanych.

– Proszę własnymi słowami opisać przebieg zdarzenia.

– Jadę sobie spokojnie ulicą, nie łamię żadnych przepisów, a tu naraz bez żadnego uzasadnionego powodu zostaję zatrzymany...

– Proszę nie opowiadać bajek – zdenerwował się gliniarczyk, patrząc w notatkę służbową kolegów, którzy dokonali zatrzymania. – Przecież złamał pan przepisy, nie mając przy sobie prawa jazdy ani dowodu osobistego.

– Co do prawa jazdy zgoda, ale nie ma obowiązku noszenia dowodu osobistego!

– Obowiązku noszenia nie ma, ale jest obowiązek okazywania go w razie kontroli. Nie potrafiliście go okazać, a to oznacza kłopoty.

W tym momencie do pomieszczenia wszedł jakiś wyższy rangą gliniarz.

– Chodźcie no, szeregowy, pomożecie pięć minutek, rękę pokancerowałem na tej cinkciarskiej mordzie...

Pokazał pokrwawioną dłoń.

– Siedźcie, zaraz wracam – rzucił do Marka milicjant i wybiegł, zatrzaskując drzwi.

Wampir poderwał się i doskoczył do okna. Niestety, było zakratowane. Nie tędy droga. Drzwi od środka nie miały klamki.

Wyjście jest w sumie jedno, pomyślał. Trzeba udać trupa... Dla gliniarzy nieboszczyk na posterunku to grubszy problem. Wyniosą mnie cichcem, rzucą gdzieś w krzakach, albo i zakopią. No to się wykopię. Nie pierwszy raz, nie ostatni. A samochód może jakoś się potem odzyska...

Ułożył się wygodnie na lastriko, zamknął oczy i przestał oddychać. Glinowinka wrócił po chwili. Oczywiście najpierw powrzeszczał, potem kopnął aresztanta raz i drugi, wreszcie widząc, że ten nie reaguje, zmierzył mu puls. Potem miotał się po gabinecie przesłuchań jak dziki zwierz w klatce, aż na koniec pobiegł po zwierzchnika.

– Nie żyje!? – Dowódca rozpłynął się w uśmiechu. – To wspaniale! Właśnie tego było mi dziś trzeba!

– Nawet nie zdążyłem mu pałą przywalić – tłumaczył się przesłuchujący. – Może się milicji wystraszył i zawał miał albo coś! Ale nie możemy go pokroić, bo jak nie ma dokumentów, to nie da się wystawić aktu zgonu. A bez aktu zgonu nie wolno zrobić sekcji...

– Daj spokój, ten nieboszczyk to prawdziwy dar od losu. Jak na zamówienie! Mamy trupa... bez dokumentów. Czyli oficjalnie tak, jakby go wcale nie było... Przyda się do popołudniowej prowokacji!

– Myśli pan? – Szeregowy miał niepewną minę.

– Jestem absolutnie pewien! Przebrać go w mundur, na nosze i do sali odpraw!

Po chwili Marek, wystrojony jak stróż w Boże Ciało, wylądował na noszach piętro niżej. Czekało tu już około pięćdziesięciu funkcjonariuszy.

– Dobra. – Major poklepał się pałką po wnętrzu dłoni. – Omówimy szczegóły dzisiejszej akcji. Zadymę robimy na ulicy Strzeleckiej, odcinek na wschód od ulicy Szwedzkiej. – Końcówką pałki wodził po tablicy, na której narysowany był plan sytuacyjny. – Jest tam boczne wyjście z zakładów „Pollena". A na końcu brama zajezdni autobusowej. O piętnastej kończy się zmiana. Udający roboli prowokatorzy atakują ulicą. Biegną ławą, uzbrojeni w pały i gazrurki. Członkowie ZOMO bronią się tutaj. Film z zajścia będzie na wszelki wypadek bez dźwięku. Kontakt z demonstrantami przy użyciu tarcz. Unikajcie pałowania, żeby nie trafić kogoś z prowokatorów. Wycofujecie się, porzucając trupa. Pięćdziesiąt metrów w tył, dochodzicie w to miejsce. Udajecie, że spostrzegliście leżącego kolegę, dwie suki biorą tłum armatkami wodnymi, atakujecie do przodu ławą, otaczacie trupa, ściągacie karetkę.

– W karetce będą nasi ludzie? – zapytał ktoś.

– Nie, zupełnie przypadkowa załoga, obiektywni, niezależni, niepowiązani... To wspaniale uprawdopodobni całą akcję w oczach Zachodu. Zwijamy się, film musi trafić na biurko rzecznika rządu jak najszybciej.

– Nie trzeba tego trupa zmasakrować trochę? – Jeden z zomowców krytycznie spojrzał na Marka. – Za świeży jest.

– Wytarzamy w błocie i będzie dobrze. A teraz do wozów! Tworzymy dziś historię!

– O, w mordę, znowu?! – jęknął ktoś, ale major, choć odwrócił się naprawdę szybko, nie zdołał spostrzec kto.

Szpaler zomowców zajął stanowisko u wylotu uliczki. Prowokatorzy już krążyli. Dochodziła piętnasta i w bramie pojawili się wychodzący z fabryki robotnicy. Jednocześnie brama na końcu zaułka wypluła pierwszą grupę kierowców autobusów. Zomowcy na ich widok zaczęli wesoło łomotać pałami w tarcze.

– To się porobiło. – Marek spod przymkniętych powiek obserwował rozwój sytuacji.

Ludzie na widok tak jawnej demonstracji siły stanęli niezdecydowani. Prowokatorzy wmieszali się w tłum i zręcznie przepchali na czoło. Rozpięli kurtki, odsłaniając koszulki z krwistoczerwonym napisem „Solidarność". Nad tłumem wyrosły transparenty.

Nadleciał pierwszy kamień, potem drugi. Milicjanci odpowiedzieli świecami dymnymi. Prowokatorzy ruszyli do przodu. Tłum jak zahipnotyzowany podążył za nimi. Zomowcy poszli naprzeciw demonstracji. Pierwsze starcie było niezbyt mocne. Obie strony zderzyły się i cofnęły.

– Milicyjne świnie biją naszych!!! – wydarł się jakiś prowokator.

Wrzask podziałał jak iskra padająca na beczkę z prochem. Zadyma szybko wymknęła się spod kontroli. Robotnicy, oddzieleni od przystanku autobusowego kordonem ZOMO, szybko zaczęli tracić nerwy. Już nie tylko prowokatorzy rzucali kamieniami.

– Ge-sta-po! Ge-sta-po! – darł się tłum.

Major obserwujący zajście z dachu nyski zaklął w duchu. Zapomniał, że ulica brukowana jest kocimi łbami.

– Za chwilę będą prawdziwe trupy! – mruknął pod nosem.

W zasadzie nie byłoby to głupie rozwiązanie, podwładnych miał licznych i nie musiał ich szczególnie oszczędzać, ale nie uśmiechało mu się wypełnianie protokołów i tracenie czasu na pogrzebach.

– Kontakt! – krzyknął przez megafon.

Zomowcy ruszyli do przodu. Mur tarcz ponownie zderzył się z tłumem. Zaświstały w powietrzu pały. Starcie trwało może piętnaście sekund, po czym mundurowi pospiesznie się wycofali, pozostawiając leżącego na ulicy trupa w mundurze. Tłum ścigający funkcjonariuszy nawet tego nie zauważył. Biegnący prawie wdeptali wampira w bruk.

– Atak! – wrzasnął major.

Dwie suki bryznęły wodą z armatek. W tłum poleciały granaty gazowe. Ludzie znowu odpowiedzieli gradem brukowców, ale cofnęli się. Z fabryki wybiegł jakiś majster.

– Przez zakład! – krzyknął. – Druga brama wolna!

Tłum wpadł na dziedziniec fabryki i biegnąc między budynkami, pospieszył do niestrzeżonej przez ZOMO bramy od strony ulicy Stalowej. Karetka na sygnale właśnie pojawiła się u wylotu Strzeleckiej. Major zeskoczył na dół. Czuł dziki, nadludzki triumf, jaki może dać tylko świadomość perfekcyjnego wykonania niezwykle trudnego zadania. Psiknął na dłoń odrobinę milicyjnego gazu i przesunął przed twarzą, by oczy zaczęły silnie łzawić.

– Gdzie poszkodowani?! – Lekarz, sądząc po minie, ewidentnie parszywy reakcjonista, przepychał się przez tłum mundurowych.

– Solidarnościowi ekstremiści zabili nam człowieka! Milicjanta na służbie, ojca trójki małych dzieci... – wyszlochał major.

Wiatr akurat zmienił kierunek, więc nie on jeden miał łzy w oczach. Lekarz i sanitariusz dobiegli na miejsce, pochylili się nad wampirem.

– Stratowany na śmierć... Brak pulsu, ale żebra całe! Podejmujemy próbę reanimacji!

Ale na pomoc było już najwyraźniej za późno.

– Brak akcji serca! – krzyczał pomocnik, osłuchując pierś ślusarza stetoskopem.

– Na nosze i do karetki, defibrylator!

Po chwili ciało wampira drgnęło raz i drugi, potraktowane impulsem elektrycznym.

– Brak pulsu, brak reakcji źrenic – meldował sanitariusz. – Już po nim...

– Stwierdzam zgon o godzinie... – Doktor popatrzył na zegarek.

Jego pomocnik założył na nieboszczyka plastikowy worek.

– Dowódca grupy prosi o pomoc medyczną, ma dwóch lub trzech poszkodowanych. – W drzwiach karetki stanął milicjant.

– No, temu już nie pomożemy – mruknął lekarz. – Weź torbę i środki opatrunkowe – zwrócił się do pomocnika.

Wybiegli z karetki. Marek przez chwilę szarpał się z plastikowym workiem, aż wreszcie zdołał się wydostać. Usiadł na noszach.

– O, ja pierniczę – westchnął. – Debilna przygoda... Dobra, trza się ulatniać, im szybciej, tym lepiej!

Otworzył drzwi i znalazł się oko w oko z kierowcą karetki, który stał oparty o fabryczny mur i palił papierosa.

– O! – zdziwił się kierowca.

– Już mi dużo lepiej – wyjaśnił Marek. – Nie ma najmniejszej potrzeby wieźć mnie do szpitala.

– Na pewno? Człowieku, jak cię nieśli, wyglądałeś na trupa!

– Dostałem trochę w głowę, trochę mnie skopali, normalka w tej robocie – zbagatelizował fałszywy glina. – Jakbym się gorzej poczuł, to zajdę do lekarza – zapewnił.

– A, to nie zatrzymuję. – Kierowca zaciągnął się głębiej.

Marek wyskoczył na ulicę. Rozejrzał się. Tuż za sukami ulicą Szwedzką przetaczał się tłum. To robotnicy wyszli drugą bramą i teraz gnali na przystanek przy Świerczewskiego. Zaułki przy Stalowej wypluły

też liczną rzeszę miejscowych żuli. Stali na chodnikach, palili, pociągali z flaszek i obserwowali, co robią zomowcy na ich terenie. Pchanie się tam w milicyjnym mundurze oznaczało pewne samobójstwo. Cała Strzelecka błękitniała od mundurów, gliniarze jakby symbolicznie deptali zdobytą pozycję wroga... Ślusarz widział lekarza i sanitariusza opatrujących kilku poszkodowanych zomoli. Ta droga też była odcięta.

– A gdyby tak... – Po drugiej stronie czerniała brama.

Z tego, co pamiętał, przechodnie podwórze wychodziło na ulicę Stalową.

– Kurde, ale wstyd! – mruknął, lustrując mundur, w który był ubrany. – Trzeba czym prędzej coś wykombinować i zmienić łachy na cywilne, bo jak w czymś takim pojawię się na dzielnicy, to mi kiziory wpierdolą, zanim dadzą dojść do słowa. A i potem całymi latami kwasy będą...

Rozejrzał się raz jeszcze. Choć kolesie żyjący wzdłuż Stalowej nie dorównywali zadziornością tym z Kawęczyńskiej, mimo wszystko nie była to dobra okolica dla samotnego człowieka o wyglądzie gliniarza.

– Stalową do zajezdni, wzdłuż płotu do wału kolejowego i wzdłuż niego dojdę do Bazyliki – rozplanował trasę.

Przebiegł ulicę i zanurkował w bramę. Wybiegł na podwórko i spostrzegł, że jego plan wcale nie był taki dobry. W pierwszej chwili chciał się cofnąć, ale już było za późno. Na placyku stało kilka stołków. Na nich umieszczono miski z wodą. Prowokatorzy zmywali charakteryzację. Inni ściągali robociarskie łachy i rzucali na stos, odbierali od mundurowych siatki ze swoimi ubraniami. Umyci i przebrani szli do nyski, gdzie wydawano im po dwie flaszki i dziesięć rolek papieru toaletowego.

Wampir w mig zorientował się w sytuacji. Podszedł do wolnej miednicy, przetarł pro forma twarz gąbką, a potem nonszalanckim krokiem podszedł do nyski.

– Wy...? – Wydający papier spojrzał na niego zaskoczony.

– Udawałem zabitego milicjanta...

– A, faktycznie... Należy się dziesięć rolek.

– A nie dałoby się piętnaście? – bąknął ślusarz. – W końcu, że się tak wyrażę, grałem tak jakby główną rolę w waszym przedstawieniu.

– Wszystkim dajemy po równo! – wydający podniósł głos, ale jednocześnie mrugnął nieznacznie i odliczył trzy flaszki wódy, a zamiast dziesięciu dwanaście rolek papieru.

– Ślicznie dziękuję!

Marek nawlókł zdobycz na kawałek konopnego sznurka. Ściągnął z ulgą mundur i założył na grzbiet niezbyt złachaną cywilną kurtkę. Po chwili przepasany naszyjnikiem rolek spokojnie wyszedł na Stalową. Zatoczył małe kółeczko i przez tory kolejowe wyszedł na koniec ulicy Radzymińskiej. Butelki za pazuchą pobrzękiwały miło, wódka chlupotała, papier pachniał upojnie starą gazetą.

– Udany dzień – mruknął.

Wprawdzie wampiry nie piły alkoholu ani nie korzystały z kibla, ale sama świadomość zdobycia takiej ilości deficytowego towaru uskrzydlała.

– Co to ma być!? – ryknął rzecznik rządu i dodał szereg wulgaryzmów, którymi czynnie znieważył funkcjonariuszy milicji, ich mamusie i innych krewnych. – Miał być trup milicjanta! Co to za przedstawienie?!

Major Wiecheć wtulił głowę w ramiona. Na filmie sanitariusze pochylili się i machali rękami, jakby próbowali kogoś reanimować. Niestety, pod ich dłońmi było tylko powietrze. Na kolejnym ujęciu udawali, że coś dźwigają, a potem wnieśli puste nosze do karetki.

– No przecież tu leżał – jęknął gliniarz, patrząc z niedowierzaniem w ekran. – Może po prostu się nie nagrał...

– Nie nagrał!? – Uszy dygnitarza przybrały barwę malinową. – Na zmajstrowanie tej prowokacji towarzysz Pierwszy przeznaczył z osobistych zapasów trzysta rolek skrajnie deficytowego produktu. Skoro zawiodłeś, frajerze, to spod ziemi wygrzebiesz i zwrócisz do magazynu! A teraz won!

Zomowiec cichutko zamknął za sobą drzwi.

– Trzysta rolek!? – jęknął. – Jak?! Skąd?! To przecież niemożliwe...

A potem w przypływie ostatecznej rozpaczy wyjął służbową tetetkę i wypalił sobie w skroń.

ZENEK

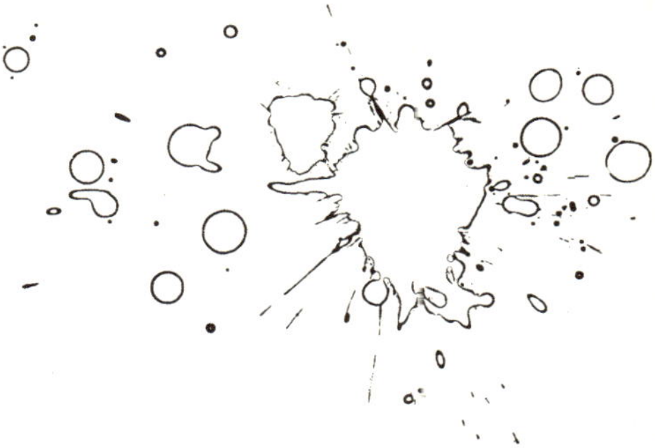

Major Nefrytow dłuższą chwilę stał nad okaleczonym ciałem. Agent Kot, milcząc, strzelał zenitem fotkę za fotką. Chaszcze za fabryką sprężyn na warszawskiej Pradze widziały niejedno, ale podobnie zmasakrowanych zwłok raczej tu nie znajdowano.

– Brakuje wątroby, części polędwicy i skalpu – mruknął ubek. – Oskórowanie głowy wskazuje na próbę dobrania się do mózgu. A to oznacza, że mamy do czynienia z...

– Z zombiakiem – uzupełnił jego towarzysz.

– Właśnie. Osobiście mnie to martwi, bo sądziłem, że od trzech lat nie mamy w mieście żywych trupów... Albo jakiś wstał z grobu, albo przybył z daleka. Tak czy inaczej, trzeba go wyśledzić i stuknąć.

– Ciężka sprawa – westchnął Kot. – Poprzednio udało nam się tylko dzięki temu, że posiadaliśmy wśród nich agenturę... Gdyby mieć choć jednego. One się wzajemnie wyczuwają.

– No, niestety, nie mamy – westchnął zwierzchnik. – Ale sami rozumiecie, że niezależnie od tego, jak ofiarnie pracowali, zlikwidować ich musieliśmy, bo po prostu musieliśmy. I teraz brakło...

– A gdyby tak użyć tuszonki? – podsunął Kot.

– Sam nie wiem – westchnął major. – Trochę to niehumanitarny sposób pozyskiwania nekroagentury. A masz jakiegoś kandydata?

– Mieszka obok mnie taki technik z Drucianki. Paskudny typ. Bez przerwy słucha zagranicznej muzyki i Wolnej Europy. I w windzie nasmarował karykaturę towarzysza Pierwszego.

– Wiesz, o której kończy pracę? No to do dzieła!

Technik Zenek Trak wracał do domu zły jak diabli.

– Cały tydzień do roboty na szóstą rano – burczał pod nosem. – Kiedy, u diabła, mam zrobić zakupy? O tej porze w sklepach atrakcyjny towar z porannej dostawy dawno wyprzedany.

Doczłapał do swoich drzwi i naraz zamarł, nie mogąc uwierzyć w to, co widzi. Na wycieraczce stała konserwa.

– Jaja ktoś sobie robi?!

Podniósł ją nieufnie. Konserwa była ewidentnie prawdziwa.

Ruska, sądząc po napisach, a może tylko na eksport do ruskich? – zadumał się. Pewnie któremuś z sąsiadów przynieśli, tylko pomylili drzwi... Uśmiechnął się wrednie. Cóż... wycieraczka moja, to mogę skonfiskować! Nie ma to jak puszeczka tuszonki na ciepło popita butelką piwka. Zenek zatarł ręce.

Zanurkował do mieszkania. Zamknął drzwi i zabrał się do roboty. Blacha na ruskiej konserwie była iście pancerna, ale wojskowy amerykański otwieracz dał jej radę. Technik wrzucił zawartość do rondelka, podgrzał. Masa rozpłynęła się na gęsty sos, tu i ówdzie naznaczony włóknami mięsa. Zapach, który rozszedł się wokoło, był raczej zniechęcający. Zenek nabrał trochę brei na widelec, podmuchał i skosztował.

– Świeżość druga albo i trzecia – ocenił. – Ale nie zgniło ani nie skwaśniało, znaczy trzeba tylko odrobinę octu, soli, pieprzu, no i popić muszę nie piwem, tylko czyściochą, tak na wszelki wypadek, dla dezynfekcji...

Wrzucił do garnuszka pół miski wczorajszej kaszy, by tłuszcz choć trochę się wchłonął. Ukroił pajdę chleba, naszykował sztućce. Wytrząsnął herbaciane fusy ze szklanki i wlał do środka podłej wódy.

– Smacznego – zażartował do swego odbicia w lustrze.

Wbił widelec w masę zdobiącą talerz niczym grzyb ścianę.

– Nawet da się zjeść – ocenił, spałaszowawszy pół miski. – Ale zdezynfekować trzeba i tak... Zdrowie towarzysza Pierwszego, coby oślepł do końca. – Wychylił dwie setki jednym haustem.

Poczuł dziwny efekt, jakby napił się nie gorzały, ale wody sodowej. W jego żołądku coś zaczęło intensywnie buzować, banieczki gazu uciekały nosem.

– Cholerne ruskie wynalazki – mruknął. – Konserwant jakiś dodali czy co?

Spojrzał w lustro i z wrażenia opadła mu szczęka. Uciekający gaz tworzył zagadkowe zielonkawe opary wokół jego głowy. Technik poczuł się bardzo dziwnie. Osunął się na podłogę.

– Z gazowni, otwierać! – Ktoś załomotał w drzwi, a potem wywalił je kopniakiem.

Ale tego Zenek już nie zobaczył.

Powrót do przytomności był raczej mało przyjemny. Pod policzkiem czuł beton, wokoło wisiała wilgoć. Powietrze było stęchłe, jak w dawno niewietrzonej piwnicy. W dodatku coś śmierdziało.

– Co jest grane? – Zenek rozejrzał się półprzytomnie dookoła.

Sporą betonową celę oświetlała jedna marna żarówka. Pod ścianą na jednej z dwu zardzewiałych pryczy siedział jakiś dziadyga w kompletnie przemoczonym ubraniu. Jego włosy w tym oświetleniu wydawały się zielonkawe...

– Gdzie ja jestem? – wykrztusił technik.

– W loszku pod budynkiem Wydziału Z ubecji – wyjaśnił staruszek i splunął na podłogę. – Z jak zabobon.

– Dziwne. Nigdy nie słyszałem o takim wydziale – wymamrotał więzień.

– To pewnie dlatego, że jest ściśle tajny.

– Jak jest ściśle tajny, to chyba nie powinienem o tym wiedzieć?

– Nie ma problemu, pewnie zaraz obaj dostaniemy po kulce. – Dziadyga wskazał na mur poznaczony dziurami po kulach i krwawymi rozbryzgami.

– Ale dlaczego się mnie czepili? – Technik potarł skronie. – Nie byłem w Solidarności nawet wtedy, gdy była legalna! Nie lubię wprawdzie komuny, ale przecież nikt nie lubi.

Nie wiedział, czy przyznać się do słuchania zagranicznej radiostacji. Wprawdzie starzec nie wyglądał na prowokatora, ale kto go tam wie...

– To Wydział Z – tłumaczył dziadek. – Oni likwidują zabobony. Zresztą co ja będę gadał, jak nas rozwalą, to już bez znaczenia. A jak zechcą przymusić do współpracy, to wszystko ci wytłumaczą. Tylko tak doradzę: nie stawiaj się, od razu śpiewaj jak kanarek i podpisz, co zechcą. Mają nas w ręku i głupi bunt nic tu nie da!

– Jak to mają nas w ręku? Żeby się nas czepiać, powinni mieć zarzuty, dowody naszej winy, podejrzenia chociaż! Przed egzekucją powinien odbyć się proces, zapaść wyrok...

– Oficjalnie nie żyjesz. Mogą zrobić z tobą wszystko. A ze mną jest jeszcze gorzej...

– Ja... nie... żyję...?

Totalnie skołowany Zenek usiadł na trzeszczącej, zardzewiałej pryczy i pociągnął nosem.

– Co tu tak niewyobrażalnie śmierdzi? – zdziwił się.

– Jak to co? Ty! Jesteś przecież zombiakiem! – parsknął towarzysz niedoli. – I poleżałeś w tej piwnicy ze trzy dni. Chyba że jedzie mułem i rybami, to ja.

– A pana za co... – Zenek spojrzał na starego.

– Za kobyle caco. Się wierchuszka z MSW wybrała na piknik, głuszyli ryby dynamitem, to i mnie się przy okazji oberwało. Za blisko brzegu siedziałem.

Technik nawet nie zdążył się zdziwić, bo drzwi celi trzasnęły i do środka wmaszerowało ośmiu kafarów.

– Utopca do krematorium, a zombiaka na przesłuchanie – zakomenderował ktoś pozostający na korytarzu.

– Nie róbcie tego! – wydarł się dziadek, aż blacha na drzwiach zabrzęczała. – Ja się przydam! Mogę dla was topić zdrajców, zagranicznych szpiegów, niepewnych towarzyszy i niewygodnych świadków, mam trzysta lat doświadczenia... Dajcie mi szansę!

– Dajmy mu szansę – zezwolił łaskawie głos z korytarza. – Może rzeczywiście się przyda.

Oprawcy puścili dziadka, a Zenka powiedli wąskimi betonowymi schodkami. Znalazł się w niewielkim pokoju. Posadzono go na metalowym stołku naprzeciw biurka. Za zakratowanym oknem wstawał ponury warszawski świt.

Więzień nie czekał długo. Do wnętrza wszedł felczer w białym fartuchu i zwalisty ubek ubrany po cywilnemu.

– Nefrytow, major Nefrytow – przedstawił się cywil.

– Zenek Trak, bardzo mi miło. – Technik wstał i wyciągnął dłoń.

Ale major obszedł go łukiem i zająwszy miejsce za biurkiem, uruchomił stojący na blacie wentylator.

– Zdejmijcie koszulę – polecił felczer.

Przyłożył do piersi aresztanta stetoskop. Potem poświecił mu latarką w oczy i obejrzał gardło. Zmierzył jeszcze temperaturę i sprawdził uzębienie.

– Typowy do bólu zombiak. Zimny jak trup, funkcje życiowe ustały kilka dni temu, ale nie wampir – zameldował.

– No i świetnie – skwitował ubek. – A wy czego się tak gapicie? – zapytał przyjaznym głosem.

– Ten wentylator... Zawsze sądziłem, że ubecja to świeci reflektorem po oczach – bąknął Zenek.

– Nie myślcie tyle, bo mózgu nie macie i mogłoby wam zaszkodzić – doradził życzliwie major Nefrytow. – Zombiaki są jako te kwiaty w wazonie. Już martwe, lecz jeszcze tego nieświadome... – zrymował. – No i co tak gębę rozdziawiacie? Bezpieka może wszystko! Myślicie, że ubek nie ma prawa być czasem poetą? – zirytował się.

– Nie, no skąd, każdemu przecież wolno układać wiersze – bąknął aresztant.

– No, jakby każdemu pozwolić, to może byłaby lekka przesada – skrzywił się Nefrytow. – Sami wiecie, jak wywrotowy element mógłby się za to zabrać!

– Jesteśmy jak kwiaty... – powtórzył Zenek.

Powoli zaczynał wierzyć w to, co usłyszał. Sińce na rękach faktycznie wyglądały na plamy opadowe...

– Tak, ale, niestety, pachniecie raczej jak nawóz do kwiatów. – Major zarechotał i przełączył moc wentylatora na większą.

– Przepraszam, mam pytanie.

– Wal śmiało – Nefrytow tryskał dobrym humorem.

– Jesteśmy jak kwiaty polne czy jak kwiaty szklarniowe? – rzucił technik.

Ubek wytrzeszczył oczy.

– Co? A jakie to, do cholery, ma znaczenie!?

– No bo polne to w wazonie szybko więdną, a szklarniowe trzymają się jakiś czas...

– A... o to chodzi? Jak będziecie grzecznie łykali odpowiednie mikstury, to spokojnie dziesięć albo i dwadzieścia lat pociągniecie, zanim zaczną wam odpadać różne części ciała. Oczywiście mikstury dostaniecie od nas. No i, rzecz jasna, trzeba będzie na nie zapracować.

– No to się wkopałem – jęknął zombiak. – Cholerna ruska konserwa! – parsknął.

– Amerykańska – głos majora Nefrytowa zabrzmiał jak ostrzegawcze syknięcie żmii.

– Ruska...

– Amerykańska! Nie podejrzewacie chyba naszych przyjaciół i sojuszników o eksperymenty z bronią chemiczną?

– Ależ oczywiście, że nie! – zaprzeczył gorliwie Zenek. – Ja w ogóle nie sądzę, żeby to była broń chemiczna, tylko co najwyżej zawartość się przeterminowała. Ale na konserwie były ruskie litery...

– Stary chłop, a naiwny jak dziecko. – Major pokręcił głową. – Zrozumcie. Imperialiści postanowili dokonać sabotażu i pozbawić naszą gospodarkę narodową najcenniejszych pracowników. Sądzicie, że na puszce napisaliby „Made in USA”? Gdzie tam. Ci parszywi krwiopijcy przy jednym ogniu dwie pieczenie upiekli. Wybili rosyjskie oznaczenia na puszce. Was wykończyli, a do tego podjęli próbę oczernienia naszych przyjaciół. Na szczęście my nie frajerzy i nie damy się nabrać na tak prymitywną prowokację! Prawda?

– Oczywiście!

Zenek za żadną cenę nie chciał być uznany za frajera.

– Przechodząc do rzeczy, jesteście na terenie ściśle tajnego budynku rządowego użytkowanego przez nas, czyli Wydział Z Służby Bezpieczeństwa. Nasza elitarna jednostka powołana została do walki z wszystkim, co miesza ludziom w głowie i podważa ateistyczną i materialistyczną wizję rzeczywistości.

– Podkładacie świnię klerowi?

– Nie. Od tego jest inny wydział. Nasze zadania są znacznie poważniejsze. Likwidujemy takich jak ty. I podobnych. Sami rozumiecie, w socjalistycznym państwie nie ma miejsca na wampiry, utopce, wiedźmy, krasnoludki...

Zenek nerwowo przełknął ślinę. Przypomniał mu się oglądany niedawno w kinie „Kingsajz”. Więc to nie była fikcja!?

– Krasnoludki też? – wykrztusił.

– Też – twardo potwierdził major. – Rozdeptujemy je bez litości podkutymi buciorami. Oczywiście likwidujemy nie wszystkich – uspokoił aresztanta. – Tym, którzy pracują dla nas, pozwalamy żyć.

– Będę pracował! – padła solenna obietnica.

– I takiej właśnie świadomej postawy oczekiwałem.

Major, gdy się uśmiechał, wyglądał nawet sympatycznie.

– Oczywiście, żeby móc dla nas pracować, musicie wyglądać po ludzku. Trup, który wygląda jak trup, ma leżeć w grobie, a nie żywych nachodzić.

– Tak jest! Ale chyba wyglądam? – zaniepokoił się Zenek.

– Nie do końca. Wasze oczy – mruknął Nefrytow. – Ście widzieli to w lustrze?

– Jakoś nie było okazji...

– Ślepia macie jak u śniętej ryby – wyjaśnił felczer. – I mętne, i gnić zaczynają... Będziecie nosić ciemne okulary. Zawsze. – Wyjął z szuflady eleganckie etui, łup z obławy na bazarze.

– Zaraz – zdumiał się Zenek. – Przecież jak zmętniały, to nie powinienem nic widzieć? Albo chociaż niewyraźnie?

– Bo i nie widzicie – wyjaśnił felczer. – Słyszeliście o ślepowidzeniu?

– Eeee...

– Czasem zdarza się uszkodzenie mózgu, które sprawia, że choć oczy pracują prawidłowo, nie ma się świadomości widzenia. Chory na to, idąc, omija przeszkody, bo mózg przetwarza obrazy, ale nie przekazuje ich do części odpowiedzialnej za myślenie. Takiemu kolesiowi tylko wydaje się, że jest ślepy.

– A ja...

– A wy macie odkryte przez przodującą sowiecką naukę ślepowidzenie bezobjawowe – wyjaśnił lekarz. –

Nie widzicie niczego, ale nie macie mózgu, więc nie mieliście czym zauważyć, że do ośrodków widzenia nie dociera obraz.

– Czyli tylko wydaje mi się, że widzę, podczas gdy oczy już nie pracują?

– Nie wydaje się wam, bo w ogóle nie myślicie. Mózg to wrażliwy organ. Przy zzombiaczeniu rozkłada się pierwszy – klarował felczer.

– Nie rozumiem – bąknął technik. – Mózg jest ośrodkiem, w którym mieszka dusza...

– Nie wciskajcie nam tu klerykalnej propagandy! – huknął major. – Sami widzicie, mózg wam zgnił, a gadacie z sensem, to znaczy, że dusza nie istnieje. To zresztą kompletnie bez znaczenia. Ważne jest co innego. Zombiaki są z grubsza jak ludzie. Łazicie trochę wolniej i sztywniej i mówicie grubszym głosem, ale poznać was można w zasadzie tylko po dwu rzeczach. Śmierdzicie, jakby się świnia porzygała, i ślepia macie niewyjściowe. Na szczęście po skórze jeszcze ci plamami nie sypie. Na zapach jest metoda – postawił na blacie półlitrową butlę radzieckiej wody toaletowej „Odekolon" – ten preparat zamaskuje was absolutnie skutecznie. Walcie go śmiało ile wlezie i dobrze wcierajcie w mordę, to i dłużej będziecie wyglądali jak człowiek. Bo sami rozumiecie, jeśli przestaniecie przypominać żywego, to i nam będziecie nieprzydatni. A jak staniecie się niepotrzebni, to... – Wymownie wskazał kciukiem podłogę.

– Czy to bezpieczne?

– Praca dla organów z definicji nigdy nie była, nie jest i nie będzie bezpieczna! Kontrrewolucja nieustannie łamie kółka wielkiej maszyny, jaką jest aparat państwowy, ale jego działania nie spowolni.

– Ale ja o tym. – Zenek wskazał butlę.

– A, to? Absolutnie. Sowieckie perfumy może nie pachną tak ładnie jak tureckie podróbki zachodnich, ale za to są najmocniejsze na świecie. Odekolon wprawdzie karaluchy i pluskwy zabija, ale wy jesteście martwiakiem, byle co wam nie zaszkodzi. A i pamiętajcie, pół szklaneczki codziennie doustnie. Oddech odświeży i larwy was żreć od środka nie będą.

– Żreć – podchwycił technik. – A ja co...

– Zombie odżywiają się zasadniczo ludziną i mózgiem. Na jedzenie ludziny nie możemy wam dać zezwolenia, no chyba że wykryjemy, gdzie ukrywa się jakiś wyjątkowo wredny opozycjonista, ktoś taki jak Lech Jęczmyk. – Major rozmarzył się na chwilę. – Wtedy was tam wyślemy. A na razie będziecie na diecie. Zatem musicie kupować w jatce z podrobami mózg krowi, świński, cielęcy, co się trafi.

– Ale oczy? Co z oczami... – myśl uparcie wracała.

– Jak definitywnie zgniją, weźmiecie nóż, miskę wrzątku i wydłubiecie. Nasz okulista wprawi wam szklane. A na razie będziecie nosili ciemne okulary, jak towarzysz Pierwszy.

– Jak to, on też?!

– Co wy, Trak? – wydarł się major. – Chcecie, żebym zdradził tajemnicę służbową!? Zombiakiem to może sobie być ten cały Pinochet, ale podejrzewać o to naszych najbardziej zasłużonych towarzyszy może tylko wróg. A wiecie, co robimy z wrogami!

– Ale... mi się tylko tak powiedziało...

– Powiedziało? – parsknął ubek. – Nawet nie próbujcie tak myśleć, bo traficie na cmentarz w trumnie wypełnionej betonem. Pół roku będziecie zdychali, leżąc w bezruchu i czując, jak krety i dżdżownice obgryzają wam palce u nóg!

– Yyyyy...

– Podpiszcie teraz papiery. – Major skinął na felczera, a ten wręczył aresztantowi plik blankietów. – Wasz pseudonim TW „Padlina".

– TW?

– To skrót od słów „tajny współpracownik". Wasze zadanie będzie bardzo proste. Gdzieś w Warszawie ukrywa się niezarejestrowany zombiak. I, niestety, sukinsyn wyżera ludzi. Trzeba go wyśledzić i zlikwidować albo wystawić nam. Czas wykonania tydzień. Za godzinę zaczyna się wasza zmiana w fabryce...

– Mam iść do pracy? – zdumiał się Zenek.

– A coście myśleli? Że taki drobiazg jak śmierć zwalania was z frontu walki o wykonanie planu? – parsknął major.

– Ale ja jestem zombiakiem! Sami mówiliście, że jestem ślepy, żrą mnie od środka larwy, nie mam mózgu... To jak niby mam pracować!?

– Żołądek i główka to szkolna wymówka! Możecie się ruszać, gorączki nie macie, to i przy obrabiarce możecie stać. I nie spóźnijcie się do roboty! I tak trzy dni was nie było.

– Trzy dni... Obywatelu majorze, prosiłbym o zaświadczenie...

– Jakie zaświadczenie?

– Wyleją mnie z roboty za taką nieobecność! Ale jakbym miał papier, że ubecja mnie przetrzymywała...

– Nie pieprzcie. Dział kadr nawet nie odnotuje, że was nie było.

– Jakim cudem?

– Jesteśmy ubecją. Możemy wszystko i wszędzie mamy swoich ludzi. Tu macie instrukcje, materiały, przepustkę i won. – Major wręczył mu kopertę i władczym gestem wskazał drzwi.

Zenek skołowany ruszył do wyjścia.

– Wróć! – wrzasnął Nefrytow. – Odekolon zabierz!

Ślusarz Marek zakręcił kawałek stali w uchwycie i puścił w ruch frezarkę. Posypały się iskry.

– Coś jest nie tak – mruknął. – Co tu, na hali, tak kwiatkami capi?

W fabryce powinno cuchnąć spaloną stalą, smarami, spoconymi robolami i ewentualnie ozonem, tymczasem w nozdrzach kręciła woń tandetnej ruskiej perfumy.

Wampir wyłączył frezarkę i zaczął się rozglądać, węsząc intensywnie. Wszyscy współpracownicy stali na swoich stanowiskach przy obrabiarkach.

Ciąg idzie z lewej ku prawej, rozważał ślusarz.

Daleko w samym kącie wśród urządzeń ujrzał znajomą gębę i błysk szkieł ciemnych pseudowłoskich okularów.

– A niech mnie – mruknął. – Zenek Trak został zombiakiem!

Podszedł do tablicy bezpiecznikowej, otworzył swoim kluczem. Odnalazł odpowiedni obwód i przekręcił wyłącznik o ćwierć obrotu. Tokarka Zenka zwolniła obroty, a potem stanęła.

– Cholera, znów się zaciął ten sanacyjny trup – parsknął technik i lekceważąc przepisy BHP, pchnął obrabiany detal dłonią.

Czasem udawało się w ten sposób odblokować. Ale Marek ułamek sekundy wcześniej ponownie puścił elektrykę. Maszyna ruszyła jak szkapa zacięta batem.

– Kurde!

Zenek przerażony patrzył na rękę, którą szarpnięcie oderwało i rzuciło za obrabiarkę. Wziął miotłę i końcem kija przyciągnął do siebie utraconą kończynę. Zastanawiał się właśnie, co dalej, gdy ktoś przyjacielsko poklepał go po ramieniu.

– No co tam? – zagadnął Marek.

– Rrrrękę mmmi urwało! – wyjąkał Zenek.

– No, to się czasem w fabryce zdarza – uspokoił go ślusarz. – Sam rozumiesz, przepisy BHP u kapitalistów nie istnieją. U nich robole giną przy produkcji jak muchy. Jeśli chcemy choć częściowo dogonić poziom rozwoju wymuszony tak nieludzkim traktowaniem ludzi pracy, musimy ciut obniżyć nasze normy, zdemontować niektóre zabezpieczenia. I o wypadek przy pracy nietrudno... Po prostu taka jest cena postępu. Za to poszkodowani, którzy na Zachodzie pozostawieni są własnemu losowi, u nas cieszą się opieką państwa.

– Czyli ja... Dostanę rentę... – zombiak zgłupiał do reszty.

– Nie dostaniesz – westchnął Marek.

– Jak to nie dostanę? – zaszlochał technik. – Odprowadź mnie do zakładowego łapiducha, spiszemy protokół z wypadku.

– Zenek, ogarnij się trochę – warknął Marek.

– Co?

– Za wypadek po pijanemu renty nie dostaniesz. Co więcej, z roboty cię wywalą w try miga.

– Ale...

– Lekarz pierwsze, co zrobi, to wezwie patrol. Każą ci dmuchać w balonik. I co? Golnąłeś sobie rano przed robotą lampkę Odekolonu. To ruskie świństwo ma osiemdziesiąt procent jak obszył.

– Ale ja...

– Po drugie mamy w tej hali mroczno jak w grobie, a ty pracowałeś w ciemnych okularach. To złamanie przepisów BHP. Tych, które jeszcze obowiązują. Po trzecie po takim urazie zawiozą cię ciupasem do szpitala, żeby zrobić komplet badań. A tego byś chyba nie chciał... – Marek uśmiechnął się cynicznie. – A potem jeszcze komisja lekarska będzie cię oglądać, osłuchiwać, opukiwać...

On wie! – uświadomił sobie Zenek.

– No bo ja...

– Nie żyjesz. To się czasem zdarza – uśmiechnął się znowu Marek. – I kablujesz ubecji. To też się czasem zdarza, choć u nas w fabryce kapusie mają przegwizdane. Pamiętasz Kozłowskiego? Jak podnieśli prasę, jego gira była tak spłaszczona, że miała ze dwa metry kwadratowe powierzchni.

– Musiałem podpisać.

– Gówno tam musiałeś!

– Za pracę dla Służby Bezpieczeństwa major Nefrytow obiecał mi stałe dostawy...

– Odekolonu. W konia cię zrobił, ot co.

– Nie rozumiem?

– Jego ludzie lata temu skonfiskowali szmugiel, sto kartonów tego świństwa. Teraz wmawia naiwnym zombiakom, że to preparat ratujący przed rozkładem.

– A tymczasem... – przeraził się Zenek.

– Tymczasem możesz żłopać zwykłą czyściochę albo spirytus salicylowy, ba, denaturat nawet, i będzie ten sam efekt.

– Yyyyy... to co mam zrobić? – Robotnik spojrzał na urwaną rękę. – Jak nie dostanę renty, z czego będę żył?

– Jak to żył?! Co ty chrzanisz? – parsknął śmiechem wampir. – Zombiaki są martwe.

– No tak... To egzystował. Cholera, jak zwał, tak zwał. Żywy czy nie, muszę przecież mieć kasę na czynsz, jakiś łach na grzbiet, a i na fiacika wpłacam...

– To weź ten ochłap i za mną!

Zadekowali się w pokoju socjalnym. Marek wyciągnął z torby szydło i dratwę.

– Co zamierzasz? – jęknął Zenek.

– Przyszyję ci tę łapę – burknął ślusarz. – Tylko siedź spokojnie. Zaboli to zaboli, ale do wesela się zagoi... To znaczy nie zagoi się, ale chociaż nie odpadnie. Zresztą wesele też sobie wybij z głowy...

Pro forma odkaził pole operacyjne denaturatem, w kość nakapał butaprenu i wbił w szpik dwustronnie gwintowany sztyft. Skręcił wszystko do kupy, szybko połączył ściegami zerwane ścięgna i mięśnie, zszył skórę na okrętkę.

– Krawcem to ja nie jestem – krytycznie ocenił stronę estetyczną swojego dzieła. – Po prostu nie zawijaj rękawów przy robocie. Zegnij palce, rozprostuj – polecił. – Świetnie, pracuje jak nowa. Wy, zombiaki, macie szczęście, jeśli żaden kawałek się nie zgubi, naprawa nie stanowi problemu.

– Yyyy... Mam w niej czucie. Ja czuję...

– I dobrze. Jakbyś nie miał czucia, tobyś robić na obrabiarkach nie mógł. A teraz konkrety – warknął ślusarz. – Zapomnij o tym pętaku Nefrytowie. Od dziś pracujesz dla nas. To znaczy dla mnie, Igora i kilkorga naszych kumpli. Oczywiście będziesz składał raporty ubecji, ale konsultujesz każdy przecinek z nami.

– Oczywiście! To znaczy... Chciałbym wiedzieć, w co wchodzę. To Solidarność Walcząca czy KPN? Jesteście opozycjonistami?

– Nie. Wampirami. – Marek wyszczerzył zęby.

Podobno zombiaki nie mdleją, ale Zenkowi się udało. Gdy doszedł do siebie, w pokoju siedział jeszcze Igor.

– No to konkrety – warknął spawacz. – Dostałeś zadanie do wykonania? Masz nas obserwować i kablować, czy może coś konkretniejszego?

– To nie o was... Podobno po Warszawie grasuje zombiak, taki jak ja. Jeśli go nie wyśledzę, będę miał przerąbane. Ale panowie, jak rozumiem, też... gdybym mógł prosić o pomoc...

– Kurde – westchnął Marek ciężko. – My, wampiry, jako swego rodzaju arystokracja bytów bionekrotycznych...

– Będę u was za chłopa pańszczyźnianego robił, tylko pomóżcie – zaskamlał technik.

– Swojakowi z Pragi pomóc trzeba – skrzywił się ślusarz.

– Kumplowi z roboty tym bardziej. – Spawacz też się skrzywił. – W jednej fabryce robimy, to zobowiązuje...

– Dziękuję wam!

– Podziękujesz, jak przeżyjesz... – zaczął Marek, ale umilkł, zadumawszy się nad bezsensem własnej wypowiedzi.

– Zadzwonię po Grega – zaofiarował się Igor. – Zaraz po robocie ruszamy nomen omen powęszyć. Gdzie znaleziono ciało?

– Wszystko jest w materiałach od majora...

Dochodziła piętnasta. Zanosiło się chyba na deszcz... Na wałach za fabryką sprężyn o tej porze nie było nikogo. Igor przyjrzał się stratowanym zaroślom i wielkiej plamie wciąż widocznej na piasku.

– Dziwne – mruknął. – Nie wygląda mi to na robotę zombiaka... Greg, możesz się na chwilę machnąć w wilka?

– Jasne...

Chłopak rozpiął suwak pod pachą i przenicował się na wilczą stronę. Zenek zemdlał.

– No, do jasnej cholery! – Marek potrząsał, aż technik oprzytomniał. – Przestań mdleć!

– Ale ja...

– Omdlenia to efekt przerwy w dopływie krwi do mózgu! Nie masz krążenia. Mózg ci już dawno uszami wypłynął. To tylko wyobraźnia!

– Yyyyy...

– Co ci tak mowę odjęło? – skrzywił się spawacz. – Nie ma się czego bać, to zwykły wilkołak.

– Urrr... uurr... urwał! – zombiak odzyskał głos.

– Greg, przyjacielu, powęsz tutaj i powiedz, zombiak czy nie?

Wilk obszedł cały stratowany teren.

– Nie. – Pokręcił głową po ludzku. – To jakiś zwykły koleś. Zaraz, zaraz...

Ruszył najwyraźniej świeżym jeszcze tropem. Przy wale znalazł porzuconą kurtkę.

– Ufajdał we krwi, spostrzegł i wyrzucił – podsumował Igor.

Wilk tymczasem dobiegł do przystanku, powęszył i zawrócił.

– Wsiadł w autobus – wyjaśnił.

Obaj robotnicy badali znaleziony fant.

– Jeansowa, szyta żółtą nitką, więc amerykańska – zawyrokował Marek. – To ciuch z dobrego butiku lub Pewexu. Dwie, może trzy pensje na to poszło.

– Czyli dostał w prezencie, na przykład w paczce – podsumował Igor. – Znaczy ma krewnych za granicą.

– Dlaczego? – nie zrozumiał Zenek.

– Bo jakby musiał na to uczciwie pozapieprzać, toby bardziej szanował!

– Do tego w ramionach szczupła. Bazarowi milionerzy i badylarze są grubi. Znaczy się należy do partyjniaka, ubeka lub inteligenta – dumał ślusarz.

– Na rękawie sprana plama od smoły, a te plamki to próby sprania smaru – zauważył Greg, węsząc intensywnie. – Znaczy się inżynier, który robi przy nadzorowaniu jakichś robót. Chyba że wrócił w niej z zagranicznego kontraktu. Albo pracuje jako technik przy produkcji. Ta kurtka pachnie też amerykańskim dezodorantem. Plamy wywabiane były benzyną, rozpuszczalnikiem nitro i zjełczałym masłem.

– Tu są jeszcze bryzgi tuszu – zauważył Igor. – I długopis mu wyciekł w kieszeni.

– Koleś, który ma krewnych w USA, pracuje w biurze, w którym niedawno smołowano dach, a do tego ma motor lub syrenkę. Bo i do paliwa dostęp, i w smarze musi się babrać – dołożył swoje spostrzeżenia Zenek.

– Brawo, szybko się uczysz sztuki dedukcji – pochwalił Marek.

– Czytałem o przygodach Sherlocka Holmesa – odparł technik z dumą.

– I mieszka gdzieś blisko, bo bał się, że ktoś samochód rozpozna, to podjechał sobie przystanek lub dwa autobusem – uzupełnił spawacz. – Czyli to będzie gdzieś w blokach przy Łochowskiej albo, dajmy na to, przy Białostockiej – warknął. – Jak tylko zaczęli je nam tu stawiać, czułem, że będzie z tego nieszczęście! Tylko pytanie, który to, bo mieszka tam tych inteligentów jak nasrał, taka obraza dla czerwonej robociarskiej dzielnicy!

– Możemy się przejść po klatkach i powęszyć – zaproponował wilkołak. – Podejdziemy jeden przystanek, zobaczę, czy tam wysiadł.

Jakieś pół godzinki później dwa wampiry, zombiak i biegnący przodem wilk podeszli do klatki dziesięciopiętrowego gierkowskiego mrówkowca przy Łochowskiej.

– Oj, niedobrze – mruknął Marek, patrząc na zdezelowanego mercedesa parkującego przed blokiem.

Za kierownicą siedział Cyganiak może dziesięcioletni i paląc papierosa, bawił się złotym breloczkiem od kluczyków. Wampir znał go z widzenia.

– Co niedobrze? – zdziwił się Greg. – Bardzo dobrze, trop wiedzie do tej klatki.

– To auto Cyganów z Otwockiej. Coś im nie pasuje i przyjechali tu oficjalnie. Mam przeczucie, że oni też po naszego klienta... A jak tylko łebka zostawili, żeby auta pilnował, to znaczy poszli we czterech lub pięciu, ilu ich w gablocie było. Grubsza jakaś afera...

Wkroczyli do klatki. Jedna z wind działała, więc wjechali na dziesiąte piętro. Potem schodzili na dół, a Greg węszył. Sprawca mordu mieszkał na szóstym. Podeszli pod drzwi.

– Tam są ci z samochodu – powiedział wilk. – Czterech lub pięciu.

– Zapukajmy – mruknął Igor i zaraz wcielił swoje słowa w czyn.

Drzwi otworzyły się. Dwa sprężynowce szczęknęły w jednym momencie. Dwaj Cyganie przez sekundę mierzyli wzrokiem nieoczekiwanych gości.

– Panowie wampiry z Kawęczyńskiej – powiedział starszy wiekiem przedstawiciel mniejszości. – Wybaczcie, że bez uprzedzenia zrobiliśmy tu wjazd na chatę, ale sprawa była pilna...

Złożył nóż i umieścił w kieszeni.

– My nie ferajna – burknął Marek. – To wolny kraj. Nie musicie nam meldować o każdym włamie na naszym terenie.

– Ten inżynierek od asfaltu godzinę temu porwał moją kuzynkę – dodał drugi Cygan. – Byliśmy w pościgu.

– Mamy sprawę do tego gościa, ale... Już zarżnięty? – zapytał pro forma ślusarz.

– Spoko, mokra robota dopiero będzie. Ale zapraszamy do środka, co tak będziemy stać na korytarzu. Tylko najpierw prosilibyśmy o małe wynicowanie... – Wskazał wymownym gestem psa.

Greg machnął się w człowieka.

– Jak mnie panowie rozpoznali? – zdumiał się.

– Jesteśmy starym narodem, który wędruje po świecie, oglądając dziwy, o jakich nie śniło się mieszczuchom.

Mieszkanie było dwupokojowe. W mniejszym spoczywał gospodarz lokum, wypłoszowaty inżynierek w okularach. Był solidnie obity, sponiewierany, zakneblowany i związany w kij. Wodził wokół ponurym spojrzeniem. W większym pokoju stała maszyna do szycia, a na łóżku leżała nieprzytomna Cyganeczka w samych majtkach. Otaczało ją trzech zafrasowanych współplemieńców. Marek kucnął obok, policzył jej puls, potem uchylił powiekę.

– Jest odurzona chloroformem albo czymś takim – powiedział. – Dwie, trzy godziny i dojdzie do siebie.

Co on na niej nabazgrał? – Ciało nastolatki pokrywały długie linie namalowane flamastrem. Układały się w trójkąty, kliny i prostokąty.

– Wygląda jak kawałki wykroju jakiejś kreacji, stamtąd brał wzór. – Najstarszy Cygan pokazał leżący pod oknem numer „Burdy".

– Chciał z jej skóry coś uszyć? – zdumiał się Greg.

– Na to wygląda – westchnął Cygan. – I powiem, że takich dziwów to nawet my, wędrując po świecie od setek lat, nie widzieli. Bo co w lodówce, to drastyczne, ale normalne... To się zdarza.

Chłopak podniósł leżącą na stoliku książkę.

– „Silence of the Lambs" – przeczytał tytuł.

– Co to znaczy się będzie po naszemu? – zaciekawił się Marek.

– „Milczenie jagniąt" czy jakoś tak? – Tamten wzruszył ramionami i odłożył ją na miejsce. Było jasne, że wolumin nie ma nic wspólnego ze sprawą.

Wampiry i zombiak przeszli do kuchni. W lodówce leżały brakujące fragmenty zwłok z wału.

– Trza to wsadzić w jakąś walizkę i godnie pogrzebać – rzekł Igor.

– Tego łajdaka to już my sprawimy po naszemu – obiecał najstarszy Cygan. – Zanim zdechnie, pożałuje, że dostał tu przydział mieszkania... A wy lepiej idźcie. Nie było was tu...

– Jasne. – Marek zebrał swoją drużynę i opuścili lokum.

– Bryndza totalna – westchnął Marek. – Ten ludożerca to nie był żaden zombiak, tylko inżynierkowi odwaliło. Długo był na kartkowej diecie, poczytał za dużo bzdur po angielsku, poznał z książek średni poziom życia w USA, to i mózg zagotowało. Żeby sobie wątróbki podeżreć, wykończył chłopaka z Pragi...

– Cała zgnilizna moralna idzie z Zachodu – westchnął Igor. – Kryzys w krajach socjalistycznych jest przejściowy!

– I najwidoczniej to przez ten kryzys umyślił sobie uszyć skórzaną kurtkę z młodej Cyganichy. Kretyn totalny. Może na Ursynowie czy Żoliborzu zdołałby się wywinąć, ale nie tu.

– Znaczy się... – Zombiak obejrzał się na znikający w oddali blok. – Teraz go zarżną?

– Teraz nie. Najpierw tortury...

– To co mam zrobić? – jęknął Zenek. – Jak nie wykonam zadania, major uzna, że jestem niepotrzebnym martwiakiem, a zbędne byty bionekrotyczne ubecja likwiduje.

– Mam pomysł – odezwał się Igor. – Tylko że robota będzie niezbyt przyjemna, śmierdząca, wątpliwa etycznie i do tego mało elegancka wizualnie...

– Zrobię wszystko! – zapewnił Zenek.

– Czym różni się zombie od zwykłego trupa? – indagował spawacz.

– Tym, że się rusza – wzruszył ramionami Marek. – Ale wystarczy łeb upitolić albo rozwalić i przestaje.

– Czyli zwykły trup bez głowy niczym się od zombiaka nie różni. Pojedziemy na Powązki Wojskowe, pobierzemy z grobu kilkutygodniowe ścierwo jakiegoś partyjniaka i...

Wilkołak, ślusarz i technik trochę pomarudzili, ale szybko doszli do wniosku, że faktycznie nie ma innego wyjścia.

Nad warszawską Pragą zapadał paskudny jesienny zmierzch. Major Nefrytow stanął na skraju pustej parceli przy końcu ulicy Kawęczyńskiej. Łan chwastów był stratowany, pośrodku domniemanego miejsca starcia leżał mocno już nieświeży nieboszczyk w trumiennym garniturze, z dokumentnie rozbitą głową.

– Tu go dopadłem – pochwalił się Zenek. – Silny był jak koń, widać od razu, że stary, doświadczony zombiak, patrzy pan tylko, jak nadgnił... Ale miałem młotek i tym młotkiem go zarąbałem!

– Brawo, to się nazywa prawdziwa mokra robota – pochwalił major. – Nasi „nieznani sprawcy" nie uwinęliby się z tym lepiej. Macie talent, Zenek. Jak by was tu docenić... Awansów ani orderów agenturze nie dajemy... O, już wiem. W dawnych czasach rycerze dostawali przydomki. A wam damy ładniejszy pseudonim. Uklęknijcie, Zenek, to wielka chwila.

Zombiak padł na kolana. Major, przełamując obrzydzenie, położył mu dłoń na ramieniu.

– W uznaniu zasług, za wzorowe wykonanie pierwszego zadania od dziś nosicie pseudonim TW „Frankenstein".

– Ku chwale Ojczyzny, obywatelu majorze. – Martwiak, choć wiedział, że zrobił ubecję w trąbę, poczuł coś na kształt dumy z nadania nowego pseudonimu.

– Możecie już iść, Zenek. – Major sięgnął po radiotelefon. – A jutro weźcie sobie wolne. W końcu to wasze święto.

– Jakie święto? – nie zrozumiał technik.

– Wesołego Halloween! – zarechotał ubek.

GOŚĆ Z AMERYKI

O czwartej rano było jeszcze zupełnie ciemno. Śnieg skrzypiał pod butami, mróz trzymał już drugi tydzień. Po szerokiej ulicy hulał lodowaty, iście syberyjski wiatr. Radek postawił kołnierz jeansowej kurtki na sztucznym misiu, ręce wbił głębiej pod pachy.

W zasadzie jako ubecki konfident powinienem chodzić w skórzanej katanie, pomyślał. Wszyscy tajniacy takie noszą, to tradycja jeszcze z czasów rewolucji październikowej. Swoją drogą, ciekawe, skąd oni je biorą. Ze specjalnych sklepów czy jak? Trza by majora zapytać... No i przydział na fiacika by się przydał, przecież jako agent powinienem być mobilny...

Walcząc z wiatrem i siekącym twarz śniegiem, dotarł do drzwi budynku Wydziału Z. Były zamknięte, więc nacisnął guzik dzwonka. Wachman, który otworzył, znał Radka z widzenia, ale student i tak musiał przegrzebać zgrabiałymi dłońmi kieszenie i wyciągnąć przepustkę.

Gabinet majora Nefrytowa jak zwykle pogrążony był w półmroku. Szef wydziału siedział za biurkiem, grzejąc dłonie o blaszany kubek. W pomieszczeniu unosiła się woń kawy zbożowej i tanich papierosów.

– Słuchajcie no, Brona, w dowód mojego szczególnego zaufania, bo musicie wiedzieć, że jesteście jednym z moich najlepszych ludzi, weźmiecie udział w akcji, która jeśli się powiedzie, zapewni naszemu krajowi zasoby cennego surowca... – zaczął bez wstępów.

– Nie rozumiem – pokręcił głową Radek. – My jesteśmy Wydział Z, nie zajmujemy się geologią ani handlem zagranicznym.

– Siadajcie i posłuchajcie. – Major wskazał mu krzesło. – Czy wiecie, czym różnią się imperialistyczne wampiry od socjalistycznych wampirów? – pozornie zmienił temat.

– Tym, że imperialistyczne są obce klasowo, zatem mamy pewnie zlikwidować je w pierwszej kolejności, zaś naszych nie, bo po pierwsze jest szansa ich resocjalizacji, a po drugie, jakbyśmy je wykończyli, to nasz wydział okazałby się zbędny i został zlikwidowany?

– To swoją drogą, ale z tą różnicą bardziej chodzi o to, że amerykańskie wampiry błyszczą w słońcu, a nasze nie.

– Błyszczą? – zdziwił się student. – Dlaczego?

– Bo, jak to odkryli nasi dzielni agenci, ich skóra wydziela diamentowy pył. Diamentowy pył zaś to cenny surowiec do produkcji tarczy tnących i past polerskich.

– Czyli gdyby takiego zagranicznego wampira obedrzeć ze skóry, a potem ją wyprawić, uzyska się drobnoziarnisty papier ścierny, i to najwyższej klasy? – zapalił się Radek.

– Obdarcie to ciekawa koncepcja – pochwalił szef – ale urobek, choć znaczny, będzie jednorazowy. Myślę, że lepiej zamiast tego powiesić takiego wampira na haku w piwnicy i na przykład raz na tydzień obijać trzepaczką do dywanów.

Wydobył egzemplarz tego akcesorium gospodarstwa domowego spod biurka i sugestywnie machnął kilka razy w powietrzu, jakby milicyjną pałą okładał niewidzialnego demonstranta.

Widać rutynę, pomyślał Radek. Pewnie był w ZOMO i dopiero jak odsłużył swoje, awansował na ubeka. Tylko ta trzepaczka, wiklinowa, penie kupiona w Cepelii. Trochę obciach, jeszcze sobie tłuczony amerykaniec pomyśli, że u nas dziadostwo i zacofanie...

– A jak zbierać pył? – zapytał na głos.

Major odłożył trzepaczkę, wyciągnął paczkę żeglarzy, umieścił jednego w zębach i zapalił. Kłąb cuchnącego starą szmatą dymu uniósł się wokoło niby mgła nad norweskim fiordem.

– Ano odkurzaczem, trzeba tylko najpierw rozłożyć pod nim plandekę – koncepcja była już najwyraźniej przemyślana w najdrobniejszych szczegółach.

– Skąd weźmiemy odkurzacz?

– Do jasnej cholery! Jesteśmy ubecją. Organizacją, która kontroluje cały niemal czterdziestomilionowy kraj! Jak zechcemy, wystarczy jeden telefon i na tym biurku będą stały trzy odkurzacze, jeden Wałęsy, drugi Moczulskiego, a trzeci Korwina-Mikke.

– To mamy na nich takie haki, że sami przyniosą, czy jak!? – Radkowi z wrażenia opadła szczęka.

– Sami to może niekoniecznie, zwłaszcza że ten adres jest ściśle tajny, ale agenturę mamy wszędzie. Co, nie wierzycie? – Ubek podniósł słuchawkę telefonu. – Poproszę teczkę wyposażenia AGD, dajmy na to... – Zmrużył złośliwie oczy. – Rodziny Bronów.

Radek poczuł kroplę zimnego potu ściekającą wzdłuż kręgosłupa. Teczkę po chwili przyniesiono. Major pożółkłymi od nikotyny palcami rozsznurował ją.

– No, no – mruknął. – To wasz ojciec niby taki praworządny partyjniak, co go telewizja pokaże, gęba pełna frazesów na temat polskiego przemysłu, a tu proszę, wyszło szydło z worka. Kapitalistycznego sprzętu używa! Telewizor japoński, radiomagnetofon niemiecki...

– To siostry! Właściwie po siostrze – zaplątał się w zawiłościach problemu życia po życiu.

– ...a odkurzacz amerykański elektroluks. Ale nie ma o czym mówić. – Szef machnął ręką. – Przedwojenny jeszcze, tylko silnik przezwojony dwa razy, to ciągnie...

– Mam przynieść? – wychrypiał Radek.

Wiedział, że jak wyniesie z domu odkurzacz, matka go zabije.

– Nie ma potrzeby. – Major zdusił peta w popielniczce. – Pożyczymy od naszej sprzątaczki.

– To się kalkuluje? – zaniepokoił się student. – To znaczy chciałem zapytać, czy uzyskane ilości pyłu zapewnią opłacalność tych działań? Ile da się z jednego wytrzepać?

– Tego nie wiem – zasępił się major. – Na razie projekt opracowałem czysto teoretycznie. Liczy się ilość, ale też jakość. Wielkość ziaren, karaty, czystość i tak dalej. Musimy to sprawdzić, że się tak wyrażę, doświadczalnie.

– Załatwi mi pan wizę do USA? – ucieszył się student.

Oczyma duszy już widział siebie, jak spaceruje Unter den Linden, mijając bezdomnych kloszardów śpiących tu i ówdzie...

Nie, zaraz – zreflektował się – Unter den Linden jest przecież w Berlinie, i to Wschodnim...

– Nie gadajcie, Brona, takich głupot, bo mnie wkurzycie! – zanim Radek zdążył sobie przypomnieć nazwy ulic występujących w Nowym Jorku, gniewny głos majora sprowadził go na ziemię.

– Przecież mówił pan, że ubecja może wszystko? – zdumiał się.

– Owszem. Możemy wszystko. Ale tym razem nie ma potrzeby szafować naszymi kontaktami i dojściami. Jeden z tych amerykańskich popaprańców wybiera się do nas. To znaczy nie do nas konkretnie, tylko do naszych wampirów. Ale nie wie jeszcze, że to my, mam na myśli Wydział Z, go tu odpowiednio ugościmy.

– Ugościmy trzepaczkami?!

– Jak trzepaczką nie pójdzie, to mamy jeszcze szczotki druciane – uspokoił go szef. – Oto nasz ptaszek, Adalbertus Coollen. – Rzucił na blat biurka zdjęcie odlepione z wniosku wizowego. – A w rzeczywistości Wojtek Kulas, Polak z Kongresówki, który wyemigrował do USA w tysiąc dziewięćset trzecim i tam, ulegając obcym wpływom, się zwampirzył.

– A skąd wiemy, że to na pewno on?

– Proszę, porównaj sobie gęby. – Major położył obok drugą fotkę, starą, na grubej tekturce.

Choć wykonano je w odstępie osiemdziesięciu lat, ewidentnie przedstawiały to samo oblicze.

– Rany! Skąd pan to ma? – zdumiał się Radek.

– Jak to skąd? – Major uśmiechnął się kpiąco. – Jesteśmy bezpieką. Wiemy wszystko i mamy kopie wszystkich akt. Carskich, pruskich, cesarsko-królewskich, międzywojennych, hitlerowskich. Sześćdziesiąt milionów teczek. U nas nic nie ginie, chyba że trzeba, ale nawet wtedy nie przepada tak zupełnie bez śladu. Zresztą, jak sami wiecie, czasem się okazuje, że trzeba by to, co zaginęło, jednak w końcu wydobyć. Ergo, jak dobrze poszukać, na każdego coś się znajdzie.

– Na każdego? – zaniepokoił się Radek.

– Tak, na każdego, przecież rozmiecie, że musimy pilnować tak wrogów, jak i przyjaciół, a zwłaszcza współpracowników. – Major puścił tak znaczące oko, że studentowi po plecach spłynęła kolejna kropla potu. – Czasem tylko w materiale są drobne luki, ale dwie wojny się przez kraj przetoczyły, a za cara jeszcze nie mikrofilmowali... Ale wtedy Moskwa sporządzała po prostu odpisy, więc można powiedzieć: donosy nie płoną...

– Wracając do tego Adalberta... – konfident wolał zmienić temat. – Mamy jakieś podstawy, żeby go tak capnąć i już amerykańcom nie oddać?

– Zaufajcie mi. Gdy tylko dotknie nogą naszego terytorium, udupiony będzie na cacy.

– Hmm... Nie rozumiem tylko, jaka ma być moja rola w tym przedsięwzięciu. Mam go trzepać czy jak?

– To swoją drogą. Widzicie, Brona, diamentowy pył jest cenny, ale istnieje ryzyko, że faktycznie nasz gość może wydzielać go w ilościach niehandlowych. Dlatego musiałem opracować wariant B. I tu zaczyna się twoja rola.

– Zamieniam się w słuch.

– Podejrzewam, że nie przybył tu bez powodu, ani też nie jest to podróż sentymentalna. Chce ubić jakiś interes z naszymi wampirami. Dlatego jak już ocenimy skuteczność trzepania, dowiesz się, czego chce. Może go nawet na trochę puścimy, żeby to sobie zdobył albo żeby wampiry mu to coś przekazały. I oczywiście skonfiskujemy to, gdy będzie opuszczał nasz kraj.

– A jego samego znowu do piwniczki na otrzepywanie?

– Jak wydajność produkcji pyłu będzie odpowiednia, to owszem. A jak będzie marna, to gada osikowym kołkiem i do piachu, dość mamy problemów z własnymi krwiopijcami, żeby jeszcze się z amerykańcem użerać!

– A może lepiej go zresocjalizować i dopiero odesłać za wodę? – Radkowi na myśl o palikowaniu wampira zrobiło się trochę mdło. – Przecież będzie wysysał imperialistów, dla nas to korzystne...

Major spojrzał na niego zaskoczony.

– Wy, Brona, naprawdę macie łeb na karku. Tylko nie wiem, czy da się go przekabacić. Naszych się nie udało, choć jeszcze przedwojenna „Dwójka" nad tym pracowała. A my będziemy mieli trudniej, bo otrzepywanie może go nastawić wrogo do naszego reżimu.

– A dlaczego nasze wampiry miałyby z nim współpracować? I jak je o to wypytać? – Student wcale nie pałał chęcią ponownego spotkania z siostrą.

– Bo po pierwsze przyjeżdża do nich, po drugie potwierdza to cenzura ich korespondencji, po trzecie zaś solidarność gatunkowa. Martwiaki różnych grup trzymają się razem. Tak czy inaczej, mamy trzy dni, żeby zgotować mu odpowiednio gorące przywitanie! – warknął major. – A na początek wybierzecie się do kościoła i zaiwanicie dla wydziału litr wody święconej.

Zaczął grzebać w paczce w poszukiwaniu kolejnego papierosa.

– Czego?!

– Wody święconej. To taka substancja używana przez kościółkowych do różnych rytuałów. Jak kogoś chrzczą albo coś święcą...

– Jak do poświęcania, to chyba powinna być woda poświęcająca, a nie święcona? – Radek poskrobał się po głowie.

– Zwał jak zwał. Nie wymagajcie od reakcjonistów precyzyjnej znajomości języka urzędowego. Wracając zaś do meritumu, ta woda wprawdzie składem chemicznym nie różni się od wody kranowej, ale wampiry, jako istoty wyjątkowo zabobonne, odczuwają przed nią wielki respekt.

– A nie można by użyć zwykłej kranówki? – zdziwił się Radek. – Skoro są identyczne...

– Widzicie, Brona – westchnął major – to, co wam teraz powiem... Hmmm... W zasadzie to tajemnica wydziału, ale skoro jesteście moim agentem... Słyszeliście o radiestezji?

– Tak. Nawet na daczy chłop z różdżką pokazał nam, gdzie studnię kopać.

– Teoretycznie taka różdżka to kawał kija albo drutu. Tak na logikę nie powinna działać. Ale działa. Co więcej, fachowiec radiesteta umie nią znaleźć wodę, a geolog bez zrobienia odwiertu tego nie potrafi. Zatem musicie zdać sobie sprawę, że uczeni zajmujący się oficjalną nauką akademicką nie wiedzą wszystkiego... Promieniowania cieków wodnych nie da się wykryć aparaturą naukową, ale fachowcowi wystarczy rozwidlona gałązka, żeby dokonać ich detekcji. Nadążacie?

– Tak...

– W przypadku wody święconej zachodzi proces dość podobny. Z naukowego punktu widzenia nie różni się od zwykłej. Jednak w jej bezpośrednim działaniu, zwłaszcza gdy podejmiemy to działanie wobec bytów bionekrotycznych, dostrzegamy pewne konkretne efekty. Zatem pomiędzy wodą kranową a wodą święconą istnieją subtelne różnice. Podejrzewamy, że święcona zawiera pewien nieznany nauce czynnik, nazwany przez nas roboczo „Św". I ten czynnik wydziela jakiś rodzaj promieniowania, którego wprawdzie nie jesteśmy w stanie wykryć obecnie używaną aparaturą, ale który oddziałuje na organizmy żywe... A zwłaszcza na nieżywe!

– Coś jak promieniowanie pierwiastków radioaktywnych – domyślił się student. – Też istniało, nawet szkodziło, ale ludzie nie zdawali sobie sprawy z jego istnienia, dopóki nie powstała aparatura naukowa, która je wykrywała?

– Dokładnie tak – pochwalił ubek. – W istnieniu czynnika „Św" nie ma, rzecz jasna, nic nadprzyrodzonego. Po prostu, jak się słusznie domyślacie, nie mamy jeszcze aparatury pomiarowej umożliwiającej jego wykrycie i analizę.

– Uf... – Konfident już się bał, że jego twardy materialistyczny światopogląd ulegnie zaburzeniu.

– Odmaszerować i wykonać!

Trzasnęła zapałka i major skrył się w kolejnej chmurze cuchnącego podłym tytoniem dymu.

Na Kawęczyńskiej królował niepodzielnie zimny grudniowy wiatr. Gosia, popatrując jednym okiem w niemiecki katalog bielizny erotycznej, dziergała sobie szydełkiem gorset. Marek czytał. Skrzypnęły drzwi wejściowe. To Igor skończył robotę. Wszedł do przedpokoju, otrzepał kurtkę ze śniegu, zzuł ciężkie robociarskie trepy.

– Bezczelność! – parskał poirytowany. – Podła bezczelność!

Gosia zaniepokojona oderwała wzrok od robótki.

Pewnie go jakaś przykrość spotkała w pracy, pomyślała.

Spawacz wszedł do pokoju. Ze złością miął w dłoni jakąś widokówkę.

– Co się stało? – Marek oderwał się od zachodnioniemieckiego katalogu maszyn do obróbki skrawaniem.

– Wyobraź sobie, napisał do nas ten żałosny dupek Eduard Coollen. Wysyła do Polski jednego swojego przydupasa i prosi, żebyśmy się nim zaopiekowali.

– Wspominaliście coś o tym Eduardzie. – Gosia zmarszczyła brwi. – Że nie ssie ludzi, tylko...

– Tyko wysysa niewinne zwierzaczki i nazywa to wegetarianizmem – parsknął Igor. – Ohydny kłusownik. On i ta jego popaprana rodzinka... Renegaci. Brudna plama na wampirzym honorze!

– To im tak na sucho uchodzi? W USA nie ma straży leśnej albo strażników łowieckich? – zdziwiła się, wracając do dziergania.

– Jedyna siła, która trochę ogranicza zapędy tych popaprańców, to Indianie. Coollenowie, zdaje się, wyssali im kiedyś kilka bizonów, była mała wojenka, dostali bęcki i od tamtej pory zawarto pakt o nieagresji. To znaczy wampirowatym nie wolno wchodzić do rezerwatów. Tyle że rezerwaty to zaledwie kilka procent powierzchni USA i Kanady... – wyjaśnił ślusarz. – W pozostałych lasach te pseudowampiry trzebią zwierzynę, aż krew bryzga... A jeszcze się hifa boją, więc zamiast pić wspólnie, po kilku z jednej sarny, każdy łapie sobie własną.

– To jakiś kompletny obłęd – mruknęła. – Sarna duża nie jest. Ile będzie w niej krwi?

– Mało i z kalorycznością kiepsko. Dlatego te amerykańskie pijawy wysysają nie jak my, kulturalnie, po kilka łyków, tylko żłopią ile wlezie. Wyssana, jak nie padnie od razu, to przeważnie choruje i zdycha – uzupełnił ponuro Igor.

– A gdyby tak coś większego? Nie mogą podpijać krwi ze zwierząt hodowlanych? – zainteresowała się Gosia.

– Słyszałem, że Coollenowie próbowali kiedyś dobierać się do krów wypasanych w Brokeback Mountain – powiedział Igor. – Ale wpadli w zasadzkę farmerów. Nie wiem, co im zrobili kowboje, ale od tamtej pory Eduard ma jakiś uraz psychiczny czy coś. W góry nie jeździ, bydełka się nie czepia, wysysa tylko sarenki.

– A gdyby tak zaczepili się w rzeźni rytualnej? – rozważała, a szydełko tylko śmigało jej w palcach. – Byłoby chyba przyjemne z pożytecznym.

– Nie da rady. Żydzi jakoś cholernie nie lubią takich jak my – westchnął Marek. – Może z racji odżywiania się krwią jesteśmy postrzegani jako wyjątkowo niekoszerni?

– Czyli krówki, kózki i owieczki odpadają, zatem powinniśmy zakręcić się przy zoo i pokombinować, żeby zapewnić gościowi to, do czego przywykł... – zaczęła niepewnie Gosia. – I to chyba od razu kilka sztuk? Długo tu zostanie?

– Żadnych saren nie będzie u nas wysysał – warknął Marek. – Ani w zoo, ani w Kampinoskim Parku Narodowym! Po moim trupie, to jest, chciałem powiedzieć... – zaplątał się.

– Nie pozwolimy! – przyszedł mu w sukurs przyjaciel. – My, prawdziwe wampiry, kochamy zwierzątka! Ja nawet kiedyś odpowiednią gazetę prenumerowałem... – Sięgnął na etażerkę i wydobył sczytany egzemplarz czasopisma „Chrońmy Przyrodę Ojczystą" z lat pięćdziesiątych.

Widniejący na czarno-białej okładce hipopotam miał minę, jakby w pełni podzielał jego oburzenie.

– Nie ma dla takich jak on miejsca w naszej dzielnicy! – Ślusarz walnął dłonią w stół.

– Czyli co robimy? – zaciekawiła się dziewczyna. – Tylko nie będziemy z nim gadać, czy może od razu osikowym kołkiem?

– E, kołkiem to trochę za ostro – stropił się Marek. – Po prostu przegonimy ohydnego kłusownika. Jak będzie trzeba, buziuchnę mu skujemy. Niech wraca do domu trzebić amerykańską zwierzynę, a nasz kraj zostawi w spokoju!

– Tak sobie myślę... – zadumała się Gosia, sprawdzając, czy nie pomyliła gdzieś ściegu. – A może zamiast pogonić mu kota, lepiej go zresocjalizować? Przekonać, że ten pseudowegetarianizm to bzdura, a wysysanie ludzi jest bardziej kaloryczne, estetyczne, etyczne i ekologiczne?

– Masz głowę na karku. Tak czy inaczej, mamy trzy dni, żeby zgotować mu odpowiednio gorące przywitanie! – warknął ślusarz. – Trzeba też zawiadomić hrabiego. W końcu to on jest naszym wodzem... – Skrzywił się, jakby nieco ironicznie. – Kto idzie ze mną?

Wiatr na zewnątrz zawył triumfalnie.

– Ja muszę pozmywać – zełgał Igor.

– To ja rozprostuję kości. – Dziewczyna zwinęła robótkę.

Radek podkradał się do kościoła z duszą na ramieniu. Potężna budowla wznosząca się niedaleko placu Komuny Paryskiej górowała nad zabudową tej części Żoliborza.

– Zagadkowy czynnik „Św". – Chłopak przypomniał sobie słowa majora i wzdrygnął się. – A jeśli to uszkadza mózg? Nie bez przyczyny babcia gada jak nawiedzona...

Brama prowadząca na dziedziniec przed świątynią była podejrzanie szeroko otwarta. Chłopak wsunął dłoń za pazuchę, namacał po raz setny zestaw pobraniowy: butelkę po napoju „Ptyś", lejek i podebraną matce łyżkę wazową.

Diabli nadali, pomyślał. Po akcji chochelkę trzeba wywalić, nie wiadomo, co to jest ten czynnik. Jak minerały, to może wleźć w pory metalu i truć. A jeśli, dajmy na to, wirusy albo bakterie? Zresztą po kontakcie z wodą święconą chochelka i lejek będą poświęcone, nie wypada w partyjnym domu tego używać!

Podszedł do drzwi świątyni. Na progu poczuł gwałtowny przypływ paniki. Nigdy dotąd nie zdarzyło mu się odwiedzać takiego miejsca. Tylko w podstawówce na wycieczce był w dwu czy trzech zabytkowych katedrach, ale nie bardzo już pamiętał, jak to jest w środku urządzone... Miał jeszcze nadzieję, że kościół okaże się zamknięty na głucho, ale gdy nacisnął klamkę, miękko ustąpiła, a skrzydła drzwi gościnnie się uchyliły.

– No to w imię Marksa, Engelsa i Lenina – żartem spróbował dodać sobie odwagi i ostrożnie przestąpił próg.

Spodziewał się czegoś spektakularnego, ale nic się nie wydarzyło. Nie poraził go prąd, nie stanął w płomieniach. Rozejrzał się ostrożnie, ale inkwizytorów też na szczęście nie zobaczył. Wewnątrz kościoła pachniało kadzidłem, a także trochę świeżo umytą podłogą. Radek odetchnął z ulgą.

Dobra. Pierwsza linia umocnień zdobyta. Teraz zaiwanić co trzeba i chodu, bo mnie tu ciemnota gotowa na stosie spalić. Swoją drogą, ciekawe, skąd kościółkowi biorą tę wodę święconą, zadumał się. Gdzie mam niby szukać? Kran jakiś zrobili przy ołtarzu czy jak?

We wnętrzu panował lekki półmrok. W pochmurny dzień przez okna przedostawało się niewiele światła. Teraz dopiero spostrzegł, że nie jest sam. W głównej nawie kręcili się dwaj ludzie. Na szczęście nie wyglądali groźnie. Jeden rozstawiał statywy, a drugi, starszy, z siwą brodą, notował coś w szkicowniku. Konfident w pierwszej chwili chciał podejść i zapytać o wodę, ale zaraz zganił się za głupotę.

Kran z wodą święconą. Albo cebrzyk czy coś, rozważał, lustrując wnętrze. To zapewne musi być pod ręką w czasie ich szamańskich obrzędów. Tylko jak nabiorę, kiedy ci dwaj się tu kręcą?

Naraz koło wejścia wypatrzył kropielnicę. Była pełna. Zrobił krok w tamtą stronę.

– To chyba to – mruknął. – Ciekawe, swoją drogą, po co to tu wystawili...

Przypomniał sobie mętnie, jak w dzieciństwie babcia Adelajda czytała mu jakąś historię z Biblii... Był tam koleś przybyły z Rzymu i on sobie publicznie umył ręce... Radek nie mógł sobie wprawdzie przypomnieć, po co to zrobił, ale kontekst kulturowy wydał mu się oczywisty.

– To na pamiątkę Piłata znaczy się? Myją w tym dłonie przed wejściem do środka czy jak? Hmm... muzułmanie ściągają buty... To pewnie i u naszych coś podobnego się stosuje.

Ostrożnie dotknął brzegu kamiennej misy opuszkami palców i w tym momencie jego oczy poraziła nieziemska jasność.

– O, w mordę. Bóg jednak istnieje – przeraził się i runął nieprzytomny na posadzkę.

Hrabia spoczywał w najstarszej części Powązek. Ślusarz dobrze znał drogę, lecz alejki były tu wąskie i niekiedy nawet kręte, sporo czasu zajęło przedarcie się na miejsce. W dodatku zaczął prószyć śnieg.

– To ten grobowiec. – Marek wskazał ręką okazałą budowlę.

Prutowie wystawili sobie niezłą kaplicę. Obecnie, po upływie niemal dwustu lat, nadgryzł ją nieco ząb czasu. Porośnięty mchem piaskowiec osypywał się tu i ówdzie, żeliwne elementy pokrył rudy nagar korozji, ale i tak robiła wrażenie.

– Szykowny – pochwaliła Gosia. – Ale i mój niewiele gorszy. To znaczy mojego pradziadka...

Wampir wydobył z torby narzędzia. Dłuższą chwilę majstrował przy zardzewiałym zamku. Wreszcie drzwiczki prowadzące do wnętrza tumby stanęły otworem. Gosia spodziewała się upiornego zgrzytu nigdy nieoliwionych zawiasów, ale uchyliły się gładko. Wewnątrz było ciasno i panował półmrok. Światło wpadało jedynie przez dwa zakratowane okienka. Ślusarz pochylił się, złapał kółko wpuszczone w podłogę i bez większego wysiłku uniósł cienką kamienną płytę. Zapalił latarkę.

– Uważaj, bo tu stromo – ostrzegł dziewczynę.

Zeszli na dół, do sporej krypty. Stały tu trzy żeliwne trumny, z wierzchu kompletnie zardzewiałe. Obok znajdowała się jeszcze jedna – drewniana. Przy trumnie, na wycieraczce, stały sobie trzy pary znoszonych relaksów, a na haku wbitym w ścianę wisiał szaroburaczkowy jedwabny płaszcz w malutkie czarne serduszka. Dziewczyna od razu domyśliła się, kto śpi w środku.

Pod ścianą wypatrzyła jeszcze dwa kościotrupy w gumofilcach i resztkach kufajek.

– Co to za jedni? – zdumiała się.

– Kanapki, a może owsianka i poranna kawa – mruknął Marek, a w jego głosie zabrzmiał jakby cień nagany.

– Że co!?

– Pstro! Zwykłe hieny cmentarne. Przyszli obrobić grób hrabiego. Otworzyli jego trumnę. Wyskoczył... Dużo to z nich nie possał, obaj zaraz kipnęli na zawał... Ale i tak cieszył się jak dzieciak. Mówił, że nikt mu nie przyniósł śniadania do łóżka przez dwieście pięćdziesiąt lat, a tu samo przyszło.

Gosia zachichotała.

– Ano pora obudzić kumpla.

Postukał butem w bok skrzyni. Odpowiedziało mu milczenie. Postukał raz jeszcze, a potem podniósł wieko. Hrabia zastrzygł spiczastym uchem.

– Co za czasy parszywe nastały, że żywi, miast przed telewizorami leżeć, martwych nachodzą – wymamrotał, uchylając powieki. – A, to wy – rozpoznał gości. – Czym mogę służyć?

– Mamy problemy...

– Jak zwykle – westchnął. – Co tym razem?

– Wybiera się do nas przedstawiciel rodu Coolleńów.

Hrabia usiadł i zagryzł wargi.

– Czego znowu chcą od nas ci żałośni popaprańcy?

– Nie wiem – mruknął ślusarz. – I chyba nawet nie chcę wiedzieć... Pomyślałem jednak, że jego przegnanie powinno mieć odpowiednią oprawę i pan, hrabio, jako najstarszy wiekiem i najczcigodniejszy tytułem, powinien osobiście...

– Gosia też jest hrabianką. – Xawery miał minę, jakby chciał się wykręcić. – Ale może faktycznie za młoda i wiekiem, i wyglądem... Znaczy się robimy tradycyjnie? Najpierw łomot, potem malownicze poniżenie, potem pogonienie kota...

– No tak...

– I tym razem żadnych interesików na boku? – Wbił w ślusarza ironiczne spojrzenie.

– Proszę mnie nie pouczać! Wystarczająco często interesy z nimi wychodziły mi bokiem!

– Ty się nie zarzekaj. Za każdym razem tak gadasz, a jak przyjdzie co do czego, głupiejesz na widok kilku dolarów.

– To tym razem będzie inaczej!

– Myślę, że na początek niegłupio by było skombinować litr wody święconej... Tylko nie wiem, jak to zrobimy. Najlepiej ukraść trochę w kościele, w końcu i tak jesteśmy potępieni, ale mimo wszystko jakoś tak nieładnie i niekulturalnie. No i nie da się wejść do środka, bo to poświęcona ziemia.

– Moja babcia ma całą butelkę! – zapaliła się Gosia. – Wspominała kiedyś.

– Obrobić własną babcię to dopiero brak elementarnej kindersztuby – westchnął Prut z naganą.

– Ty nie bądź taki bardziej święty od papieża, bo ci przypomnę, co w takiej jednej książce czytałem o twoich wyczynach. Mam na myśli pewien sejm w tysiąc siedemset dziewięćdziesiątym piątym... – warknął ślusarz. – I takie świstki, dziś bezcenne dokumenty historyczne, które podpisałeś w towarzystwie różnych palantów.

Hrabia, gdyby nie był wampirem, pewnie by się zaczerwienił.

– Tak więc rodzina rzecz święta, zatem w żadnym razie proszę nie zabierać szanownej babci całego zapasu – zwrócił się do dziewczyny.

Radek Brona powoli dochodził do siebie. Leżał na czymś twardym i zimnym. Zapewne była to kościelna posadzka. Od drzwi lekko ciągnęło chłodem. Zamrugał powiekami.

– Komuszek ani chybi... – usłyszał nad sobą zrzędliwy głos jakiegoś staruszka.

– Po czym pan poznaje, profesorze?

– Czapki nie ściągnął po wejściu do świątyni, a na żydka nie wygląda. Wlazł, gapił się, co robimy, kapuś zakichany, a jak łysnąłem fleszem, czegoś zemdlał...

– Strachliwy. Czego to ubeckie nasienie tak się nas boi!?

– Nawet pan nie wie, panie kolego, jakie głupoty na szkoleniach ideologicznych tłuką im do łbów na temat Kościoła. Dobra, za drzwi z nim i kontynuujmy robienie dokumentacji.

Młodszy pomocnik sędziwego uczonego złapał konfidenta za kołnierz i bezceremonialnie wywlókł na dziedziniec. Radek potrząsnął kilka razy głową. Pomacał butelkę. Była cała. Nawet lejka i chochelki nie zgubił.

– To tylko flesz był? Ależ mnie nastraszyli reakcjoniści... Ja chromolę, dość tego – burknął. – Czynnika „Św" się majorowi zachciało, to niech sobie sam zdobywa!

Zagryzł wargi. Z drugiej strony... Postawić się majorowi w tak ważnej sprawie? I nagle doznał oświecenia, zupełnie jakby kolejny flesz rozbłysnął mu prosto w mózgu.

– A po co samemu ręce brudzić, skoro można posłużyć się fachowcami!

Godzinę później wysiadł z trzynastki przed bramą bazaru Różyckiego. U celu poczuł się odrobinę głupio. Przeszedł się po chodniku w prawo, potem w lewo. Ten cholerny bazar to enklawa zwyrodniałego kapitalizmu, próbował przekonać sam siebie. Wszyscy ci sprzedawcy to kopani reakcjoniści. Z całą pewnością trzymają z klerem, a co za tym idzie – na pewno mają na składzie to, czego potrzebuję...

Odrobinę uspokojony wkroczył na terytorium wroga.

– Co potrzeba? – Dyżurny kombinator pojawił się jak diablik z pudełka. – Może bombę demograficzną?

Coś trzasnęło cicho i w dłoni bandziorka mignęło ostrze sprężynowca.

– Nie no, co pan – bąknął student. – Wody święconej szukam.

– Że niby czego!? – Cwaniaków z Różyca trudno było czymkolwiek zaskoczyć, ale Radkowi się udało.

– Nie ma? – zmartwił się konfident.

– Na naszym bazarze jest wszystko – uspokoił go kizior. – Ale to nietypowy towar, więc będzie kosztowało... A dla kapusiów jest jeszcze dodatkowa specjalna taksa. Ile trzeba tej wody?

– Litr. – Student wyciągnął butelkę po ptysiu zza pazuchy.

– Tysiąc złotych.

O, żeby cię pokręciło, zaklął w duchu Radek, ale wysupłał z kieszeni błękitny banknot z Kopernikiem.

– Się tu chwilę zaczeka. Zaraz wracam z towarem.

Kombinator zabrał banknot i flaszkę i znikł między budami. Student zdążył obejrzeć najbliższe stoiska. Nie było na nich nic szczególnie ciekawego. Bawełniane skarpety z doszytym krokodylkiem, tureckie jeansowe kurtki i spodnie, modnie sprane do białego. Do tego sportowe obuwie ze znaczkiem skaczącej pumy na cholewkach i dumnym napisem „Adidas".

– Zaopatrzenie jak w niezłym Pewexie odzieżowym – mruknął pod nosem Radek.

„Dyżurny" wrócił może po kwadransie.

– Proszę. – Wręczył konfidentowi butelkę wypełnioną do dwóch trzecich objętości. – To wszystko, co udało się zebrać. Ale mówiłem, nietypowy towar.

Radek miał na końcu języka, że powinien w takim razie dostać trzysta złotych reszty, ale widok gęby oprycha i gorylich łap poznaczonych sznytami jakoś dziwnie zniechęcił go do targów. Podziękował i z ulgą wyszedł na Targową.

Gdy szedł już do przejścia podziemnego, gdzieś zza bramy bazaru dobiegło echo dziwnego dźwięku. Zniekształcony po przejściu przez drewniane konstrukcje bud i budek, zaplątany w jeansowe kurtki brzmiał jak ryczenie sporego tłumu kłapouchów. Spłoszone gołębie uniosły się stadem w ciemniejące praskie niebo.

– Faktycznie mają tam wszystko, nawet żywe osły – konfident nie mógł wyjść ze zdziwienia.

Do domu dowlókł się w porze kolacji. Luna powitała go leniwym szczeknięciem. Matka nakrywała już do stołu. Ojciec też zdążył wrócić z roboty. Obiad parował na stole. Radek wpuścił butelkę w cholewkę kalosza, by w stosownej chwili przeszmuglować ją do swojego pokoju, i zasiadł z rodzicami przy stole. Babcia Adelajda oczywiście nie zaszczyciła ich swoją obecnością. Siedziała w swoim pokoju i słuchała Wolnej Europy.

– Tato – zaczął Radek z wahaniem – musimy pogadać.

– No to pytaj.

– Tak się czasem zastanawiam, dlaczego w każdy piątek jemy kotlety schabowe?

– Taki partyjny zwyczaj, tradycja znaczy się. Przedwojenna jeszcze. Kościółkowi tego dnia poszczą, czyli programowo nie jedzą mięsa. No to my przywracamy równowagę ideologiczną w przyrodzie. Przekora taka – wyjaśnił ojciec.

– No ale po co robić Bogu na złość, skoro Go i tak nie ma?

– Na wszelki wypadek – odezwała się matka. – Bo gdyby się okazało, że jednak istnieje, to pokazujemy, że się Go wcale nie boimy.

– Gdyby się okazało... – przeraził się student. – Jeśli On jest, to za taką głupią „przekorę" zrobi z nas mokrą plamę!

– Ale się nie okaże – uspokoiła go matka. – Sam pomyśl: mamy masę aparatury astronomicznej, teleskopy, radioteleskopy, satelity. I co? Ani razu nie zaobserwowano aniołów, nieba, Boga. Mamy detektory wszelkiego rodzaju i nigdy nie wykryto żadnych oddziaływań mogących wskazywać na istnienie mocy nadprzyrodzonych!

Major mówił jakby inaczej, pomyślał chłopak. Że czynnik „Św" jednak jakoś działa, choć aparatura tego nie rejestruje...

– Wszystko, co nas otacza, opiera się na nienaruszalnych prawach chemii, fizyki i psychologii! – dodał ojciec.

– A nasza Gosia wedle jakich praw przyrody egzystuje? – Z pokoju dobiegł złośliwy chichot babci Adelajdy.

Staruszka mimo osiemdziesiątki na karku miała iście koci słuch. Matka zdjęła z nogi kapeć i ze złością cisnęła w drzwi.

– Hmm... no właśnie... Gośka... – zasępił się student. – Pochowaliśmy ją, a ona wstała i grasuje...

– Wiara w rzeczy nadprzyrodzone i życie nomen omen pozagrobowe jest odpowiedzią na wszystkie wasze pytania – dogadywała babcia.

Matka rzuciła drugim kapciem.

– Nie myśl o tym, jedz, póki ciepłe – mruknął ojciec, ale było widać, że i on jakoś stracił apetyt. – A w wampiry to Słowianie wierzyli jeszcze przed chrześcijaństwem.

– Więc to, że moja siostra wstała z grobu, łazi po mieście i wysysa krew ludziom, nie potwierdza żadnych katolickich zabobonów? – Student odetchnął z ulgą.

– A może po kielonku na lepsze trawienie? – zaproponował ojciec.

– Oj tak, tego mi trzeba – westchnął chłopak.

Ojciec podreptał do barku i wrócił z flachą czyściochy. Wypili, potem wypili znowu. Kotlety stały się jakby mniej żylaste, a kartofle i surówka nabrały kolorów. Po piątym problem istnienia wampirów stał się mniej dokuczliwy. Po ósmym tytanicznym wysiłkiem trzech umysłów ustalili, że istnienie bytów bionekrotycznych, choć teoretycznie niemożliwe, jeśli już się przydarzy, nie stoi w sprzeczności z podstawowymi założeniami marksizmu. Dziewiąty toast ku czci wiecznie żywego Lenina wznieśli nie kieliszkami, ale jak się należy – szklankami po herbacie. Wreszcie koło północy, gdy butelka pokazała dno, Radek poszedł spać.

Dym papierosowy snuł się po gabinecie majora Nefrytowa jak opar nad wiosennym bagnem. Kąty pomieszczenia ginęły w półmroku. Jedynym źródłem światła był reflektor do przesłuchań stojący na blacie.

– Przejrzałem wasze podanie odnośnie kurtki skórzanej i fiacika. – Major przekładał papiery na biurku. – Zasadniczo wymienione dobra należą się wam jak psu buda i nie byłoby z tym żadnego problemu, gdyby nie ten cholerny kryzys spowodowany przez imperialistów...

Radek poczuł dziwny zamęt w głowie. Nie mógł sobie przypomnieć, by składał jakieś podanie.

– Ale oczywiście wydział postarał się choć trochę zadośćuczynić waszym słusznym żądaniom. Tu jest kurtka, nie udało się wprawdzie zdobyć czarnej... – Major wyciągnął spod biurka wyjątkowo obrzydliwą sraczkowatobrązową kapotę uszytą z podłego skaju. – Zaś co do przydziału fiacika, też dało się coś zrobić... – Wręczył papier konfidentowi.

Radek spojrzał na świstek.

– Talon na wrotki!? – wyszeptał osłupiały.

– A coście myśleli. – Major zdjął czapkę i teraz dopiero student spostrzegł na jego głowie imponujące rogi. – Zawarliście pakt z diabłem, to nie powinniście się niczemu dziwić. Piekło zawsze płaci fałszywym pieniądzem.

Konfident wrzasnął i obudził się zlany zimnym potem.

– O, w mordę, co za chory, głupi koszmar – westchnął i naraz poczuł na sobie jakiś ciężki wzrok.

Wzrok czuł od strony okna. Przestraszył się, że może wampiry patrzą przez szybę albo i włażą do środka i za chwilę go dopadną, ale to tylko Luna się obudziła i obserwowała go ze swojego posłania. Nad Warszawą wstawał świt. Ból głowy uderzył znienacka. Kac był potworny...

– Mam złe sny, piesku – westchnął.

– Jak masz słabą głowę, to przestań tyle chlać – poradziła suka.

Radek zamarł. Łypnął okiem na Lunę. Siedziała, milcząc, ale z jej wzroku jasno wynikało, że totalnie nim gardzi.

– Babcia bez przerwy chodzi z psem do kościoła i przywiązuje go gdzieś przy wejściu – mruknął sam do siebie. – Widać zwierzak nasiąkł czynnikiem „Św", aż zaczął gadać. Albo ja wiem, może przez błony śluzowe wchłonął...

– Niech cię o to głowa nie boli – burknęła suka. – To dla ciebie zbyt skomplikowane. Trzymaj się konkretów i wytycznych swojej organizacji. Skoro Lenin nie pisał o czynniku „Św", to znaczy, że nic takiego nie istnieje.

– Ty naprawdę umiesz mówić czy mam zwidy? – Chłopak popatrzył na nią koso. – Ćwiartkę z ojcem wypiłem... Znaczy się pół litra na dwóch. I mama pomagała trochę. To jakby trochę za wcześnie na delirkę.

– To nie było pół litra, tylko litr. Ale oczywiście masz zwidy – uspokoiła go Luna. – Psy nie umieją mówić. Po prostu mają inaczej skonstruowane struny głosowe. Nawet Engels tego nie opisał, choć z ogromnym zapałem płodził totalne głupoty na temat zoologii i społecznych zachowań zwierząt.

– No tak, czego nie opisali, tego po prostu nie ma. Ani gadających psów, ani czynnika „Św", ani nawet wampirów. To wszystko urojenia... – Uspokojony konfident spojrzał na zegarek, a potem powlókł się do łazienki, licząc po cichu, że poranny zimny prysznic pozwoli mu zwalczyć ostatecznie stan upojenia.

Luna uniosła łeb ku sufitowi.

– Boże, co za frajer – westchnęła. – A do tego nie dość, że komuch, kapuś i moczymorda, to jeszcze ma słabą głowę. Za jakie psie grzechy mnie pokarało takimi właścicielami! Gdyby nie mieli partyjnych kartek na mięso, dawno bym stąd uciekła i poszukała normalnej rodziny. Zresztą co za perspektywy w tym zakichanym kraju. W USA dopiero zrobiłabym karierę! Mówiący pies to i w Hollywood może się zaczepić...

Gosia i Marek podjechali w pobliże domu Bronów o siódmej rano. Ukryci za ośnieżonym żywopłotem obserwowali otoczenie. Najpierw ojciec dziewczyny pojechał swoją służbową ładą do roboty. Potem matka powędrowała na przystanek tramwajowy. Wreszcie z wnętrza domu wyłonił się Radek. Wyglądał nieszczególnie. Lazł przed siebie jak lunatyk, sztywno, powłócząc nogami. Z torby zawadiacko sterczała mu szyjka butelki po ptysiu. Wyglądał na bardzo zmarnowanego.

– Ależ musi mieć nieziemskiego kaca – mruknął wampir z naganą.

– Babcia zaraz powinna iść do kościoła – zauważyła dziewczyna. – Zawsze rano... O, i już...

Starowinka z Luną u nogi wymaszerowała dziarsko z domu, potupując świeżo napastowanymi oficerkami.

– Co ona z tym psem robi, gdy jest w kościele? – zdumiał się wampir. – Choć hrabia mówił, że gdy był młody, to podczas pogrzebów wjeżdżano do świątyń konno. Ale w obecnych czasach ze zwierzętami chyba nie wolno?

– Nie wiem, przecież z nią nie chodziłam. Droga wolna!

Przemknęli się pod drzwi willi. Na szczęście chodnik był zamieciony, nie musieli się obawiać, że zostawią ślady. Gosia sprawdziła skrytkę w klombie, ale pod kamieniem nie było kluczy. Rodzinka musiała zmienić miejsce.

– Jasna cholera! – syknęła.

– Spoko. – Marek zbył ją machnięciem ręki.

Z kieszeni wyciągnął pęk wytrychów, przez chwilę majstrował przy zamku i drzwi stanęły otworem.

– Prościzna. – Wzruszył ramionami, zbywając niezadane jeszcze pytanie. – Te patentowane zamki są gówno warte. Byle złodziejaszek to otworzy w piętnaście sekund. Wystarczy kawałek drutu.

Wślizgnęli się do holu i ściągnęli buty, by nie nanieść błota i nie zostawić śladów.

– Fiuu... mieszkają sobie partyjniacy. – Ślusarz rozejrzał się po wnętrzu. – Którędy?

Gosia wskazała drzwi sanktuarium babci Adelajdy. Były oczywiście zamknięte na klucz.

– Co ona, zgłupiała? – zdziwił się Marek. – Przed własną rodziną się barykaduje?

– Bo ma tam istny skarbiec – wyjaśniła dziewczyna. – Całe lata wymienia część emerytury na dolary i raz w miesiącu hajda do Pewexu. Kupuje różne dobra luksusowe i chomikuje.

– Będzie z tym trochę roboty – westchnął wampir na widok dwóch solidnych zagranicznych zamków.

Dłubał w nich drucikami dobry kwadrans, ale otworzył. Nacisnął klamkę i zawył, jakby go prąd potelepał. Z trudem oderwał dłoń od metalu.

– Szlag jasny by trafił! – syknął. – Ale numer! Chyba się nas spodziewała...

Naskórek miał równo przypieczony na brązowo. Wnętrze dłoni przez chwilę lekko dymiło.

– Srebrna klamka? – zdumiała się Gosia.

– Albo naprawdę grubo posrebrzona... Uważajmy, wewnątrz mogą być jeszcze inne niespodzianki.

Łokciem nacisnął klamkę i drzwi się uchyliły. Z wnętrza zionęło taką wonią, że oczy zaszkliły im się mimo wyschniętych na zawsze kanalików łzowych. Faktycznie babcia powiesiła pod sufitem co najmniej dziesięć sznurów czosnku. Kilka krucyfiksów i ikon połyskiwało groźnie z kątów.

– Wchodzimy ostrożnie... – polecił. – Nie oddychaj.

Z wahaniem przekroczyli próg babcinego sanktuarium. Pośrodku pomieszczenia leżał niepozornie wyglądający chodniczek. Marek przyjrzał mu się uważnie, wyjął z kieszeni dużą mutrę i cisnął ją na środek.

Ciap! – ukryty pod spodem potrzask na niedźwiedzie zatrzasnął najeżone posrebrzonymi kolcami paszczęki. Gdyby któreś stanęło w tym miejscu, z pewnością straciłoby nogę.

– Fiu, fiu, rzeczywiście niezły magazyn. Sklep by można otworzyć! – ślusarz kontemplował regał wyłożony ręcznikami frotte. – Fortuna tu leży...

Dziesiątki butelek pewexowskiej wódy połyskiwały srebrnymi etykietami. Obok dumnie sterczały flaszki zagranicznych trunków. Choć babcia nie paliła, kupiła kilka „sztang" zagranicznych petów. Pudełka gum do żucia, dziesiątki świec i grube pęki porządnych sznurowadeł dopełniały obrazu.

– To chyba będzie to. – Gosia wskazała palcem.

Pod świętym obrazkiem stała niepozornie wyglądająca butelka. Niestety, jej szyjkę oplatał różaniec. Ślusarz zaczepił go ostrożnie drucikiem i odłożył na bok.

– Czy to nie zbyteczna ostrożność? – zirytowała się Gosia. – Garść paciorków na sznurku...

– Przestań wyjeżdżać z tym ateizmem – ofuknął ją. – Przecież to idiotyzm.

– Ateizm to naukowa...

– Nie chrzań, proszę. Jesteś pierwszą wampirzycą ateistką, jaką znam!

– To wy wszyscy wierzycie w Boga? – Spojrzała na niego z drwiną. – To pewnie dlatego, że urodziliście się w takich ciemniackich czasach i nasiąknęliście tym zabobonem, jak jeszcze byliście ciepli.

– A dlaczego mamy nie wierzyć? – Spojrzał na nią zdziwiony. – Woda święcona nas parzy, srebro zabija albo ciężko rani, krzyża nie jesteśmy w stanie wziąć do ręki, bo zaczynamy się palić. Nawet przez azbestową rękawicę działa... Do kościoła nie wejdziemy, bo już w bramie nami rzuca... To o czym to wszystko świadczy?

– Autosugestia! Podobno jak się zahipnotyzuje człowieka i dotknie go ołówkiem, mówiąc, że to papieros, na skórze pojawia się oparzenie. Dlatego przedmioty kultu tak na was działają... A ja jestem z normalnej rodziny i się wcale nie boję!

– Aaaa... Nie boisz się? – Uśmiechnął się wrednie. – Proszę. – Wskazał różaniec. – Dotkniesz? Koniuszkiem paluszka chociaż, skoroś taka odważna...

Bez słowa ujęła paciorki w dłoń. Coś błysnęło. Poczuła jakby uderzenie w plecy. Doszła do siebie, leżąc na podłodze. Ślusarz poklepywał ją po twarzy. Gosia zamrugała.

– Gdzie ja... Dlaczego jesteśmy w kuchni!?

– Bo aż tu cię rzuciło – wyjaśnił.

– Rzuciło?!

Teraz dopiero dostrzegła, że wokoło poniewiera się gruz i bryły tynku. Usiadła. W ścianie ziała nieregularna dziura prowadząca, jak się okazało, do pokoju babci.

– Co się stało?

– Myślałem, że dotkniesz końcami palców – usprawiedliwiał się. – Toby cię tylko potelepało jak prądem. Ale ty złapałaś konkretniej. To i wyładowanie poszło takie, że miotnęło o ścianę. Na szczęście brakoroby ją stawiali, bo zostałaby z ciebie mokra plama. No i dobrze, że wampiry są dość odporne. No dobra. Zdobyliśmy co trzeba. Pora się zwijać, poranne msze nie są długie, babcia niebawem może wrócić... – Popatrzył z niepokojem na zegarek. – A lepiej, żeby nas tu nie zastała. Dasz radę iść?

Dźwignęła się z trudem na nogi.

– To wszystko nie dowodzi jeszcze, że Bóg istnieje – mruknęła, otrzepując miniówkę z kurzu. – To było wyładowanie jakiejś energii.

– Jakiej niby energii? – zdziwił się.

– Radiestezyjnej czy czegoś w tym rodzaju. Promieniowanie kształtów. Krzyż zaburza promieniowanie cieków wodnych i ładuje się jak kondensator czy coś... – snuła teorie.

– To ty wierzysz w radiestezję, a nie wierzysz w Boga!? – Popukał się w głowę.

– Brzytwa Ockhama! – Gosia uniosła dumnie brodę. – Najbardziej proste i logiczne wyjaśnienia zazwyczaj są prawdziwe.

Tak sobie dogadując, zapakowali się do samochodu. Zrobili to w ostatniej chwili, bo daleko w perspektywie alejki majaczyła już sylwetka babci Adelajdy.

W mieszkaniu przy Kawęczyńskiej przygotowania szły pełną parą. Igor ostrzył osikowe kołki, a hrabia z ogromną ostrożnością ostrzył srebrzoną masońską szpadę.

– Zdobyliście wodę święconą? – spytał spawacz.

– Pokonując nieziemskie trudności... – zaczęła Gosia.

– A coś ty taka jakby tynkiem przyprószona!? – zdziwił się Prut.

– Była mała przygoda ze ścianą – bąknęła dziewczyna.

Marek wyciągnął z łazienki miskę i trochę innego sprzętu. Rozłożył się na stole w kuchni. Opaloną rękę natarł oliwą.

– To się wygoi? – zapytała Gosia.

– Powinno – westchnął. – Kilka tygodni będę musiał uważać.

– Może to jakoś zdezynfekować?

– Niby jak i czym? – Uśmiechnął się pobłażliwie. – Na martwą tkankę jodyna działa dość paskudnie...

Wydobył zdobytą butelkę H_2Ośw. Przelał ostrożnie do miski. Potem z drugiej flaszeczki dolał czegoś upiornie zielonego.

– Mieszamy wodę święconą z bejcą do drewna. – Szklanym prętem bełtał zawartość miski. – Woda święcona parzy wampira lepiej niż kwas. Jeśli dodamy barwnik, zostanie wpieczony w powierzchnię skóry niemal jak tatuaż...

– Nie rozumiem? – pokręciła głową dziewczyna. – Po co to?

– Plamy po farbie będą dzięki temu trwałe, nie do zmycia, nie do usunięcia, chyba żeby ten Coollen obdarł się ze skóry – zarechotał Igor. – Przez następne czterdzieści lat, ilekroć spojrzy w lustro, będzie sobie przypominał, że nie był tu mile widziany.

– Musieli wam solidnie dopiec ci amerykańcy – westchnęła.

– I to nie raz – warknął Marek. – Ale przebrała się miarka. Koniec negocjacji, koniec interesów, koniec układów i układzików. Załatwimy sprawę po robotniczo-chłopsku. – Zacisnął zdrową pięść w kułak.

– Poprzednim razem też tak mówiłeś – skrzywił się spawacz.

– I jeszcze poprzednim... – dodał hrabia.

Marek, nie odpowiadając na docinki, zaczął przelewać wytworzony zajzajer do butelki.

– Tak się zastanawiam – mruknęła Gosia, patrząc w zadumie na zdobiący ścianę gobelin ze sceną polowania. – A gdyby zrobić maluśką prowokację?

– To znaczy? – zaciekawił się Igor.

– Skoro ten Adalbertus lubi wysysać sarenki, to może załatwimy go metodą na smoka wawelskiego... Podstawimy mu wypchaną.

– Nadzianą smołą i siarką? – nie zrozumiał spawacz.

– Nie, wypchaną taką lekarską zgrzewką z ludzką krwią w środku. Dziabnie zębami przez sierść, pociągnie i zaraz przywróci sobie świadomość klasową!

– Amerykanie są głupi, ale chyba nie aż tak... – Marek uśmiechnął się mimowolnie. – Poza tym skąd wytrzasnąć wypchaną sarnę?

– Wykradniemy z jakiegoś muzeum – podsunęła, ale oni myśleli już o czymś innym.

– Dobra nasza. – Marek popatrzył na zegar. – Zbierajcie się, jedziemy na lotnisko. Pora zrobić maluśką zadymę...

Mały fiacik zaparkował na parkingu naprzeciw hali przylotów budynku lotniska. Gosia była tu kilka razy w życiu, gdy ojciec wracał z zagranicy. Na widok lądujących samolotów poczuła niemal powiew wielkiego świata...

– Plan jest taki – ślusarz wydawał ostatnie dyspozycje. – Witamy się i udajemy, że jesteśmy mili. Wyprowadzamy go tu, na parking, worek na łeb, kajdanki, wpierdol wstępny, klienta pakujemy w worku do bagażnika, jedziemy do lasu, kolejny wpierdol, pogadanka umoralniająca, rozbieramy do rosołu, woda święcona i zostawiamy go gołego na mrozie, tylko z paszportem w zębach, piętnaście kilometrów od miasta.

– Brzmi nieźle – pochwalił hrabia. – Ale wolałbym, abyś nie używał słowa „wpierdol", jest takie prostackie... Masz kajdanki?

Marek wyjął z kieszeni dziwacznie wyglądające okowy z kłódkami wyklepanymi chyba przez wiejskiego kowala.

– Carskie jeszcze – pochwalił się. – Sprawdzony sprzęt. Jak mu tu zapniemy, to może iść pieszo choćby za Ural. Zesra się, a łap nie uwolni.

– A ja mam zastrzeżenie – odezwała się Gosia.

– Że niby wampiry nie srają? – Uśmiechnął się pobłażliwie.

– To też, ale bardziej chodzi mi o to, że w tym aucie nie ma bagażnika. To znaczy jest z przodu, ale taki maciupki, najwyżej na dwa plecaczki. Nawet jak wywalimy koło zapasowe, skichamy się, ale nie wciśniemy tam dorosłego faceta w worku.

– Cholera, o tym nie pomyślałem – syknął Marek.

– Przywiązać do dachowego? – zaproponował Igor.

– Samochód jest za krótki, nogi by się majtały. No i co gorsza, nie mamy wystarczająco dużego worka... Ktoś zauważy i jeszcze zaalarmuje gliniarzy.

– To może ja wrócę do domu autobusem, będzie wolne miejsce na tylnym siedzeniu, to go tam wciśniecie, a worek i łomot dopiero w lesie – zaproponowała rezolutnie dziewczyna.

– Genialny pomysł – pochwalił hrabia. – Biegnijmy, bo się spóźnimy – ponaglił.

Ruszyli na lotnisko. W hali przylotów było dość tłoczno, na przybywających z Ameryki czekało sporo krewnych i znajomych. Gosia rozłożyła kawał tektury.

„Herclisch Welkome Road Coollen" – napis powitalny sporządzony jeszcze nocą wyrósł nad tłumem.

Wbili spojrzenia w drzwi prowadzące gdzieś w głąb budynku. Tłum jeszcze zgęstniał.

– A ten szczurek wyścigowy tu z jakiej paczki? – syknął zaskoczony hrabia.

Gosia rozejrzała się i spostrzegła Radka czatującego w cieniu filara. Brat miał pierońsko chytrą minę, z pewnością coś knuł.

– Spoko wodza – warknął Marek. – Jest sam, a nas czworo. Będzie fikał, to też pojedzie na wycieczkę do lasu...

– No jak niby? – zirytował się hrabia. – Jedyne zwolnione miejsce zarezerwowano dla więźnia. – Nie rozkręcaj się tak z tym wożeniem do lasu... Albo kup większe auto.

– Zrobiłem przedpłatę na poloneza, planowany odbiór już w dziewięćdziesiątym ósmym – odgryzł się ślusarz.

– To jak znam życie, na dwa tysiące piąty będzie gotów – zachichotał Prut. – No ale jest to jakaś perspektywa, poczekamy dwadzieścia lat i możemy zacząć wozić do lasu całe stada wrogów... Zresztą co to jest dwadzieścia lat wobec historii.

– Jest też major Nefrytow – bąknął Igor. – I kilku łapsów po cywilnemu.

– Jak po cywilnemu, to skąd wiesz, że to gliniarze? – zdziwiła się Gosia.

– Dziecko, ja się z tajniakami od tysiąc dziewięćset piątego użeram, rozpoznaję takich na pierwszy rzut oka. Nieważne, carski, sanacyjny, hitlerowski czy ubek, żaden mnie nigdy nie zmylił... To znaczy – poprawił się – na początku im się udawało, przez jakieś trzydzieści lat, zanim nabrałem doświadczenia i zaczął działać instynkt.

– Sporo ich tu – mruknął Marek. – Chyba kroi się coś niedobrego. Zwiń ten plakat – polecił dziewczynie.

Hrabia mocniej naciągnął wełnianą czapę na spiczaste uszy i zmrużył powieki, by przygasić czerwony blask oczu. Pierwsi przybysze z USA zaczęli wychodzić z korytarza.

– Jest nasz przyjaciel – warknął ślusarz. – Ten fircyk w beżowym płaszczu. Idę o zakład, że to on...

Olśniewająco przystojny i elegancki typek, sądząc z twarzy, liczący sobie około trzydziestki, stanął i rozejrzał się wokoło. W tym momencie tłum wokół niego nieoczekiwanie zgęstniał. Major Nerfytow wyrósł jak spod ziemi.

– Adalbertus Coollen? Służba Bezpieczeństwa. Jest pan zatrzymany, proszę z nami.

Na przegubach zdumionego przybysza trzasnęły kajdanki i cała grupa tajniaków odprowadziła go gdzieś w lewo. Dokąd, wampiry nie sprawdzały, wiały, aż się kurzyło.

Spiskowcy zatrzymali się dopiero na parkingu.

– No nie wierzę! – parsknął Igor. – Tak nam zwinąć klienta sprzed nosa to szczyt bezczelności!

– Co robimy? – zapytała Gosia.

– Coollenowie to kompletne bydło, ale z drugiej strony... – Hrabia skrzywił się. – Zasada ogólna jest taka, że jeden wampir powinien za wszelką cenę ratować drugiego wampira z rąk ciepłych. Między sobą możemy się tłuc, wycinać sobie psikusy, a nawet zabijać, ale gdy sprawa jest z ciepłymi, obowiązuje nas sztama gatunkowa!

– Mam tylko jedną wątpliwość. Czy możemy tych wypierdków uważać jeszcze za prawdziwe wampiry? – irytował się ślusarz. – Po mojemu...

– Chyba musimy – westchnął Prut. – Mają zęby, są martwi, żywią się krwią... Znaczy w pewnym sensie są nasi. – Splunął z obrzydzeniem.

– Pamiętacie tę głowę z mackami, co to do nas przyleciała z Wietnamu? – wciął się spawacz. – To w ogóle nie było do wampira podobne, ale też pomogliśmy.

Zagryźli wargi.

– Czyli uwalniamy go z łap ubecji, a potem, gdy już będzie bezpieczny, realizujemy oczywiście program pierwotny: łomot, poniżenie i pogonienie kota? – upewniła się Gosia.

– Na to wygląda – westchnął Marek.

– A nie lepiej, zamiast sobie ręce brudzić, pozwolić, żeby to ubecja go złomotała, poniżyła i pogoniła?

– O nie! – zaprotestował z godnością Igor. – Może i jesteśmy wampirami, ale przed zwampirzeniem byliśmy praskimi kiziorami. Mamy swój błatny honor. To jest nasz gość, nam jego rodzinka nafikała i to my spuścimy mu wpierdol!

– Zresztą ubecja też go pewnie sponiewiera – uzupełnił hrabia. – Ale uważam, że podwójny łomot mu nie zaszkodzi! Jedziemy na Pragę, trzeba opracować plan działania!

Więzień siedział na krześle w piwnicy. Pomieszczenie do przesłuchań urządzono z typowo ubeckim bezguściem. Ściany odlane nierówno z betonu nosiły ślady drewnianych szalunków. Lamperie pomalowano burozielonkawą farbą olejną. Podłogę wyłożono nierówno płytkami terakoty. Z jednego muru sterczał kran, a po przeciwległej stronie w podłodze ziała kratka ściekowa, co miało ułatwiać spłukiwanie krwi. Z sufitu zwisały bloczki i haki, w ściany wpuszczono metalowe kółka, na których malowniczo dyndały zardzewiałe łańcuchy.

Reflektor świecił wampirowi prosto w oczy. Ręce nieszczęśnika skuto za plecami. Na dźwięk kroków uniósł głowę, spojrzał na oprawców spode łba i wymamrotał pod nosem coś obelżywego.

– Pan Adalbertus Coollen? – zapytał major, siadając na blacie biurka. – Alias Wojciech Kulas?

– Tak, to ja, czym mogę służyć? – gość mówił po polsku, ale już z silnym „hamerykańskim" akcentem.

– Czy wiecie, gdzie konkretnie się znajdujecie?

– Eee... Nie wiem.

– Witamy w budynku Wydziału Z Służby Bezpieczeństwa. Nasza specjednostka zajmuje się obroną laickiego i materialistycznego socjalistycznego państwa przed wszelkiego rodzaju fizycznymi manifestacjami legend i zabobonów.

– Fizycznymi... Co?! – Jeniec poczuł ukłucie niepokoju.

– Eliminujemy wszystko, co nienormalne, nieracjonalistyczne, niematerialistyczne i nieateistyczne – wyjaśnił ubek. – A w pierwszej kolejności takich, co to nie żyją, a nie chcą grzecznie w trumnach leżeć, tylko się szlajają wśród żywych.

– A tak konkretnie, za co jestem aresztowany? – przybysz był wyraźnie poirytowany.

– Jesteś wampirem! – nie wytrzymał Radek.

– A co, nie wolno? Wskażcie mi konkretny przepis, który tego zabrania! – odgryzł się Adalbertus.

Student zgłupiał.

Faktycznie, pomyślał. Skoro coś oficjalnie nie istnieje, nie może być chyba zakazane. Z drugiej strony przecież go nie wypuścimy, bo...

Na szczęście major przerwał te ponure rozważania.

– Za wampiryzm nie wsadzamy – uśmiechnął się Nefrytow. – Ale są rozmaite inne paragrafy. Na przykład niedopełnienie obowiązku obrony ojczyzny.

– Że niby co?! – Adalbertus zrobił minę, jakby nie dowierzał własnym uszom.

– W tysiąc dziewięćset dwudziestym pierwszym uchyliliście się od rejestracji na komisji poborowej. Tym samym nie odbyliście nawet obowiązkowego szkolenia. A i potem do WKU coś wam było nie po drodze...

– Ale ja...

– Czy to wasz portfel? – Nefrytow wydobył z szuflady artefakt wsadzony do plastikowej torebki.

– Tak...

– Dobrze, że się nie wypieracie. Szczere przyznanie się zawsze łagodzi trochę winy – mruknął major.

Wprawdzie z doświadczenia wiedział, że zazwyczaj jest zupełnie odwrotnie, ale to zdanie prawie zawsze pomagało w wydobywaniu od aresztantów cennych informacji.

– I co my tu mamy? – Posługując się pęsetą, sprawnie dokonywał wiwisekcji pugilaresu. – To mi wygląda na karty kredytowe dwóch amerykańskich banków.

– To chyba normalne, mam tam założone konta!

– Cieszy mnie bardzo wasza szczerość. To wiele ułatwia – pochwalił major.

– Że niby co?

– Jak to co? Ohydne przestępstwo walutowe, jakim jest założenie konta za granicą bez wiedzy i zgody ministerstwa finansów PRL. Występować o taką zgodę są zobowiązani wszyscy obywatele naszego kraju.

– Jestem obywatelem USA... – zapienił się więzień. – I mam w dupie wasze głupie zarządzenia! Rozumiecie? W dupie! I pies wam buźkę lizał z waszym ministrem finansów, co to nie potrafi nawet sprawić, żeby waluta była wymienialna!

– Nigdy nie zrzekliście się polskiego obywatelstwa, zatem jesteście nasz – warknął major.

– Nie chrzańcie mi tu głupot! – przybysz wyraźnie się wnerwił. – Gdy emigrowałem, Polski jeszcze w ogóle nie było. Żądam amerykańskiego konsula!

– Ustawa z roku tysiąc dziewięćset dziewiętnastego automatycznie nadała obywatelstwo wszystkim Polakom zamieszkującym na terenie przywiślańskiego kraju – głos Nefrytowa ciął jak brzytwa.

– Ale ja już nie zamieszkiwałem, bo byłem w Ameryce... – Chyba teraz dopiero wampir naprawdę się przestraszył.

– Może fizycznie już nie mieszkaliście, ale jadąc za ocean, nie dopełniliście obowiązku wymeldowania się ze swojej wsi. – Major wyszczerzył zębiska w parodii uśmiechu. – Skoro się nie wymeldowaliście, to nadal byliście traktowani jak zameldowany i pozamiatane... I nie stawiliście się podczas poboru ani w dwudziestym pierwszym, ani w trzydziestym dziewiątym, a to już dezercja.

Czy w państwie socjalistycznym dezercja w czasie wojny z bolszewikami nie powinna być traktowana jak zasługa, a nie wina? – zadumał się Radek, ale wolał nie formułować tych wątpliwości na głos.

– Ależ... – jęknął więzień. – Przecież już nawet nie żyłem, bo wampirem jestem od tysiąc dziewięćset piętnastego...

– Bardzo mi przykro, jednak wójt gminy nie otrzymał waszego aktu zgonu. Proboszcz też nie wpisał nic do księgi zgonów. Zatem wedle dokumentacji, tak urzędowej, jak i kościelnej, jesteście nadal i żywi, i zameldowani. A co za tym idzie, macie swoje obowiązki wobec ojczyzny! Wobec ukochanej socjalistycznej ojczyzny – parsknął major. – Podsumujmy zatem. Przestępstwo walutowe i uchylanie się od służby wojskowej. Niedopełnienie obowiązku meldunkowego i brak aktu zgonu, czyli wprowadzanie w błąd urzędów odpowiedzialnych za ewidencję ludności. Do tego posługiwanie się fałszywą tożsamością, a co za tym idzie, przestępstwo konsularne polegające na bezczelnym wyłudzeniu wizy naszego kraju.

– A gdybym tak dostarczył akt zgonu?

– To by radykalnie zmieniło waszą sytuację. – Ubek uśmiechnął się wrednie.

– Jest w walizce.

Major wygrzebał z walizki przybysza plastikową koszulkę na dokumenty. Wewnątrz tkwił pożółkły nieco papier wystawiony przez koronera stanu Illinois.

– No brawo, brawo – uśmiechnął się ubek. – Naprawdę cholernie nam pomogliście, Kulas...

– Wypuścicie mnie?

– No jakim cudem? – Śledczy bezradnie rozłożył ręce. – Przecież na to, coście zrobili, są naprawdę cholernie ciężkie paragrafy.

– Na co... Co niby zrobiłem!? – Więzień patrzył na niego osłupiały.

– Nielegalne przewiezienie zwłok ludzkich, swoich zwłok, samolotem pasażerskim, a co za tym idzie, sprowadzenie poważnej groźby natury epidemiologicznej. Zważywszy, że użyliście samolotu, musimy mówić o akcie międzynarodowego terroryzmu. Oczywiście nielegalne pozostaje założenie konta w USA, bo nieboszczycy nie mogą mieć kont bankowych. A nieboszczycy narodowości polskiej nie dość, że nie mogą mieć tam kont, to jeszcze tym bardziej im nie wolno, bo przecież nie mogą uzyskać zgody ministerstwa. Dalej, niedopełnienie obowiązku powiadomienia wójta o swojej śmierci, fałszerstwo wniosku wizowego, bo nie podaliście na nim daty zgonu...

– Nie można skazać martwego – wychrypiał Adalbertus.

– Nie. Ale ponieważ oficjalnie i tak nie żyjesz i są na to niepodważalne dowody – major potrząsnął aktem zgonu – możemy zrobić z tobą wszystko!

– Ale co niby? – wyjąkał więzień.

– Zobaczysz. – Major uśmiechnął sią sadystycznie.

Zaszedł krzesło od tyłu i wepchnął więźniowi do ust knebel. Wywlókł go z fotela i zaciągnął na środek pomieszczenia, wezwał na pomoc studenta. Przez bloczek pod sufitem przełożyli stalową linkę zakończoną karabińczykiem. Przypięli go do kajdanek. Radek pokręcił korbką, linka naprężyła się, adidasy oderwały się od betonu i Adalbertus zawisł na skutych nadgarstkach. Major, używając brzytwy, zręcznie pozbawił jeńca odzienia.

W ostatniej chwili ulitował się i zostawił więźniowi slipki ozdobione portretem Myszki Miki.

– Nie błyszczy się – mruknął konfident, popatrując na ciało więźnia.

– Bo się upudrował – wyjaśnił szef. – Skocz do kibla na pierwsze piętro, przynieś butelkę ludwika.

Więzień polany płynem do mycia naczyń i potraktowany zimną wodą ze szlaucha zaczął się wić i podrygiwać. Klął przy tym wściekle, na szczęście knebel tłumił dźwięki. Na beton posadzki popłynęła woda wymieszana z jakimś pigmentem cielistego koloru. Skóra, która się odsłoniła, była blada jak u albinosa.

– No i sam zobacz. – Ubek włączył stojący na biurku reflektor.

Ciało gościa z Ameryki zalśniło, aż oczy bolały.

– Cie choroba – mruknął Radek poruszony do głębi. – Daje po gałach całkiem jak kolia mamusi, ta z Jablonexu, albo raczej lustrzana kula na dyskotece.

– Jak z nim skończymy, powiesimy wypchanego pod sufitem milicyjnej kantyny – zażartował major. – Na karnawał jak znalazł... No to do roboty, rozkładaj plandekę. – Zdecydowanym ruchem ujął w dłoń trzepaczkę do dywanów.

Po godzinie nieludzko zziajani odłożyli trzepaczki. Na plandece poniżej ciała więźnia widać było niewielkie połyskujące kupki srebrzystego pyłu.

– Coś niewiele tego – zasępił się Radek.

– Uhetałem się niemożebnie. – Ubek otarł pot z czoła. – Może trzeba to będzie zmechanizować... Dobra, pył do laboratorium, a my mamy na dziś fajrant.

Student pozamiatał sprawnie, zagarnął urobek do słoika po ogórkach i zakręcił wieczko.

– Odczepiamy go czy zostawiamy na noc? – Popatrzył na dyndającego wampira.

– Jakby powisiał, to może by skruszał...

– A musi kruszeć? Bo przecież nie chcemy wyciągać od niego żadnych informacji.

– Z każdego należy wycisnąć wszelkie możliwe informacje – pouczył go surowo Nefrytow. – Zarówno te istotne, jak i takie, które chwilowo wydają się nam zbędne... A zatem – wyjął więźniowi knebel – to twoja ostatnia szansa. Śpiewasz jak kanarek albo...

– Albo co? – zirytował się więzień. – Już sobie nagrabiliście! Za to, coście tu ze mną wyrabiali, pójdziecie siedzieć na długie lata.

– A niby dlaczego? – zirytował się major. – Przecież ty i tak nie żyjesz!

– No właśnie! Zamkną was z paragrafu o bezczeszczenie zwłok! Walenie trupa trzepaczkami jest profanacją ciała ludzkiego! A zważywszy, że chcieliście ze mnie otrzepać diamentowy pył, mówimy tu o działaniu ze szczególnie niskich pobudek!

– Ale wyszczekany reakcjonistyczny sukinsyn. – Ubek aż cmoknął z podziwem. – Niezła gadka...

– Myślicie, że mój kraj nie potrafi się o mnie upomnieć? – pieklił się wampir.

– Twój kraj może się upominać do woli – zarechotał major. – Nasz wydział jest tak ściśle tajny, że oficjalnie w ogóle nie istnieje. – Lepiej zacznij śpiewać. Dla własnego dobra...

– Ale co niby mam wyśpiewać? – Adalbertus popatrzył na nich półprzytomnie. – Jestem kierowcą śmieciarki w miasteczku Forks. Nie mam kontaktów wśród Polonii amerykańskiej ani dostępu do żadnych tajemnic rządu USA.

– Masz wyśpiewać, po co tu przybyłeś!

– Odwiedzić stare śmieci... To nostalgiczna podróż do kraju dzieciństwa... Każdemu wolno!

– Chyba za słabo waliliśmy tymi trzepaczkami – warknął major. – A wiesz, co to jest? – Podetkał mu pod nos kserokopię pocztówki, którą Eduard wysłał Markowi.

– To jest bezprawne naruszenie tajemnicy korespondencji!

– Co cię wiąże z naszymi wampirami?

– Nic!

– Sam tego chciałeś! – Major wyjął z szafki biurka butelkę. – A wiesz, co to jest? – syknął.

– Oranżada jakaś? – Więzień popatrzył na etykietkę.

Ubek odkręcił kapsel i chlusnął na wiszącego. Nie stało się jednak nic. Major spojrzał na Radka.

– Coś sfuszerowałeś! – syknął. – To nie jest woda święcona!

– Ależ z całą pewnością jest! – Konfident wił się jak piskorz. – Może po prostu ten akurat jest odporny. O, już wiem, z USA przyjechał, no nie? Tam panuje protestantyzm, a ja nie pomyślałem i katolicką zdobyłem.

– Hmmm... No, to niewykluczone. – Major złagodniał. – Spuść na glebę i do celi z nim – mruknął do studenta. – I, niestety, zostajesz na nockę. Nie możemy spuścić go z oka. A ja pojadę do laboratorium z diamentami. – Zgarnął słoik do teczki.

W czasie gdy ubecja pozyskiwała surowiec do tarcz polerskich, przy ulicy Kawęczyńskiej trwała gorączkowa narada. Obecne były wszystkie warszawskie wampiry.

– Najlepsze są rozwiązania najprostsze. Musimy uderzyć na budynek ubecji! – podsunął Igor. – I odbić klienta siłą.

– Ciężka sprawa – westchnął Marek. – Nikt tego nie próbował w tym kraju od czterdziestego siódmego...

– Tym lepiej. Nie spodziewają się – mruknął Dziadek Weteran. – Wpadniemy, wystrzelamy ich do nogi, nikomu niepotrzebni tacy „towarzysze". A nas nikt nie będzie podejrzewał. Przecież oficjalnie i tak nie istniejemy!

– Ale w rzeczywistości istniejmy i jak nas za to dopadną i zaciukają, to się ta nieoficjalność obróci przeciwko nam – zgłosił obiekcje Profesor. – To znaczy, skoro wedle papierów nas nie ma, mogą z nami zrobić wszystko...

– Wystrzelać – mruknął Marek. – A tak konkretnie, to z czego? – Spojrzał badawczo na byłego partyzanta.

Dziadek bezradnie rozłożył dłonie.

– Jesteś ślusarzem – podburzał go kumpel. – Co to dla ciebie siąść na godzinę lub dwie i zrobić pistolet maszynowy? Dobra stal narzędziowa. Na komorę da się ciut grubiej, lufa powinna wytrzymać pięćdziesiąt... no, dwadzieścia strzałów... Tylko z amunicją krewa. Może Dziadek coś ma?

– Ze dwa pudełka schowane w jednym grobie – wyjaśnił partyzant. – Tylko że to amunicja wojenna... hmmm... Kupa czasu minęła. Wystrzeli co drugi nabój... To może nie strzelać, tylko postraszyć?

– No dobra – westchnął ślusarz. – Niech wam będzie...

Zdjął z pawlacza walizkę i wyłożył na stół pięć karabinów Kałasznikowa.

– Skąd to, u diabła, masz!? – zdumiał się hrabia.

– Z naszej fabryki – burknął ślusarz. – W zeszłym roku przyszło zamówienie na bagażniki dachowe do maluchów. Pomyślałem, że skombinuję sobie mały deputat. Płacą kiepsko, to odbiorę część należnej mi forsy w naturze. Ale jak w domu zacząłem montować, to jak w ruskim dowcipie zamiast bagażnika wyszły karabiny...

– Mam półciężarówkę, którą wożę nagrobki – powiedział Dziadek. – Gdyby z przodu dospawać w miejsce zderzaka kawałek szyny kolejowej, będzie akurat.

Tylko trzeba ukraść inne tablice rejestracyjne. A jak go już odbijemy, można zawieźć do mnie, mam niezłą piwniczkę. Ubecja go tam nie znajdzie.

– I spuścimy mu łomot! – zatarł ręce hrabia. – Po robotniczo-chłopsku... Tfu! Co ja gadam? – zreflektował się.

– *Wojna, wojna, wojna czeka*
Szkopskiej juchy płynie rzeka
Partyzantów pełen las
A tam ciągle nie ma nas – zaśpiewał dziadek, z uczuciem gładząc kolbę karabinu.

Cela nie była duża, jakieś dwadzieścia metrów kwadratowych. Przedzielono ją kratą z gęstej stalowej siatki. Więzień nadal był skuty kajdankami, dodatkowo założono mu obrożę i kawałkiem łańcucha przytwierdzono do ściany. Radek przyniósł sobie krzesło z holu i ustawił tak, by móc obserwować wampira.

– Tak właściwie to po kiego grzyba masz mnie pilnować? – zdumiał się Adalbertus.

– Nie wiem – westchnął student. – Żebyś nie uciekł, albo może żebym wprawy nabrał? Coś mi się wydaje, że major chce mnie tu zatrudnić na pełny etat...

– Może pogadamy o czymś – zaproponował więzień. – Spać i tak ci nie wolno, a przynajmniej nie będziemy się nudzili.

– W sumie czemu nie...

– Dawno nie byłem w kraju, nie wiem, jak się tu ludziom żyje, a u nas za oceanem dziwnie o Polsce gadają. – Przybysz z USA uśmiechnął się ironicznie. – Powiedz mi na przykład, ile tu kosztuje samochód?

– Mały fiat...

– Samochód, a nie imitacja – skrzywił się więzień.

– Eeee... Duży fiat znaczy?? No jakieś cztery miliony złotych. Czyli z osiem tysięcy dolarów. I co? – Radek uniósł dumnie głowę. – W USA za osiem tysięcy dolców nie kupicie fabrycznie nowego auta!

– No faktycznie nie. – Gość jakby nieco zmarkotniał. – Z drugiej strony ja jako kierowca śmieciarki zarabiam na rękę dwa tysiące miesięcznie. A ty?

Radka zatkało.

To on jako śmieciarz zarabia miesięcznie tyle, ile mój ojciec sprawujący kierownicze funkcje państwowe dostaje przez siedem lat!? – przemknęło mu przez głowę. To on za cztery wypłaty może sobie kupić nowiutkiego fiacika?! To w Ameryce śmieciarza stać na taki elegancki płaszcz, jeansy Wranglera, skarpetki z krokodylkiem i co tam jeszcze z niego zdarliśmy?

Nawet slipki z Myszką Miki, które Adalbertus nadal miał na sobie, wyglądały na drogie.

Konfident usiłował znaleźć jakiś kontrargument. Złośliwą puentę, którą mógłby się odgryźć przeklętemu imperialiście... Niestety, do głowy przychodziło mu tylko zdanie: „A u was biją Murzynów". Co gorsza, nie był nawet pewien, czy oni nadal to robią.

– Coś tak umilkł?

– Ludzie u was umierają na ulicach! – warknął. – Nasz rzecznik rządu postulował nawet wysłanie śpiworów dla bezdomnych z Nowego Jorku!

– Tak? – zdumiał się wampir. – Nigdy o tym nie słyszałem. Zresztą nie wciskaj mi propagandowego kitu. Produkujecie ich za mało, żeby pokryć choćby wewnętrzne zapotrzebowanie, więc zapewne skończyło się na deklaracjach.

Radek pogrzebał w pamięci, ale faktycznie nie kojarzył, by obiecane śpiwory kiedykolwiek wysłano.

– U nas za to nie ma żadnych nierówności społecznych – odgryzł się. – Różnice poziomu życia między władzą a szarymi obywatelami są nieznaczne!

– Czy to władza, czy poddani, wszyscy jednakowo w gównie po uszy – zaśmiał się przeklęty wampir. – A ile tu trzeba pracować, żeby kupić mieszkanie?

– U nas się mieszkań nie kupuje, tylko dostaje od państwa! – Student wypiął dumnie pierś. – Wystarczy się do spółdzielni zapisać, wnieść wkład własny, dorzucać składkę miesięczną i czekać cierpliwie na przydział.

– U nas nazywają to systemem argentyńskim – zakpił więzień. – Normalni ludzie w ogóle się w to nie bawią, tylko idą po kredyt do banku, stawiają domek pod miastem i w kilka lat spłacają. A ile się u was czeka, tak średnio? – uderzył znienacka pytaniem.

– Tak różnie... W warszawie to będzie ze dwadzieścia... No, yyy... khem, khem ...dzieści pięć lat teraz, bo kryzys... Ale ten kryzys to wina waszego przeklętego Reagana!

– Nasz prezydent przyjechał incognito towar wam ze sklepów wykupić? – szydził wampir. – Czy może ekipy budowlańców podburzył do strajku?

– Wysyła całymi walizkami dolary dla ekstremistów z Solidarności! Dostają po dwadzieścia na łba miesięcznie i w ogóle nie muszą pracować. I to oni w spekulanckim szale wykupują, co się da! Musieliśmy kartki na mięso wprowadzić, bo dla normalnych ludzi kiełbasy nie starczało.

– A wcześniej starczało?

– Od zadawania pytań to my tu jesteśmy! – Radek chciał huknąć jak major, ale zabrzmiało to żałośnie.

– Może zamiast wprowadzać przydziały, wystarczyło zwiększyć produkcję? – szydził wampir.

– Zatłukę cię, reakcjonistyczna kanalio! Wyrwę ci ten plugawy jęzor... – Konfident nie był w stanie dłużej znosić kpin z przodującego ustroju swego kraju.

– Tłucz spokojnie, martwego tak łatwo nie zabijesz. Co do języka, wyrywaj na zdrowie, i tak w dwa, trzy lata odrośnie.

Student się załamał.

– Dogadajmy się – odezwał się nieoczekiwanie więzień.

– Że niby jak?

– Wyglądasz mi na zdrowszego na umyśle niż ten twój szef. I zdaje się, że znasz siłę nabywczą twardej waluty. A tak się składa, że mam trochę dolarów.

– Czy ty mnie przypadkiem nie próbujesz przekupić? – zaniepokoił się konfident.

– Boże, co za matoł. Oczywiście, że próbuję cię przekupić. Chcę się wydostać na wolność, a gadam o tym z tobą, bo mi wyglądasz na kompletnie bezideowego, pazernego padalca.

– Co to jest padalec? – nastroszył się Radek.

Jakoś mu się to słowo brzydko kojarzyło.

– Beznoga jaszczurka. Biega o to, że jak mnie wypuścisz, to ci zapłacę. Powiedzmy, sto dolarów.

Konfident zamarł.

Sto dolców! – pomyślał. To przecież niewyobrażalna ilość sałaty... Sześć miesięcy pracy jak w mordę dał. A ile za to w Pewexie różnych dóbr nakupi! Ze sto pięćdziesiąt czekolad. Albo ze trzydzieści flaszek czegoś mocniejszego. Albo dwadzieścia takich pięciolitrowych jakby beczułek z piwem. Albo z pięć par jeansów, takich prawdziwych, z nitami przy kieszeniach i szytych żółtą nitką...

– Ale ty nie masz żadnych dolarów – bąknął.

– Są w moim portfelu. A portfel w szufladzie biurka.

– Mam wleźć do gabinetu zwierzchnika i zaiwanić dowód rzeczowy?! – nastroszył się student.

– Skoro ucieknę, będziesz mógł zwalić winę na mnie. Przemyśl to sobie na spokojnie.

Radek wstał z krzesła, przespacerował się od ściany do ściany.

– Major mnie zabije...

– To może ty pierwszy zabij jego? I to też możesz na mnie zwalić. Uciekł niebezpieczny więzień, zabił funkcjonariusza, ukradł portfel... Dobrze to będzie brzmiało w raporcie. Wiarygodnie. Mogę ci jeszcze w mordę dać, będziesz mógł pokazywać ślady. Niby że stawałeś w obronie zwierzchnika...

Radek skrzywił się.

– Nie mam jakoś ochoty nikogo zabijać – burknął. – Poza tym kropnąć oficera bezpieki? Jeszcze nie zgłupiałem. O, wiem już, co zrobię!

Wyszedł z celi.

– Niegłupio to chyba rozegrałem. – Adalbertus zatarł ręce i zaczął czekać na powrót studenta.

Czekał i czekał, a Radek nie wracał. Wreszcie pojawił się wkurzony jak diabli. Trzasnął ze złością drzwiami celi. Rzucił więźniowi pod nogi pugilares.

– Gówno – warknął.

Wampir trącił go stopą, zdołał jakoś otworzyć i zajrzeć do środka. Karty kredytowe siedziały na miejscu, ale banknotów nie było. Wyparowały bez śladu.

– Pomyślałem tak – warknął student. – Po cholerę mam cię wypuszczać, skoro mogę iść na górę, rąbnąć portfel z szuflady i poczęstować się jego zawartością. Poczekałem, aż wachman pójdzie zrobić sobie kawy, zdobyłem klucz od gabinetu, otwieram szufladę, zaglądam, a tu gówno! Major, ścierwo, zakosił już całą walutę!

I rozbeczał się jak dziecko.

– Czekaj, czekaj – mruknął wampir. – Zostały karty.

– No to co? Zakładkę do książki mogę sobie zrobić! U nas się tym nie da płacić!

W tym momencie budynek zadrżał w posadach. Radek wybiegł z celi i pognał schodami na górę.

Wartownik pilnujący wejścia wgapiał się zdumiony w nyskę, która wyłamawszy drzwi wejściowe, wjechała do holu. Samochód miał z przodu potężny zderzak zespawany z szyn kolejowych.

– Co to jest!? – zdumiał się student.

– No auto tak jakby. – Strażnik poskrobał się z frasunkiem po głowie. – Pewnie kierowca skręcił gdzie nie trzeba i przypadkowo wjechał w nasz budynek.

– Może trzeba włączyć alarm? – zasugerował konfident. – To chyba napad.

– Czyś ty zgłupiał, dzieciaku, jaki znowu napad? Kto niby się ośmieli napadać na siedzibę SB? – Funkcjonariusz roześmiał się. – A co do alarmu, to nie taka prosta sprawa. Jak już włączysz, to ktoś przyjedzie sprawdzić. A potem trzeba się tłumaczyć, dlaczego się włączyło, wypełniać protokoły, kupa zbędnej papierkowej roboty... Nie ma głupich, nawet nie dotknę przycisku!

W tym momencie drzwiczki otworzyły się ze zgrzytem i ze środka wyskoczyło pięć postaci. Szósta wyszła ciut wolniej, podpierając się laseczką. Pięć luf automatów Kałasznikowa uniosło się, biorąc funkcjonariusza i konfidenta na cel.

Mimo że wszyscy napastnicy mieli na twarzach pończochy, Radek rozpoznał Marka i Igora. Najniższy z napastników, odziany w kusą mini, był zapewne jego siostrą. Pozostałych nie kojarzył, ale z raportów wiedział, że to zapewne hrabia Xawery i Profesor, a ten z laską to Dziadek Weteran.

– To jest napad – oświadczył najbardziej barczysty osobnik głosem ślusarza Marka. – Kłaść się, ubeckie ścierwa, na ziemi albo dostaniecie serię w bebechy.

Obaj funkcjonariusze posłusznie klapnęli na lastriko. Po chwili zostali skuci kajdankami. Wampiry rozbiegły się po budynku. Najwyraźniej już wcześniej musiały dostać konkretne rozkazy. Marek i Igor pojawili się po chwili, dźwigając duży worek. Jego zawartość trochę się szamotała.

– Co wy, do cholery, robicie z naszym więźniem! – zdenerwował się strażnik.

– Odbijamy – warknął spawacz.

– Co proszę!?

– Odbijamy wam więźnia siłą. Jak na zagranicznym filmie.

– Oszaleliście? Tu nie Ameryka! – wachman nie posiadał się z oburzenia.

– Ale ten więzień to Amerykanin – bąknął Radek. – Może nie wie, że u nas inne zwyczaje?

– Zamknij ryj, bo naprawdę cię zastrzelimy! – warknął domniemany hrabia, machając lufą.

A potem zapakowali się do nyski i odjechali.

Pojazd mknął przez uśpioną Warszawę, podskakując na dziurach i wybojach. Dziadek Weteran prowadził z wprawą, brawurą i fantazją, na jaką może sobie pozwolić tylko martwy kierowca.

– Żądam amerykańskiego konsula – wymamrotał jeniec, miotając się jak ryba w sieci.

– Nie ma potrzeby, jesteś wśród przyjaciół – mruknął Marek i ściągnął mu worek z głowy.

– Wśród przyjaciół?! – Wampir rozejrzał się po ciasnym wnętrzu auta.

Uśmiechnęli się całą gromadą, prezentując jednocześnie kły. Schwytany odetchnął z ulgą.

– Odbiliśmy cię z łap ubecji – wyjaśniła Gosia.

– To może by tak... – Potrząsnął łańcuchami.

– A to akurat może jeszcze chwilę zaczekać – zakpił Igor.

– Eee... mówiliście, że jesteście przyjaciółmi? – Więzień wyglądał na zdezorientowanego.

– I wszystko się zgadza – szydził ślusarz. – To, co masz na rękach i nogach, to jedynie nierozerwalne więzi przyjaźni polsko-amerykańskiej. Co cię tak uślicznili?

Więzień cały był posiniaczony.

– Wasi tajniacy tłukli mnie trzepaczkami. – Adalbertus, gdyby miał drożne kanaliki łzowe, pewnie by się rozpłakał. – Chcieli mi ze skóry wystukać czynnik odblaskowy...

– Hmm... planowaliśmy ci tu zrobić małe robotniczo-chłopskie powitanie, ale w tej sytuacji chyba odpuścimy... – burknął hrabia.

– Powitanie?

– Łomot powitalny – uściśliła Gosia. – Polewanie wodą święconą, wywiezienie nago do lasu i inne takie.

Gość łypnął okiem, ale nie skomentował.

– No i co tam u Eduarda? – zagadnął Marek, dłubiąc w zamku kajdanek haczykiem dentystycznym. – Dalej biega po lesie i zagryza sarenki? Czy może zmienił wreszcie nawyki żywieniowe na normalniejsze?

– Nic nie rozumiecie, nasz wegetarianizm... – Przybysz dumnie wypiął pierś.

– Właśnie widać skutki tej błędnej, chorej, pseudohumanistycznej ideologii – prychnął Profesor. – Wiesz chociaż, dlaczego ty błyszczysz w słońcu, a my nie?

– Yyyy?

– Dusze niewinnych zwierzątek krystalizują i wyłażą wam porami skóry!

– Co?!

Warszawscy krwiopijcy na widok miny gościa ryknęli serdecznym śmiechem.

– Ohydni kłusownicy – prychnęła Gosia z naganą.

– Może i zredukowaliśmy trochę pogłowie saren na północy stanu Washington i kilku sąsiednich oraz w Kanadzie, ale tam już tylko odrobinę, nie więcej niż tysiąc, no, półtora tysiąca sztuk... Ale sarny to szkodniki, wyżerają runo leśne! I przynajmniej jesteśmy w przededniu odzyskania popędu płciowego! – odgryzł się Amerykanin.

– Tak, wiem – machnął ręką Marek. – Eduard i jego teorie o bzykaniu łabędzi. Też sobie wybraliście wodza. Nie dość, że głupi kłusownik, to jeszcze z inklinacjami do zoofilii.

– Z tymi łabędziami to pewne nieporozumienie – bąknął gość. – Bella...

– Znaczy się zaczął nadawać im imiona? To mi wygląda na poważny związek – szydził hrabia bez litości.

– Teraz słuchaj – warknął do związanego ślusarz. – Tu jest Polska. Solidarność gatunkowa to dla nas rzecz ważna. Dlatego wyciągnęliśmy cię z łap ubecji. Ale na tym koniec. Między nami woda. My jesteśmy normalne wampiry, a ty jesteś wypierdkiem naszej rasy. Jak mówi staropolskie przysłowie, prawdziwe wampiry nie błyszczą. Zgodnie ze szlacheckim obyczajem, gość w dom rzecz święta. Palcem cię pod naszym dachem nie ruszymy, a jak odejdziesz, masz dwanaście godzin, zanim ruszymy w pościg! Dlatego wykopiemy cię tu zaraz na przystanku i dalej radzisz sobie już sam.

– Yyy... Ale ja... Przynoszę wam pozdrowienia od Eduarda i całego klanu Coollenów – wyjaśnił z godnością przybysz. – Nie chcemy niepotrzebnej walki. Pokój, przyjaźń, współpraca...

– I czego od nas chce ten sarnożerny bałwan? – zainteresował się Marek. – Bo tak bez powodu by cię nie wysyłał. Bilet na samolot do Europy swoje kosztuje, a to centuś.

– No, pozdrowić... – gość trochę stracił pewność siebie.

– A nie wybiera się głupi kłusownik do Polski? Na przykład zagrać z nami w palanta? Mam pałkę z grabowego drewna i piłkę lankę. Jeszcze od carskich czasów przechowuję, czekają specjalnie na tego zafajdanego bejsbolistę!

– On się nie wybiera... Ale prosił... Dlaczego wy się do nas tak paskudnie odnosicie? – zirytował się Adalbert. – Przybywam w pokoju.

– Jasne – parsknął ślusarz. – Jak wyciąga rękę na zgodę, to zapewne nie bezinteresownie... Czego potrzebuje tym razem?

– Ej, sam mówiłeś, że więcej nie damy się nabrać na żadne interesy z tymi renegatami? – ofuknął go hrabia.

– Na nic się nie nabieram, ale niech powie, o co biega – uspokoił go Marek.

– Owszem, Eduard ma dla was pewne propozycje. Obopólnie korzystne oczywiście...

– To samo gadała jego wysłanniczka poprzednim razem. Ta Alicja, Alexa, Alisa czy jak jej tam – parsknął Profesor. – Myśmy dla was załatwili kubek samego księcia Vlada Palownika, bezcenną relikwię wampirzego rodu, a w zamian zainkasowaliśmy raptem dwieście dolarów. Kubek wykradliśmy Cyganom...

– Czy ty w ogóle wiesz, kim oni są i co robią z wampirem, jak jakiegoś złapią? Czy wiesz, jaki to nieziemski wyczyn okraść Cygana!? – warknął hrabia.

– Opłaciło się wam! Dostaliście kasę, jaką tu zarabia się przez rok! I to w twardej wymienialnej walucie! Jeszcze wam mało? U nas w Ameryce pieniądze też nie leżą na ulicy!

– Ty po prostu chcesz w ryja! – zawyrokował Marek. – Tylko cię rozepnę, bo nie będę katował skutego leżącego!

– I wodą święconą też go polejemy? – zaciekawiła się Gosia. – Może jak zapłaci, to wodę mu darujemy?

Ostatni zamek szczęknął i puścił. Adalbertus, choć nie miał krążenia i nic mu nie zdrętwiało, roztarł odruchowo nadgarstki.

– Gosiu, podaj z walizki rękawice i srebrny kastet... – polecił ślusarz.

– Ale to, z czym przysyła mnie Coollen, to tym razem naprawdę dobra propozycja – gość usiłował dyplomatycznie zmienić temat.

– Już my was dobrze znamy, imperialiści! – syknął Igor. – Dla was złoto, dla nas płachta perkalu i garść paciorków?

– Propozycja Eduarda to pakt o nieagresji, w razie gdybyście przybyli kiedyś do USA. – Adalbert dumnie wypiął wątłą pierś. – Żadnego dziurawienia piłeczkami od bejsbola ani innych takich...

– A ponieważ nie mamy żadnych szans na paszport, o wizie do USA nie wspominając, to można powiedzieć, że niczego nie ryzykujecie. – Hrabia uśmiechnął się kpiąco. – Tym razem to nie jest nawet garść paciorków, że o perkalu nie wspomnę.

– Czekaj – powstrzymał go Profesor. – Posłuchać nic nie kosztuje. Gadaj, co konkretnie oferuje wasz wódz – zwrócił się do więźnia. – Tylko szczerze i bez żadnej blagi.

– Pakt o nieagresji. Pomoc, gdybyście chcieli osiedlić się w USA. Nie będziemy was zaczepiać, nawet jeśli nie nawrócicie się na wegetarianizm... Gdybyście zdecydowali się jednak pozostać w ojczyźnie, Coollenowie prześlą wam całe pięćset dolarów.

– Całe pięćset – zakpił Igor. – A ile to spawacz w stanach zarabia? Dziesięć dolców na godzinę? Musi mu na czymś cholernie zależeć – wyjaśnił Gosi.

– Pięćset to niewiele – mruknęła dziewczyna. – Zwłaszcza że podzielić musimy na nas sześcioro. Chociaż opiekacz do zapiekanek albo lodówkę już za to kupi. I fajnych ciuchów też sporo... Ale masz rację, w USA to się więcej przez miesiąc zarabia.

– Tyle że Eduard to skąpiradło... – wyjaśnił Marek. – Słuchaj no ty, Dagobert. – Trącił więźnia butem.

– Adalbert – poprawił go gość.

– Nasze wstępne warunki są takie. Po pierwsze nie pięćset, ale tysiąc dolarów. Po drugie zdradzicie sekret, jak zrobić zdjęcie do paszportu. Reszta może zostać.

– Zdjęcie to nic trudnego. Trzeba polepić twarz pudrem zmieszanym z cielęcą krwią, a jak przyschnie, upudrować raz jeszcze na normalny kolor.

– Oczy też mamy upudrować?

– A to wam zdradzę potem.

– Dobra. Warunki graniczne negocjacji ustalone, gadaj, z czym przysyłają cię Coollenowie? – Hrabia szturchnął jeńca laseczką w żebra.

– Chcielibyśmy wykonać odpis „Necronomiconu".

– I dajecie za to tylko tysiąc dolców? – skrzywił się Igor. – Jedna karta więcej warta...

– A tak właściwie skąd on wie, że mamy „Necronomicon"? – parsknął Marek.

– Czytał was.

– Że co?

– Metapsychiczny hacking. No, telepatia inwazyjna po waszemu... Robił sobie nasłuch wschodniej Europy i zobaczył...

– Ta gnida ośmieliła się włamywać do moich myśli!? – ryknął Marek, aż szyby w oknach pojazdu zadrżały.

– Oj tam, zaraz włamywać. Po co te bezpodstawne oskarżenia? Surfował sobie telepatycznie i przypadkiem ujrzał...

– Ja ci pokażę przypadek! Gosiu, podaj zestaw – rzucił ślusarz.

– Ale co... – jęknął jeniec.

Dziewczyna wyciągnęła spod zadka walizeczkę. Marek zręcznie odpiął zatrzaski i uniósł wieko. Bielą surowego drewna zalśniły osikowe kołki różnych rozmiarów i fasonów. Błysnęły łańcuszki, noże, skalpele. Ślusarz miał tu też kastety, a nawet średniowieczny kiścień. Wszystkie metalowe części błyszczały. Gosia na widok takiej ilości srebra poczuła nieprzyjemne mrowienie całego ciała.

– O! – Marek wyjął laną kauczukową piłkę i pałkę z twardego drewna. – Uciekasz ulicą, damy ci pięćdziesiąt metrów forów. – Podrzucił piłeczkę na dłoni i zamierzył się pałką.

– Ale miało być dwanaście godzin? – wychrypiał gość.

– Miało być, ale tak, koleś, niemożebnie przegiąłeś, że się zdezaktualizowało!

– Nie róbcie mi tego – zaskamlał Amerykanin. – Jestem tylko ślepym narzędziem w rękach tego tyrana Eduarda!

W tym momencie samochód zahamował. Dziadek Weteran otworzył drzwi.

– Ej, nie tak się umawialiśmy. – Pogroził im palcem. – Mieliśmy go glanować wszyscy razem i w kolejności, po starszeństwie.

– I na razie zajechałeś do siebie – westchnął Marek.

– To co?

– Gościa pod własnym dachem glanować nie wypada...? – Przybysz uśmiechnął się nieśmiało.

– Dobra, spuścić mu łomot zawsze zdążymy – uciął hrabia. – Niech opowie jeszcze o tych dolarach.

– Mieliśmy nie robić z nim żadnych interesów – przypomniała Gosia. – Choć z drugiej strony...

– Tysiąc dolarów to faktycznie mało – powiedział Marek. – Ale nie stójmy tak pod gołym niebem, chodź, Venceslaus.

– Jestem Adalbert...

– Posiedzimy jak ciepli przy stole i tam sobie omówimy wszystkie szczegóły – powiedział hrabia. – Dasz tysiąc dwieście, to się równo podzielić da, akurat po dwieście na łba, bo nas sześcioro.

Weszli do kantorka przy warsztacie Dziadka Weterana. Staruszek zakrzątnął się, postawił na stół kryształowe kieliszki. Z lodówki wydobył butelkę i polał czerwonej cieczy.

– No to zdrowie gościa z dalekiej Ameryki – hrabia postanowił wznieść pierwszy toast.

– Co to jest? – Kompletnie skołowany przybysz spojrzał nieufnie na butelkę.

– Krew – wyjaśnił gospodarz.

– Ludzka?

– Ludzka.

– To ja nie piję! – Adalbert odsunął ostrożnie kieliszek.

– Co, z nami się nie napijesz? – ryknął Igor.

– Gardzisz moim towarzystwem? – zdumiał się hrabia.

– Ty chyba po prostu lubisz dostawać wpierdol. – Profesor już zakasywał rękawy.

– Pij! – rozkazał Marek. – U nas się mówi, że kto nie pije, ten kapuje!

– Ale ja... – zaskamlał gość. – Bo nie rozumiecie... Eduard mnie nie ostrzegł, gdy się do niego przyłączyłem zwiedziony głupimi gadkami... A potem było już za późno. Ten wegetarianizm jest nieodwracalny. – Rozpłakał się nagle.

Łkał, sypiąc diamentowym pyłem z oczu, i bezmyślnie rozgarniał go rękawem, żłobiąc miliony drobniutkich rys na politurze stolika.

– Co chcesz przez to powiedzieć? – zdumiał się Marek.

– Eduard, ścierwo... Krew z człowieka to naturalny pokarm wampirów... A jak się pije zwierzęcą, organizm się szybko przestawia... I jak potem wampir napije się ludzkiej, to dostaje strasznych parchów na ciele... Myślicie, że nie miałbym ochoty? Marzę co noc o tym, żeby dopaść przy pełni Księżyca jakąś nastoletnią blondyneczkę. A tu nijak! Ani wyssać, bo krew mnie zatruje, ani zwyobracać, bo popędu nie ma... Już osiemdziesiąt lat się męczę! I nawet urżnąć się w trupa nie mogę, bo alkohol na nas nie działa...

Wszystkim warszawskim wampirom zrobiło się trochę łyso.

– Ech, wy faceci – ofuknęła go łagodnie Gosia. – Jedno wam w głowie. Tylko bzykać albo chlać... To znaczy wysysać. A nie mógłbyś posiedzieć z dziewczyną, potrzymać za rączkę i pogadać o poezji? To też byłoby przyjemne.

– Co?!

– Normalni faceci to lubią meczyk w TV pooglądać – zakpił ślusarz.

– Mam jeszcze króliki. – Dziadek Weteran znikł na zapleczu i po chwili przyniósł kłapouchego zwierzaka. – No to na zdrowie.

Wypili. Adalbert odłożył nieco zmaltretowanego królika. Otworzył walizkę, odmontował tylną ściankę i ze skrytki wyjął dwanaście banknotów studolarowych. Hrabia rozdzielił je między uczestników i puścił oko do Profesora. Ten wyszedł, a po chwili wrócił z opasłym tomiszczem. Gosia zagryzła wargi, żeby nie parsknąć śmiechem. Gość z USA podszedł z nabożeństwem do uczonego. Dotknął księgi opuszkami palców.

– Jest taka piękna – szepnął. – A może – spojrzał z błyskiem w oku – sprzedacie oryginał?

– Sprzedalibyśmy – westchnął Marek. – Tylko że będziesz miał kłopoty, chcąc to wywieźć. Ale przepisuj sobie do woli.

Adalbert otworzył tomiszcze i wydał dźwięk jak odkorkowany zlew. Kartoteka plantacji i galeria murzyńskich głów nie były chyba tym, czego się spodziewał.

– Co to jest!? – Zatrzasnął księgę i spojrzał raz jeszcze na tytuł, tym razem uważniej. – „Negronomicon"!? – wykrztusił.

– No, już nie becz – uspokoił go Igor. – Tak ci się morda śmiała, to wycięliśmy malutkiego psikusa. Ale skoro uczciwie płacisz, nie będziemy cię dalej robić w jajo.

– Tu jest to, co zdobyliśmy. – Profesor położył przed nim tomiszcze wyniesione przez Marka z Czarnej Wołgi. – I przepisuj do woli.

Polali do kielonków kolejną porcyjkę ludzkiej juchy. Dla gościa znalazł się jeszcze jeden królik. Amerykanin czytał dzieło.

– Sprawdzaliście te zaklęcia? – zapytał nieoczekiwanie.

– Jakoś nie było okazji – bąknął Marek. – Zbadanie księgi powierzyliśmy Profesorowi.

– A ja kiepsko władam cyrylicą – bąknął uczony. – Znalazłeś coś ciekawego?

– Tu jest kawałek o zamienianiu się w nietoperze.

Wiadomość zelektryzowała wszystkich zebranych.

– Transformacja w nietoperze. – Hrabia Prut przeglądał karty. – Nikt nie próbował tego od czasów, gdy byłem młody.

– Chyba w nietoperza? – poprawiła go Gosia.

– Nie, w nietoperze. Wampir zamienia się w stado kilkudziesięciu sztuk. Musisz zrozumieć, moja droga – posłał jej zębaty uśmiech – prawo zachowania masy... Ważysz sześćdziesiąt kilo, to i setka zwierzątek może z ciebie powstać.

– Pan to widział? – zapytał Adalbert.

– Tak. Kilka razy. Jeden starszy wampir miał mnie nauczyć, ale omówiliśmy tylko teorię, bo, niestety, przyleźli ci dranie od Kościuszki ze swoimi kosami przekutymi na sztorc. – Wzdrygnął się. – Podstawowe zagrożenie to, jak pamiętam, rozproszenie stada.

– Nie rozumiem? – Marek pokręcił głową.

– Nietoperze są głupie. Inteligencja przemieniającego się wampira dzieli się między osobniki proporcjonalnie do ilości. Gdy lecą razem, utrzymuje się wspólna świadomość dzięki więzi telepatycznej. Gdyby jednak część odleciała za daleko, wampir się odtworzy jeszcze, ale chudszy i głupszy. Przy rozproszeniu stada w ogóle się już nie odtworzy.

– A gdyby tak wiewiórki? – zadumała się Gosia.

– A dlaczego niby chcesz się zamienić w wiewiórki? – wytrzeszczył oczy Dziadek Weteran.

– Bo nietoperze są cholernie brzydkie. Coś jak szczur ze skrzydłami. A wiewióreczki są śliczne i milutkie...

– Pewnie by się dało – mruknął hrabia. – Skoro da się w nietoperze, to czemu nie w inne zwierzątka. Ale brakuje nam odpowiedniego zaklęcia.

– Ty się wiewiórek nie czepiaj – mruknął Marek. – Niech ciepli nadal myślą, że to śliczne i milutkie zwierzątka.

– Jakie są efekty wizualne transformacji? – zapytał przybysz z USA.

– Podmuch. Mocny, prawie jak wybuch. Jakby rozprzęgnięcie molekuł naszego ciała wyzwalało sporo zbędnej energii.

– Czyli tu lepiej nie eksperymentować. – Gość rozejrzał się po ciasnym wnętrzu kanciapy.

– No chyba nie – przyznał Dziadek Weteran. – Chodźmy na podwórze.

Wszyscy byli ciekawi, czy doświadczenie się powiedzie. Adalbert usiadł na niewykończonym nagrobku i skoncentrował się. A potem zaczął recytować półgłosem zaklęcie. Gosia patrzyła na niego zaciekawiona.

– Uda się? – zapytała szeptem hrabiego.

– Pojęcia nie mam – westchnął. – Ale dobrze by było. Przydałaby się nam ta umiejętność.

Amerykanin westchnął głęboko, a potem nieoczekiwanie drgnął konwulsyjnie i rozsypał się na kawałki.

– Miały być nietoperze! – jęknęła Gosia. – A jest... Co to jest? Robale jakieś...

– Stonka ziemniaczana! – wrzasnął Marek.

– Pieprzony wegetarianin! – jęknął Igor. – Zbierajmy to szybko! Zanim się rozproszą!

Niestety, żuczki rozkładały już skrzydełka, cała chmara poderwała się do lotu. Przez chwilę czwórka wampirów próbowała je chwytać, ale na próżno. Owady, brzęcząc skrzydełkami, przelatywały między nimi bez trudu.

– Przepadło – jęknął Igor. – Wieczny odpoczynek... To jest, chciałem powiedzieć, niech go diabli ulokują w piekle z dala od ognia wiecznego... A za te dolary, co po nim zostały, to może gregoriankę zamówimy?

– Ale co teraz powiemy Coollenom? – jęknęła Gosia.

– Nic. – Ślusarz bezradnie rozłożył ręce. – Niech se odczytują telepatycznie.

– Ale przynajmniej kartkę wypadałoby napisać. – Hrabia z naganą pokręcił głową.

– Nie mamy adresu... – Spawacz wzruszył ramionami.

– Może jednak da radę samodzielnie zebrać się do kupy? – Gosia bezradnie rozejrzała się wokoło.

Chmura stonki miała może dziesięć metrów średnicy. Owady nie odlatywały dalej, część nawet jakby próbowała zbić się w rój.

– Jest chyba szansa... – zaczął hrabia.

– Za późno – mruknął ślusarz. – Szkoda, porządny był gość, jak na Coollena oczywiście...

Pierwsze żuczki, które nie wytrzymały chłodu zimowej nocy, z cichymi pacnięciami spadały właśnie na ziemię.

SĄSIEDZI

PIĄTEK

Wampir Marek wracał z nocnej zmiany zmęczony jak diabli. Przez niemal sześć godzin reanimował sanacyjną maszynę do produkcji sprężyn. Grat miał swoje lata, wiele części wyrobiło się dokumentnie, w dodatku detale musiał dorabiać na oko. Dokumentacji technicznej oczywiście nie było, a mosiężne zębatki mechanizmu starły się niemal na gładko... Spasowanie wszystkich dorobionych trybów i przekładni tak, by współgrały z oryginalnymi, nie było łatwe.

– Znów uratowałem plan kwartalny. Idiotyczne to wszystko – mruczał. – Sypią się te graty i nie poradzisz. Trzeba wymienić cały park maszynowy, najlepiej byłoby nabrać na Zachodzie kredytów i kupić używane dwudziesto-, trzydziestoletnie obrabiarki niemieckie, to dopiero jest sprzęt... – rozmarzył się. – Ale kto dziś da kredyty tej juncie, co tu rządzi...

Skręcił z ulicy w bramę i prawie wpadł na drobną staruszkę siedzącą na dwu walizkach. Rozpoznał sąsiadkę, zresztą znali się już sześćdziesiąt lat.

– Cóż to, pani Michalakowa – ukłonił się – na wczasy pani jedzie, czy do sanatorium może raczej?

Kobieta zmęczonym gestem uniosła głowę i teraz dopiero spostrzegł jej zapuchniętą twarz i zaczerwienione oczy.

– Oj, Mareczku – wyszlochała. – Wyrzucają mnie z mieszkania.

– Co też pani mówi?! – zdumiał się. – Kto panią wyrzuca?

– Komisja przylazła, pomierzyli, powiedzieli, że mam nadmetraż. Mieszkanie służbowe po mężu... Podobno za duże dla mnie jednej. A przecież czynsz płacę regularnie, nie tak jak niektórzy... Tylko pijaków nie wyrzucają, bo mieszkania zdewastowane i nikt takich nie chce. A moje zadbane... To i na mnie padło – chlipnęła.

– To podłe – mruknął wampir głęboko zbulwersowany. – Tak się nie robi! Może odwołanie trzeba napisać?

– To decyzja administracyjna, od tego nie ma procedury odwoławczej. Ktoś musiał donos napisać – wyszlochała. – Teraz tak jest, jak jakiś ubek szuka mieszkania, to patrzy, gdzie kto stary żyje w dwóch pokojach, napisze papier do administracji, emerytów wywalają, a on jest pierwszy w kolejce do zajęcia lokalu!

– Pani się nie martwi, to jest Praga! Nie wiedzą bydlaki, z kim zadarli. Żaden frajer ubek w tej kamienicy miejsca nie zagrzeje. Osobiście się z łajdakiem rozprawię! – Wyszczerzył wściekle kły. – Za tydzień już ich tu nie będzie!

– Oj, dobry z ciebie człowiek, Mareczku, choć gadają, że wampir. Niech cię Bóg błogosławi... to znaczy... – zaplątała się. – Ale co ty poradzisz na ubeków? Mają i prawo, i siłę. Aparat za nimi stoi i agentura z pół miliona kapusiów. Tylko się narazisz na spotkanie „nieznanych sprawców".

– Coś wymyślę! Ale gdzie się pani podzieje? Dali jakiś lokal zastępczy?

– Do kuzynki mnie dokwaterowali, podobno też w za dużym mieszka. Czekam na znajomka z wózkiem, żeby moje rzeczy przewiózł...

Marek zawrócił na pięcie. Musiał solidnie nadłożyć drogi, ale zahaczył o aptekę i delikatesy. Gdy wrócił, kobiety już nie było. Powędrował na górę. Mieszkanie stało zamknięte i opieczętowane, ale na szczęście zdołał podważyć papierowe paski żyletką. Dwa zamki typu skarbiec zajęły mu dokładnie trzy minuty i piętnaście sekund.

Zaczął od kibla. Rozkręcił spłuczkę i kuleczką kitu chemoutwardzalnego zapchał rurkę doprowadzającą wodę. Spuścił zawartość rezerwuaru. Z klamki drzwi od toalety wyciągnął sztyfcik trzymający wszystkie części razem. Wyjął z torby butelkę dobrego kubańskiego rumu i ostrożnie rozkapslował. Potem rozgniótł w palcach dziesięć tabletek środka na przeczyszczenie i wsypał do środka. Zdołał założyć i docisnąć zakrętkę tak, by wyglądała na nieuszkodzoną.

Uśmiechnął się wrednie, starł starannie odciski palców i wstawił flaszkę do lodówki. Ubecy znajdą ją prędzej czy później. Wypiją. Przegoni ich... Ale wody w kiblu już nie spuszczą.

– Pozdrowienia od chłopaków z Pragi – burknął. – To taki maluśki psikus na miły początek sąsiedztwa... A potem będzie gorzej. Dużo gorzej... Każdy kolejny dzień będzie dla was cięższy niż wszystkie poprzednie dni razem wzięte...

SOBOTA

Było wczesne popołudnie. Marek z Igorem, obłożeni słownikami, siedzieli nad „Necronomiconem" i z mozołem próbowali odcyfrować tekst. Szło im jak po grudzie.

– Porąbani ruscy – biadał ślusarz. – Po kiego grzyba zrobili transliterację greckiego tekstu na cyrylicę? Ni kija złamanego nie mogę zrozumieć...

– Hrabia Prut mówił, że to spisały polskie wampiry, a tu jako autor wymieniony jest jakiś Abdul z Hazredu – zauważył Igor. – Czy my aby właściwą księgę odczytujemy?

– Hrabia to stary sklerotyk – burknął Marek i lekceważąco machnął ręką. – Nie pierwszy raz coś pochrzanił! A odczytać musimy... W tym dziele naprawdę można znaleźć użyteczne informacje. Przemiana w zwierzęta bardzo by się nam przydała!

– A tak właściwie to niby do czego? – zaciekawiła się Gosia.

– Dla bezpieczeństwa!

– Adalbertusowi wcale to nie pomogło! A nawet wręcz przeciwnie – zauważyła.

Ktoś zapukał. Igor zwlókł się z fotela i poczłapał do drzwi. Jak się okazało, to Profesor wpadł z wizytą. W ręce trzymał kasetę wideo.

– Masz coś ciekawego? – zainteresował się spawacz. – Dawno nie oglądaliśmy żadnego nowego horroru...

Cholernie nie chciało mu się wracać do roboty przy tłumaczeniu... A tu proszę – pretekst do odpoczynku spadł jak z nieba.

– Kupiłem na bazarze Różyckiego. Sprzedający zaklinał się, że kaseta jest przemycona z przyszłości.

Marek uśmiechnął się ironicznie. Gosia powstrzymała się przed pogardliwym prychnięciem.

– To taki japoński film – ciągnął Profesor. – Podobno jak się go obejrzy, to dzwoni telefon i ktoś po angielsku mówi, że za siedem dni umrzesz. I faktycznie, po siedmiu dniach z telewizora wyłazi mała japońska dziewczynka w halce i zabija oglądającego.

– Co ty za głupoty chrzanisz? Jak niby mała dziewczynka może kogoś zabić? – zirytował się Marek.

– Tego nie wiem, ale ten sprzedawca podobno zniknął.

– A jak ktoś nie zna angielskiego? – zaciekawił się Igor. – Też go zabija?

– To pewnie nie będzie wiedział, co go czeka – podsunęła Gosia.

– Tak bez ostrzeżenia, to nieuczciwe!

– No a my? Coś nam grozi? – zadumał się Marek. – Jak to działa na bionekrotycznych? Zakładając, że w ogóle działa, bo mnie się wydaje, że dałeś się wrobić w jakiś durny dowcip. Przecież i tak już nie żyjemy. To niby co? Mamy umrzeć raz jeszcze?

– A skąd mogę wiedzieć? Zdobyłem film, bo pomyślałem, że można go podłożyć majorowi Nefrytowowi. Obejrzałem przy okazji, bo czemu nie? Ale to kompletna chała. Czarno-biały, kamera skacze, jakby operator był naprany. Jakieś chaszcze, dziewczyna w brudnej koszuli nocnej wyłazi ze studni... A rozczochrana, że można się przestraszyć! A potem coś jakby zaćmienie Słońca i kobieta w sukni chyba uczy się fruwać. Ani fabuły, ani dialogów. Kopane Japońce tylko drogą kliszę filmową wypaprali! Dziewczyna nawet się nie rozbiera, choć może to i lepiej, bo chyba za młoda i za bardzo błotem uświnionia. Pięć stów w błoto poszło...

– Obejrzałeś i co? – zaciekawiła się Gosia. – Zadzwonił telefon?

– No niby jak miał zadzwonić, jak już piętnaście lat czekam na podłączenie aparatu? – zirytował się gość.

– Pozbyć się Nefrytowa – rozważał ślusarz. – To nie jest zła idea, ale ma swoje wady. Po pierwsze to pragmatyk, węszy i knuje, ale jesteśmy mu potrzebni, bo wie, że bez nas jego wydział nie ma racji bytu. Po drugie mogą przysłać na jego miejsce jakiegoś wyrywnego frajera. Po trzecie, jak go sprzątniemy, mogą się domyślić, że to my...

– Po czwarte nawet nie wiemy, czy ten film naprawdę działa – dodał Igor. – I co? Mamy mu to oddać? Marnować dobrą kasetę to bez sensu, lepiej sobie na nią coś fajnego nagrać. Chyba że najpierw sprawdzimy, co to takiego.

– Dawaj do odtwarzacza! – zakomenderował Marek.

Nagranie faktycznie okazało się wyjątkową chałą. W dodatku trwało może z pół minuty. Przewinęli na podglądzie resztę, ale jak się okazało, nagrane było tylko na samym początku.

– Nie rozumiem, co w tym może być groźnego – wzruszył ramionami spawacz. – Przede wszystkim czemu to jest czarno-białe? Stary ten film czy co? Przecież w Japonii mają lepszy sprzęt nagrywający, niż my kiedykolwiek sobie...

– Jakby było dłuższe, byłoby niebezpieczne – zauważyła Gosia. – Można by umrzeć przy tym z nudów albo doznać zwichnięcia szczęki od ziewania...

W tym momencie zadzwonił telefon.

– Halo? – ślusarz podniósł słuchawkę. – Że niby co? *Sorry, I don't speak English.* – Wzruszył ramionami i odłożył.

Telefon znowu zadzwonił.

– Powiedzieli ci, że umrzesz? – zaciekawiła się Gosia. – Czy może raczej my wszyscy?

– Coś tam gadali, ale nie wiem o czym, nie znam angielskiego. Ma ktoś może zapałkę?

Telefon dzwonił namolnie. Ślusarz zręcznie zablokował brzęczyk.

– No i po problemie.

– Może na wszelki wypadek należało wcześniej odłączyć telefon? – marudził Profesor. – Znaczy przed oglądaniem? Tak dla bezpieczeństwa?

– Jak z tego grata wylezie jakaś dziewczynka, to zagonimy ją do sprzątania – zaproponował Igor. – Będzie jeden problem z głowy. A Gosia przyuczy ją do robienia na szydełku i serwetki na handel wydziergają...

– E, starczy tych wygłupów – mruknął ślusarz, wyciągając kasetę. – Niezły sprzęt, BASF, i to trzygodzinna, można by „Rambo" nagrać.

– To ja podejdę do wypożyczalni i zobaczę, co mają ciekawego. – Profesor schował kasetę do teczki. – Tydzień to w następną sobotę przypada?

– A co? – zaciekawiła się Gosia. – Chcesz osobiście sprawdzić, czy mała Japoneczka przyjdzie nas zaciukać?

– No tak ciekawość mnie opanowała...

– To zapraszamy. – Marek wyszczerzył kły w kpiącym uśmiechu. – Wpadnij w sobotę po południu, jak nic nie wylezie, będziemy przynajmniej mieli czwartego do brydża.

PONIEDZIAŁEK

Gdy Marek wrócił z roboty, Gosia zrobiła tajemniczą minę i wskazała sufit.

– Wprowadził się? – Ślusarz zatarł ręce.

– Nawet dwóch! Na dole na liście nazwisk są wpisani. Jeden Nowak, a drugi Kowalski, od razu widać, że lipne nazwiska. Godzinę temu wnosili walizki. Teraz buszują po mieszkaniu, chyba szukają oszczędności starej, bo poodsuwali wszystkie meble.

Na górze trzasnęły drzwiczki lodówki. Potem zabrzęczało szkło w kredensie.

– Zaraz się zacznie – ucieszył się ślusarz.

Minął może kwadrans i faktycznie na górze rozpętało się istne piekło. Najpierw za oknem przeleciało kilka obfitych pawi. Następnie rozległ się rozpaczliwy tupot. Potem odgłosy krótkiego intensywnego mordobicia, gdy ubecy walczyli między sobą o dostęp do ubikacji. Zwycięzca zatrzasnął się wewnątrz i coś brzęknęło. To oczywiście klamka została mu w ręce. Potem rozległo się trzaskanie drzwiczek, gdy rozpaczliwie poszukiwał papieru toaletowego. Wreszcie łomot suchej spłuczki.

– No to jeden gad siedzi jak w komorze gazowej i dusi się własnym smrodem, a drugi pewnie sra do zlewu w kuchni... – Marek zatarł ręce.

– Jesteś obrzydliwy – skrzywiła się Gosia. – W ogóle ten numer jakiś mało finezyjny.

– Wiesz, ja prosty robol fabryczny jestem – zawstydził się. – Ale chyba masz rację. Kolejny numer zrobimy bardziej wyrafinowany.

Głuche trzaski i łomoty świadczyły, że uwięziony w kiblu próbuje wyłamać drzwi. Cokolwiek robił jego współlokator, czynił to w ciszy i skupieniu...

WTOREK

We wtorek po południu wampir Marek wyszedł z mieszkania. Na klatce jak zwykle śmierdziało swojsko stęchlizną, myszami, kartoflami gnijącymi w piwnicy i gotowaną kapustą. Jednak szósty zmysł podpowiedział mu, że coś jest nie tak. Tak jakby w kamieniczny smrodek wkradła się jakaś obca, wroga nuta.

– Nowi tak zwani sąsiedzi – mruknął i splunął przez poręcz schodów. – O wilku mowa...

Dwaj kolesie dreptali na górę, niosąc jakieś pudła. Marek stanął tak, by częściowo zagrodzić im drogę.

– Co my tu mamy? – burknął. – Dwa leszcze, co to się chwilowo szarogęszą w mieszkaniu pani Michalakowej.

– Pierdol się, frajerze – warknął wyższy.

– Nie musicie, chłopaki, rozpakowywać nawet walizek. – Maniek uśmiechnął się krzywo. – Za kilka dni was tu nie będzie! Tu jest Praga, cholernie nie lubimy tu obcych. A zwłaszcza takich, co zajmują nie swoje mieszkania.

– Ty chyba, urwał, nie wiesz, urwał, z kim rozmawiasz! – Niższy wyciągnął z kieszeni legitymację SB.

– To ty, urwał, nie wiesz, urwał, frajerze, co to, urwał, za dzielnica – warknął wampir. – I nie wiesz, urwał, co to za dom. Ani kto tu, urwał, mieszka. A do tej, urwał, karty wędkarskiej możesz sobie, urwał, dorobić kijek. To będziesz miał, urwał, packę na muchy.

– Ty, urwał, do mnie?! – ryknął ubek. – Fikasz, urwał, do oficera Służby, urwał, Bezpieczeństwa!?

– Oficer, urwał? Z której, urwał, strony? Może masz tak, urwał, w legitymacji, ale z gówna, urwał, bata nie ukręci – Marek był tego dnia mocno nie w humorze.

– A ta smarkula, co z tobą mieszka, to przypadkiem zameldowana? – warknął wyższy. – I czy aby na pewno jest pełnoletnia? Jej rodzice wiedzą, gdzie przebywa?

– Nie wtykaj nosa między drzwi i framugę, bo ci go może przytrzasnąć – zakpił ślusarz i wrócił do siebie.

Było ciut po dwudziestej. Igor tego dnia poszedł na drugą zmianę. Gosia napuściła sobie wody do wanny i brała kąpiel. Marek po raz piętnasty oglądał na wideo „Evil Dead". Właśnie smakował scenę z odciętą ręką, gdy rozległ się łomot do drzwi.

– Milicja, otwierać!

Wampir jednym susem dopadł pawlacza. Ściągnął torbę z automatami Kałasznikowa. Wpadł do łazienki. Gosia wrzasnęła jak opętana, zakrywając nagie piersi. Marek cisnął karabiny do wanny i wlał do środka pół butelki szamponu.

– Bełtaj, żeby była piana! – rozkazał i na jednej nodze skoczył otworzyć drzwi.

Milicjantów było trzech. Najwyższy miał dobroduszną minę znudzonego życiem spaniela. W oczach młodszych czaiła się żądza krwi, typowa dla początkujących gliniarczyków świeżo po szkole milicyjnej.

– Czym mogę służyć panu dzielnicowemu? – Marek kojarzył dowódcę z widzenia.

– Czeka was, obywatelu, rewizja – wyjaśnił milicjant.

– Mogę zobaczyć nakaz?

– Nie potrzebujemy. – Dzielnicowy wzruszył ramionami. – Wkraczamy do mieszkania w związku z podejrzeniem przestępstwa w toku.

– A konkretnie, jakie przestępstwo popełniam?

– A to się dopiero okaże. Widzicie, obywatelu, dostaliśmy telefon z donosem. Normalnie byśmy go zignorowali, przecież znamy was nie od dziś, dom też znamy... Tylko że, niestety, to telefon z gatunku takich, których nie możemy zignorować... Zaleźliście komuś za skórę. – Nieznacznym ruchem głowy wskazał sufit.

– No to rewidujcie, panowie. – Wampir zaprosił ich gestem.

– Na służbie nie jesteśmy panami, tylko obywatelami – pouczył go jeden z młodych. – No to od czego zaczniemy?

– Proszę, tu jest kuchnia. Piekarnik, lodówka, garnki, szafki...

Milicjanci zajrzeli do pustych szafek i pojemnika na chleb.

– Co wy, obywatelu, nic nie jecie? – zdziwił się dzielnicowy.

– Pokarm duchowy w okresie kryzysu gospodarczego zastępuje mi czasem fizyczny – bąknął Marek. – Odchudzam się trochę. Już po kolacji zresztą. Rano miałem iść po zakupy.

Młody gliniarczyk otworzył lodówkę. Była prawie pusta. Widok trzech butelek z krwią trochę go zaskoczył.

– Co to za keczup? – zapytał pro forma.

– To cielęca krew z rzeźni, czerninę będę gotował – wyjaśnił wampir pospiesznie. – Może i kaszankę zrobię...

– A tu? – Dzielnicowy położył dłoń na klamce sąsiedniego pomieszczenia.

– Łazienka, ale tam...

Milicjant otworzył drzwi. Gosia ryknęła, aż szyby zadrżały.

– Panowie, tak nie można, jestem goła i niepełnoletnia – zakwiliła.

Spod piany widać było tylko czubek jej nosa i kawałek ręki, ale mimo to funkcjonariuszom zrobiło się głupio. Omijając starannie wannę wzrokiem, zajrzeli do kosza na brudną bieliznę, do środka pralki, otworzyli szafkę. Potem grzecznie przeprosili i wyszli.

– Panowie, to bez sensu – tłumaczył Marek. – Przecież jestem prostym robolem, a opozycja to inteligenci. Nie należałem do Solidarności, nawet jak była legalna, to po co miałbym się zapisywać teraz? Bandziorkiem też nie jestem...

– Daj pan spokój – burknął dzielnicowy. – Przecież wiemy, że to pomówienie. Ale swoje musimy zrobić, bo nas kontrolować mogą...

– To pańska biblioteczka?! – Zdumiony młodszy milicjant wgapiał się w etażerkę, na której piętrzyły się dzieła klasyków marksizmu. Książki były sczytane niemal do cna.

– To mojego współlokatora – wyjaśnił Marek. – Moja jest ta. – Wskazał regał zastawiony podręcznikami ślusarstwa i katalogami obrabiarek.

– Kurza twarz, coś tu zbyt praworządnie w tym mieszkaniu – marudził prowadzący rewizję. – Ani ulotek, ani broni, ani literatury antypaństwowej... Na tym trupie nawet Wolnej Europy nie da się słuchać. – Wyciągnął palce w stronę starego radia.

– Żadnego filmu z naszej czarnej listy – zameldował jago podwładny przeglądający zbiór kaset wideo.

Ani „Łowcy jeleni", ani „Rambo III", ani „Rocky IV". Pornografii też brak!

– No bez jaj, był donos, coś znaleźć musimy! Chociaż symbolicznego. – Milicjant spojrzał z nadzieją na ślusarza. – Wie pan, nas też rozliczają z wyników... Nie ma pan czegoś niegroźnego, ale nielegalnego? Tak żebyśmy mogli znaleźć, ale żeby pan nie miał kłopotów?

– To może to? – podsunął Marek, podnosząc z szafki nocnej koło łóżka Gosi parę stringów.

– Coś pan, proca to żadna broń – skrzywił się dowódca.

– To nie proca, tylko kobiece majtki wzorowane na imperialistycznych. W Amsterdamie takie noszą w Dzielnicy Czerwonych Latarni.

Dzielnicowy obejrzał fant ze zdziwieniem.

– Wkręca nas pan. – Pokręcił głową.

– Nie, szefie, to naprawdę majtki – powiedział jeden z jego podwładnych. – Widziałem podobne w skonfiskowanej gazecie z gołymi babkami. Tylko tamte były robione maszynowo, a to chyba na szydełku z kordonka dziergane...

– Nie zagraniczne, nie maszynowo, więc odpada oskarżenie o przemyt. Ale jakby to podciągnąć pod chałupniczą produkcję materiałów pornograficznych... Może być – zdecydował wreszcie dzielnicowy.

Gliniarz wyjął z raportówki szarą kopertę, wrzucił majtki do środka i zapieczętował.

– Dziewczyna niech się kąpie, pan nam tu podpisze protokół rewizji i pokwituje konfiskatę gadgetu związanego z pornografią, rozkładem moralnym i rozwiązłością płciową.

Marek podpisał protokół rewizji i nawet dostał kopię... Gliniarze zasalutowali i wynieśli się w diabły.

– Oż wy łajdacy – syknął wampir, patrząc na sufit. – Donosów się zachciało? No to uważajcie, bo ja też umiem pisać.

Zakutana w szlafrok Gosia stanęła w drzwiach łazienki.

– Spisałaś się na medal! – pochwalił.

– To fajnie, ale co z tymi spluwami? – zapytała.

– Niech jeszcze poleżą w wodzie, oni czasem lubią wrócić... Potem rozkręcimy i naoliwimy. Będzie z tym trochę roboty. A przede wszystkim musimy się na kochanych sąsiadach odegrać tak, żeby im w pięty poszło. No i wreszcie cel podstawowy... Trzeba ich stąd definitywnie wykurzyć. Biedna Michalakowa nie może resztę życia tułać się po rodzinie!

ŚRODA

Marek stanął przy bramie bazaru. Rozejrzał się za dyżurnymi kombinatorami. Po chwili spomiędzy bud wyłonił się drobny Cygan.

– Co potrzeba? – zagadnął. – A może mamy coś na sprzedaż?

– Potrzebuję powielacza – bąknął ślusarz.

– Pooooowielacza?! – zdumiał się cwaniak. – To zupełnie nie ten adres.

– Przecież na Różycu można kupić wszystko – zirytował się wampir. – Nawet bombę atomową.

– Bombę atomową to jeszcze jak cię mogę, ale powielaczami nie handlowaliśmy nigdy... – Kizior bezradnie rozłożył ręce.

– Nie mówię, że ma być od ręki, ale chyba, u diabła, potraficie to załatwić?

– Honor praskiej ferajny z Różyca nakazuje zdobyć dla klienta każdy zamówiony towar! – Cygan wypiął dumnie pierś. – Przejdę się i rozpytam. Proszę sobie pochodzić i pozwiedzać, za pół godziny w tym samym miejscu, chyba że wcześniej pana znajdę.

Znikł między budami. Marek ruszył w głąb targowiska.

– Kurteczki, kurteczki, na zimę, na wiosnę – jakaś handlara zachwalała wyroby tureckich szwalni. – Patrz pan, jaka podpinka!

Oślepiająca biel akrylowego „futerka" aż łysnęła wampirowi po oczach.

– Eee... Dziękuję – mruknął i ruszył dalej.

Dotarł w okolice, gdzie siedzieli bukiniści, gdy cwaniak pojawił się ponownie.

– Zapraszam. – Uśmiechnął się tajemniczo i poprowadził wampira przez labirynt uliczek.

Buda, do której drzwi zapukał, nie wyróżniała się absolutnie niczym. Za to jej zawartość przyprawiłaby każdego ubeka o zawał. Pękała w szwach. Były tu całe paczki ulotek, kartony pełne podziemnych wydawnictw Solidarności Walczącej i KPN-u. Książki wydawane w drugim obiegu piętrzyły się w malowniczych stosach.

– Drukarz – przedstawił się drobniutki siwy człowieczek w drucianych okularach i niemodnym przedwojennym garniturze.

– Marek. – Wampir uścisnął drobną, kościstą dłoń.

– Co chce pan wydrukować? – zapytał człowieczek. – Czy może woli pan gotowce? – Wskazał stosy nielegalnych publikacji.

– Problem w tym, że ja nie chcę drukować, potrzebuję powielacza...

– Daj pan spokój – żachnął się człowieczek. – Przecież widać, że nigdyś pan tego nie robił. Powiedz pan, co potrzeba, a ja wydrukuję.

– Widać po czym!? – zdumiał się Marek.

– Po dłoniach. – Drukarz uniósł swoje.

Farba i tusz wżarły się w jego ręce, siateczka spękań naskórka lśniła głęboką czernią.

– Muszę podłożyć świnię złym ludziom – wyjaśnił ślusarz. – W tym celu chcę podrzucić im powielacz.

– Dobrą maszynę marnować na prowokację? – skrzywił się fachowiec. – Tak nie wypada. Powiedziałbym, że to nieomal grzech.

– A nie ma pan jakiejś niedobrej? Zużytej, uszkodzonej...

Drukarz bezradnie pokręcił głową.

– Wie pan, ja jestem rzemieślnik ze starej szkoły. O sprzęt własny i powierzony dbam jak mogę. U mnie każda śrubka musi być naoliwiona, a każda zębatka chodzi jak w szwajcarskim zegarku... Tu się nie dogadamy, niestety.

– No trudno – nachmurzył się Marek. – Po ile ma pan ulotki?

– Pięć stówek za paczkę tysiąc sztuk, ale spuszczę panu do czterech.

– A jakbym potrzebował kartonika różnych nielegalnych publikacji?

– To mów pan, że zestaw! Jaka opcja polityczna?

– Potrzebuję czegoś takiego, żeby każdy gliniarz dostał kota na sam widok.

Drukarz komponował mieszankę ze znawstwem i wyczuciem smaku. Broszury trockistowskie wymieszał z prokapitalistycznymi, dorzucił hojnie wydawnictw niepodległościowych, jak pieprzem i solą doprawił kartonik rosyjską publicystyką monarchistyczną oraz ukraińską – neobanderowską. Na koniec przystroił całość ulotkami. Wybrał te z obrazkiem, na którym towarzysz Pierwszy odbywał stosunek płciowy z rzecznikiem rządu.

– Pięć tysięcy się należy – szepnął na zakończenie.

Marek zaklął w duchu, ale oczarowany urodą kompozycji wysupłał z portfela zielony banknot z Chopinem. Niosąc pudełko do auta, czuł wręcz, jak wokoło ugina się czasoprzestrzeń. Gdyby go z tym złapali...

Igor znowu robił na nockę. Gosia siedziała i dziergała nowe majtki. Marek postawił pudełko na stole.

– Co tam słychać u naszych sąsiadów? – zagadnął.

– Znowu meblami szurali i chyba opukiwali ściany – powiedziała.

– No to dziś w nocy załatwimy ich absolutnie na cacy! Ruski miesiąc popamiętają...

Z pawlacza zdjął walizkę ze srebrnymi ostrzami i zestawem osikowych kołków. Wydobył z niej najbardziej niepozorny przedmiot.

– Co to jest, u diabła? – Dziewczyna zdziwiła się, widząc ogarek świeczki.

– Świeca z trupiego wosku – wyjaśnił Marek.

– Fuuuuj! Po co ci to?

– To bardzo proste, moja droga. – Uśmiechnął się. – Dawniej używali takich zawodowi złodzieje. Dopóki ta świeca się pali, nikt w całym domu nie ma prawa się obudzić.

– To naprawdę działa?! – zdumiała się.

– Oczywiście. Wprawdzie to przedmiot związany z czarną magią, ale skoro i tak jesteśmy potępieni...

– Daj spokój, jeden zabobon mniej, jeden więcej – prychnęła.

Wybiła północ. Odczekali jeszcze chwilę, a potem ruszyli piętro wyżej. Gosia, walcząc z obrzydzeniem, trzymała świeczkę, a ślusarz szybko sforsował zamki. Obaj ubecy spali jak zabici. Marek obszukał ich rzeczy, zabrał legitymacje. Następnie ujął lejek, wyciągnął z raportówki flaszkę i każdemu wlał w gardło po pół litra gorzały. Śpiący trochę się krztusili, ale połknęli posłusznie wszystko. Żaden się nie obudził.

Teraz nastąpiła najtrudniejsza część operacji. Marek poodbijał odciski palców nieprzytomnych na publikacjach i ulotkach. Kilka rozrzucił po parapecie, resztę wywalił przez okno. Potem poodciskał palce wrogów na automatach Kałasznikowa i ukrył je w wersalce.

– Ja pierniczę, ty to masz łeb jak szafa – zachwycała się Gosia. – I co dalej?

– Zadzwonimy na milicję...

Wyszli z kamienicy. Trzecia zmiana właśnie kończyła pracę. Na rogu Kawęczyńskiej i Odrowąża przywitali się z Igorem. Następnie Marek wszedł do budki telefonicznej stojącej koło kwiaciarni. Wykręcił 997.

– Pogotowie milicji, słucham – ze słuchawki wionęło jakby arktycznym chłodem.

– Dobry wieczór. Ja chciałem anonimowo zgłosić przestępstwo w toku skierowane przeciw ustrojowi naszego socjalistycznego państwa...

– Proszę mówić – głos w słuchawce wyraźnie się ożywił.

– Bo tu się do naszej kamienicy sprowadzili tacy dwaj inteligenci, pod trzynastką mieszkają. Dziś cały wieczór darli ryje po pijanemu, publicznie znieważając towarzysza Pierwszego Sekretarza i innych członków Komitetu Centralnego. A potem wyrzucali przez okno ulotki o treści antypaństwowej. My spokojni ludzie jesteśmy. Prosimy, żeby się zająć łajdakami, bo to ekstrema jakaś solidarnościowa, jeszcze za pieniądze CIA dom wysadzą!

– Wysyłam patrol! Proszę podać adres i numer kamienicy.

Marek podał namiary. Następnie stuknął w widełki i wykręcił kolejny numer.

– Tu całodobowy telefon zaufania Służby Bezpieczeństwa – ten głos dla odmiany był przesadnie serdeczny.

– Ja chciałem zgłosić, że jakieś milicyjne ciule robią rewizję w mieszkaniu służbowym waszych oficerów przy Kawęczyńskiej – rzucił Marek i odłożył słuchawkę.

– O, ja chromolę – jęknął Igor. – Dałeś do pieca! Rozumiem milicją poszczuć, po co ci jeszcze „smutni"?

– Zobaczysz. To zresztą nie koniec!

Wykręcił kolejny numer.

– Wojskowa Służba Wewnętrzna, słucham – zagdakała słuchawka.

– Ja w takiej spawie, była dziś w naszej kamienicy mała libacja, taki wieczorek zapoznawczy z nowymi sąsiadami... Wiem, że to głupio kablować, ale pokazali nam dwa karabiny, znaczy się Kałasznikowa. I chwalili się, że zaiwanili je z waszego magazynu w cytadeli. Ja tak pomyślałem, że to jednak niedobrze, żeby takie fanty pojawiały się na dzielnicy...

– Natychmiast wysyłamy grupę! Poproszę adres!

Marek podał szczegóły, a potem starannie wytarł słuchawkę szmatką, na wypadek gdyby ktoś chciał sprawdzić odciski palców.

– A teraz kłusem, lepiej, żebyśmy byli w domu, zanim przyjadą – zakomenderował. – Uśmiejemy się tej nocy do łez.

Zdążyli zatrzasnąć za sobą drzwi, gdy przed bramą zaparkowała milicyjna nyska. Trzasnęły drzwiczki. Gosia, popatrując zza firanki, obserwowała, jak milicjanci zbierają z chodnika rozrzucone ulotki. Potem zatupotały buty na schodach.

Rozległo się walenie, potem trzask pękającego drewna. Wreszcie jakieś pijackie bełkoty.

– Podjechała nyska, ale to tylko pogotowie wodociągowe – zameldowała dziewczyna.

– Spokojnie, to „smutni". Widziałaś kiedyś hydraulików o tej porze?

Faktycznie, ludzie, którzy wysiedli, nie wyglądali na pracowników sieci wodociągów. Pomaszerowali w pięciu, łomocząc butami na schodach, i zaraz też włączyli się do zabawy.

– Odwalcie się, to nasi ludzie!

– Jacy wasi, skoro nie mają żadnych papierów! – darł się któryś z milicjantów.

– Proszę, tu jest numer, zadzwońcie do naszego dowódcy!

– Nie, to wy macie numer i zadzwońcie do naszego, zresztą i tak nie ma tu telefonu, a tych gagatków bierzemy na dołek! Jak wytrzeźwieją, to powiedzą, skąd wzięli takie ilości wywrotowej literatury! I dlaczego rozrzucali ulotki.

– To z pewnością była uzgodniona z górą prowokacja!

– A że są w sztok pijani, to tylko kamuflaż?

– Szefie! W wersalce leżą dwa kałachy z zeszlifowanymi numerami!

– Co?!

W tej chwili na schodach załomotały buty trzeciej ekipy. Przez kolejną godzinę przedstawiciele trzech służb, wyklinając się najgorszymi słowy, wyrywali sobie nawzajem dwóch kompletnie pijanych klientów. Wampiry słuchały wrzasków z rozanielonymi minami. Rewizja trwała do drugiej w nocy. Potem głośny tupot na schodach oznajmił, że organa zakończyły czynności i zabierają sąsiadów do aresztu.

CZWARTEK

– To nadmiar ostrożności – bagatelizował sprawę Marek. – Załatwiliśmy ich na cacy. Więcej ich nie zobaczymy, prokurator nie wypuści ich ze swoich szponów tak łatwo.

– Ja jednak wybiorę się w gości. Utopce wiszą mi drobną przysługę... – zaprotestował Igor.

– No dobra, rób, jak uważasz.

PIĄTEK

Marek sądził, że za antypaństwową literaturę i dwa lewe karabiny służby zrobią swoim ludziom kęsim i problem sąsiadów jest już rozwiązany, toteż zdziwił się niepomiernie, gdy Gosia zameldowała mu, że widziała ich całych, zdrowych i wolnych na ulicy. Faktycznie, po chwili, patrząc zza firanki, ujrzał, jak wchodzą w bramę. Przechodząc koło drzwi ślusarza, wlepili w nie kilka serdecznych kopów.

– Wy wieśniaki! – warknął ten roślejszy. – Popamiętacie nas!

– Zdumiewające – zauważył pogodnie Igor. – Te ciule chyba nas o coś podejrzewają!

Marek stłumił ziewnięcie.

– Twarde sztuki – ocenił. – I plecy też mają mocne, skoro uszły im na sucho tak wspaniałe ulotki i dwa kałachy... Może trzeba było im „Mein Kampf" podłożyć?

– Pewnie teraz zechcą się umyć... Czy ta magia na pewno zadziała? – Gosia aż podskakiwała z niecierpliwości.

– Oczywiście. Utopcy to fachowcy od wszelkich cieczy. Zastanawia mnie tylko, czy nasi niechciani sąsiedzi najpierw wrzucą łachy do pralki, czy zaczną od prysznica...

– Stawiam na pralkę – powiedział Igor. – W tych wszystkich miejscach prewencyjnego zatrzymania zawsze jest brudno. A oni chyba najpierw zaliczyli jeszcze izbę wytrzeźwień...

Ubecy faktycznie zaczęli od pralki. Potem rozległ się szum wody z prysznica i stek wymyślnych przekleństw. Obaj kolesie biegali jak w amoku po mieszkaniu. Rzucali się od kranu do kranu, ale ze wszystkich leciało to samo.

– Nigdy nie myłem się czerwonym barszczem – rozważał ślusarz. – Może jakby dać dużo mydła...

– Umyć to jeszcze jak cię mogę – zachichotał Igor. – Ale jak się tym ogolić?

SOBOTA

Sobotni poranek upłynął spokojnie. Ubecy nocą wylali wampirom butelkę lizolu na wycieraczkę i zatkali zamek zapałką, ale na tym ich inwencja się skończyła.

Z góry dobiegały jedynie normalne, naturalne odgłosy szurania meblami i brzęk butelek.

– Nie podoba mi się ta cisza – marudził ślusarz.

– Pewnie liżą rany – zauważyła Gosia.

– Albo coś knują.

– A co oni mogą knuć? Przecież to kompletne głąby – zdziwiła się.

Koło pierwszej rozległo się delikatne pukanie do drzwi. Sprawdzili ostrożnie, kto to. Po prawdzie przez ten tydzień wszyscy trochę zapomnieli o głupim filmie i dopiero pojawienie się Profesora sprawiło, że przypomnieli sobie o telefonicznej groźbie.

Z kuchni przynieśli stół. Rozłożyli na nim wszystko, co mogło być przydatne. W świetle żarówki ponuro zalśniły ostrza noży i tasaków. Na wszelki wypadek przyjaciele naszykowali też pętle z linki hamulcowej, posrebrzoną szablę oraz buteleczkę wody święconej, zestaw osikowych kołków, cęgi i młotek.

– I to wszystko na jedną małą japońską dziewczynkę? – Gosia była mocno zbulwersowana. – Czy to nie przesada?

– Lepiej niczego nie zaniedbać – pouczył ją Igor. – Nie wiadomo, co wylezie ani jaką to bydlę ma odporność.

– No to jesteśmy gotowi – mruknął Marek, patrząc na zegar. – To jakoś o tej porze było...

– Mamy jeszcze ze dwie minuty – uśmiechnął się Profesor.

– Czyli coś wylezie z telewizora... – dumała na głos Gosia. – A może przechytrzymy tę istotę i nie będziemy dziś nic oglądali?

– O nie! – zaprotestował ślusarz. – To by było niesportowo! Porządny myśliwy zawsze daje zwierzynie jakąś szansę.

Włączyli urządzenie.

– Uch, to już bym wolał potwora zobaczyć – sarkał spawacz na widok gęby towarzysza Pierwszego wypełniającej ekran.

Generał ględził i ględził, potem gadali inni garniturowcy z wizytowanego zakładu pracy. Czas mijał. Towarzysz Pierwszy lansował się do kamer w żółtym kasku na głowie, udawał troskę i wymądrzał się na temat gospodarki. Dyrekcja potakiwała, majstrzy przyjmowali z wdzięcznością dobre rady, robole w tle, ubrani w nowiutkie drelichy, udawali, że coś wytwarzają. Marek zdecydowanym ruchem przekręcił pokrętło, wyłączając całkowicie dźwięk.

– Nie mogę słuchać tego bełkotu – wyznał.

– Może się spóźnić, z Japonii daleka droga – zauważył Profesor. – Albo może po drodze ma jeszcze innych widzów zaszlachtować. Pewnie nie tylko my to oglądaliśmy. Myślę, że można dać jej kwadrans akademicki.

– Ja sądzę, że raczej weszła na nasze pasmo, zobaczyła te łachudry i uciekła z podkulonym ogonem – wysnuł teorię Igor.

– To Japonki mają ogony? – zdumiała się Gosia.

– Nie mają, to taka przenośnia – wyjaśnił Marek. – A może kanał zmienimy?

Na drugim programie rzecznik rządu chrzanił coś i wymachiwał uszami do taktu. I nagle jego gęba rozlała się w kaszkę. Obraz śnieżył, a potem się wyostrzył. Zobaczyli paskudny czarno-biały krajobraz, jakieś chaszcze i cembrowinę na polanie w lesie.

– To ruska studnia! – oświadczył Marek.

– Japońska! – sprostował Igor.

– Gdzie japońska, popatrz, jak te kręgi odlane! Takie brakoróbstwo to tylko w ZSRR! – upierał się ślusarz.

– Myślisz, że w Japonii nie kradną cementu? – Igor z przyzwyczajenia usiłował bronić bratniego kraju.

– Zamknijcie się, jeden z drugim! Chyba wyłazi! – Profesor przerwał uczoną dysputę.

Ze studni istotnie gramoliła się jakaś bosa, rozczochrana istota w koszuli nocnej. Może i była dziewczynką, ale można to było domniemywać tylko z proporcji ciała. Grzywa skołtunionych włosów i workowaty strój nie pozwalały dostrzec żadnych szczegółów.

– O fuj, jaki wieśniacki ubiór – zbulwersowała się Gosia.

Z telewizora zaczęła się lać woda.

– Jasna cholera, idiotka zwarcie zrobi i korki wywali! – wkurzył się Marek. – Albo i sprzęt nam zepsuje! Tam są przecież rozgrzane lampy próżniowe!

Doskoczył jednym zwinnym ruchem i wyrwał wtyczkę z gniazdka. Ale to nie pomogło, telewizor nadal działał. W dodatku lało się z niego coraz mocniej.

– Kurczę, dębowy parkiet, jeszcze przedwojenny, teraz się takich nie robi. Poczernieje od wody! – biadał Igor, zwijając dywan. – Zachciało się wam kretyńskich eksperymentów, ta idiotka podłogę nam zniszczy!

– A ty gdzie? – Gosia wepchnęła głowę istoty z powrotem w ekran. – Fuj, jakie to lepkie, ona chyba w ogóle nie myje włosów. – Z obrzydzeniem wytarła dłoń o spodnie.

– Może brylantyny używa? – zasugerował ślusarz. – Jak to stary film, to niewykluczone. Trzydzieści lat temu smarowali się tym paskudztwem nagminnie.

Dziewczynka znowu próbowała pchać się do pokoju, więc odwrócili telewizor ekranem do ściany.

– Co robimy? – zapytał ślusarz. – Czekamy, aż sobie pójdzie? A może się jakoś dogadamy?

– Kiedy ona nic nie mówi! – zauważyła Gosia.

– Bo dźwięk wyłączyłem. – Marek palnął się w czoło i pokręcił gałką.

– *Wo blja! Nu szto, obezjajcy?* – uwięziona w odbiorniku darła się jak opętana. – *Job waszu mat' mudaka!*

– Dziwne – zauważył Marek pogodnie. – Po rosyjsku krzyczy. A jakie słownictwo! Myślałem, że tak niekulturalnych panienek to w telewizji nie pokazują.

– Co w tym dziwnego, że po rosyjsku? – zirytował się Profesor. – Trzysta milionów ludzi zna mowę Puszkina...

– Mówiłeś, że ma ze środka wyleźć mała Japoneczka w halce. Może i jest w halce – zazezował w szparę miedzy kineskopem a ścianą – ale to raczej nie jest Japonka. Ta koszula nocna to nie jedwab, tylko jakaś sprana flanela.

– Jak ze studni wylazła, to ma prawo być sprana – mruknęła Gosia. – No i w każdym razie nie po japońsku wrzeszczy.

– Tego nie rozumiem – przyznał uczony. – A może jest tak, że jak telewizor „Sony", to wyłazi Japonka, jak „Grundig", to Niemka, a z „Rubina" Rosjanka?

– A z „Philipsa" Holenderka? To brzmi sensownie – przyznał Igor. – Teraz pytanie, co z nią zrobimy? Na miasto wypuścić? Ludzie mogą poginąć... Albo jej krzywdę zrobią, wiesz, jak w tej dzielnicy kochają ruskich. Jak faktycznie młoda i w halce gania, to przecież kiziory mogą ją zgwałcić!

– Najpierw by ją musieli umyć, zobacz, jakie ma łapska utytłane szlamem – skrzywiła się ich podopieczna.

– Czekaj, mam pomysł – mruknął Marek. – Połączymy przyjemne z pożytecznym...

– To znaczy?

– Potrzebuję stolnicy i z pięć metrów nylonowej linki.

Stolnica była w kuchni. Wprawdzie nie używali jej od osiemdziesięciu lat i trochę zarosła kurzem, ale na szczęście korniki się do niej nie dobrały. Linkę Igor znalazł na pawlaczu. Gosia i Profesor pilnowali telewizora. Uwięziona w nim istota nadal wściekle kopała w ścianę i rzucała po rosyjsku takie wiąchy, że uszy więdły.

– Podłogę zalała, tapetę zniszczy – marudził ślusarz, wpychając stolnicę między ekran a mur. – Dobra, teraz linka! Oplątujemy i dobrze zaciskajcie supły. I wyłączam dźwięk, bo nie idzie tego mięcha wytrzymać!

Po chwili telewizor został zabezpieczony. Wewnątrz nadal coś łomotało i chlupotało.

– Przez okno? – zaproponował Profesor.

– Nie! – Marek uśmiechnął się wrednie. – Zaniesiemy go w prezencie nowym sąsiadom...

Dźwignęli urządzenie i pomaszerowali piętro wyżej. Dziewczynka wściekle kopała w stolnicę. Szparą lała się woda, więc Gosia zabrała szmatę do podłogi i co chwila wycierała obryzgane schody. Wreszcie dotarli. Oparli telewizor ekranem o drzwi. Ostrożnie wyciągnęli stolnicę. Uwięziona skorzystała z okazji i wściekle przykopała w deski.

– Kto się, urwał, tłucze? – dobiegł z wnętrza wściekły głos ubeka, a po chwili zachrobotał łańcuch.

Wampiry rzuciły się na złamanie karku po schodach. Z góry rozległo się skrzypnięcie zawiasów. Potem przez chwilę dobiegały jakieś wrzaski i łomoty, jakby ktoś kogoś gonił, wywracając meble i tłukąc zastawę. Na koniec huknął strzał z pistoletu, coś charczało, po czym wreszcie zapadła głucha, martwa cisza.

Igor zabrał na wszelki wypadek szablę i poszedł na górę. Wrócił po trzech minutach nieco pozieleniały na twarzy.

– Straszna jatka w tym mieszkaniu. Wygląda, jakby obaj zostali rozszarpani, a może i zagryzieni – powiedział. – Trudno powiedzieć, bo walają się tylko jakieś strzępy, chyba zabrała resztę ze sobą na później. Albo zimowe zapasy robi...

– Sama jedna wlokła dwóch takich byczków? Żeby się, biedactwo, nie podźwigęła – zafrasował się ślusarz.

– Moja babka to trzymała mięso w studni, bo tam zimno – wspomniał Profesor.

– Czyli ona... – zaczęła Gosia.

– Sądząc po śladach, wróciła do telewizora. Niestety, kineskop diabli wzięli...

– Stary grat był – zbagatelizował Marek. – Dawno już trzeba się było zapisać na nowy... Zbierajcie się, trzeba przejść po dzielnicy pogadać z ludźmi, niech odnajdą starą Michalakową. Myślę, że niebawem będzie mogła wracać do siebie.

WIZYTA

Zapadający zmierzch i sypiący śnieg maskowały niedostatki elewacji paskudnych czynszówek. Biały puch pokrył krzywe chodniki i dziury w asfalcie. Gosia oderwała wzrok od dzierganych szydełkiem majteczek i popatrzyła, jak śnieżynki wirują w snopie światła rzucanym przez latarnię.

Wiersz by napisać czy co? – zadumała się. E, nie... Po pierwsze kto by to chciał czytać, po drugie o czym pisać, po trzecie i tak nie umiem...

Na schodach załomotały ciężkie buciory. Zachrobotał klucz w zamku. Marek i Igor wrócili z pracy solidnie zmęczeni. Gosia odłożyła robótkę. Czuła lekkie zawstydzenie. W zasadzie siedziała bezczynnie cały dzień, może powinna przygotować obiad albo inaczej okazać mężczyznom, że ceni ich ciężki trud... Tylko jak ten obiad zrobić? Zaprosić jakiegoś ciepłego frajera na wysysanko?

– Znowu grudzień – westchnął ślusarz. – Co roku ten sam problem...

– Że śnieg pada? – nie zrozumiała.

– Ech, dziecko... – Uśmiechnął się pobłażliwie.

– Fabryka ma swój plan – zaczął tłumaczyć Igor. – Są plany kwartalne i plany roczne. Najlepiej oczywiście plan przekroczyć... Wtedy premie dają i podwyżki.

– Ale skoro zaplanowano produkcję, to jak przekroczycie plan, czegoś wyprodukowanego nie będzie za dużo? – zdziwiła się.

– Niby masz rację, ale nie ma się czym przejmować, Partia dawno już rozwiązała ten problem – w głosie komunisty zabrzmiała niezachwiana pewność.

– W warunkach powszechnego niedoboru wszystkiego nie ma to znaczenia – machnął ręką Marek. – Toż większości detali nawet nie odwozimy do magazynów, od razu idą do centrali rozdzielczej. A jak opakowań zabraknie, to się zastępcze daje.

– To w czym problem?

– Jest zła synchronizacja planów rocznych i kwartalnych – wyjaśnił Igor. – Nie pokrywa się okres sprawozdawczości zdawczo-odbiorczej.

– Eeee? – nie zrozumiała.

– Przekroczyliśmy plan kwartalny, który jest rozliczany na początku listopada. Żeby go przekroczyć i załapać się na premie, oczywiście zużyliśmy surowiec. Wprawdzie huty też przekraczają plan, ale nie aż tak, żeby powstały u nas zapasy. W efekcie na drugą połowę listopada zabrakło stali do wyrobienia planu rocznego. Dwa tygodnie zbijaliśmy bąki, zamiataliśmy, czyściliśmy maszyny po pięć razy na dzień. I teraz stal dowieźli. Więc trzeba zapieprzać, żeby plan roczny rozliczany pod koniec grudnia też przekroczyć, bo nam wjadą na trzynastkę...

Gosia, słuchając Marka, poskrobała się po nosie. Niby mówił po polsku, ale nic z tego nie zrozumiała. Tymczasem oba wampiry mimo zmęczenia z zaaferowanymi minami kręciły się po mieszkaniu. Ślusarz nakrył stół świeżym obrusem. W oknie postawił zapaloną świeczkę.

– Ktoś się wybiera do nas z wizytą? – zdziwiła się dziewczyna.

– Dziś niby nie, ale dzień tak jakby świąteczny. Wigilia Świętego Mikołaja – wyjaśnił.

– Wigilia? – nie zrozumiała.

– O rany – westchnął ślusarz. – Święto mamy.

Popatrzyła na nich bezradnie.

– Wigilia to dopiero za trzy tygodnie, a Nowy Rok... Zaraz, czy my, wampiry, coś obchodzimy tak jakby wcześniej? – Przechyliła pytająco głowę.

– Ech, ty wampireczko z partyjnego domu – westchnął Marek jakby ze smutkiem. – Jutro szósty grudnia. A dziś tradycyjne święto pasterzy. W tym dniu ciepłych obowiązywał post, była wieczorna msza, ksiądz błogosławił zwierzęta... Zresztą było, minęło, już mało kto o tym w dzisiejszych czasach pamięta.

– Przecież nie jesteście pasterzami, bo pracujecie w fabryce. – Teraz dziewczyna zgłupiała do reszty. – A na ciepłych do wyssania polujecie, a nie hodujecie...

– Ale zanim trafiliśmy do miasta i do fabryki, kilka lat pasaliśmy kozy po mazowieckich miedzach – wyjaśnił Igor. – Rodziny biedne, areał szczupły, tośmy za pastuszków robili.

– Dopiero wielki kapitał dał nam przyuczenie do zawodu i awans społeczny – powiedział Marek.

– A organizacja partyjna zaszczepiła we mnie świadomość klasową – pochwalił się jego towarzysz. – Ale gdzieś w głębi duszy pozostaliśmy trochę pastuszkami. Ponieważ nie ma święta dla ślusarzy i spawaczy, to obchodzimy nasze.

– Aha. Powspominać chcecie? – teraz zrozumiała. – To świętujcie sobie do woli. Tylko czemu dziś?

– No wiadomo, jutro przyjdzie Święty Mikołaj. – Marek wzruszył ramionami.

– Jak to jutro? – zirytowała się. – Do Wigilii, tej kościółkowej, a nie pastuszkowej, jeszcze kupa czasu. Do pasterzy wcześniej przychodził czy co?

Ślusarz uśmiechnął się pobłażliwie.

– Na Wigilię to on przychodzi od jakichś pięćdziesięciu lat... Po wojnie się to zaczęło, skażenie kulturowe, psiamać. Bo jak byliśmy młodzi, dzieciaki prezenty dostawały, ale szóstego grudnia.

– Od szkopów może to Polacy podłapali, tam protestantyzm – burknął Igor. – Ale my pamiętamy o naszych tradycjach. Swoją drogą, ciekawe, co nam w tym roku przyniesie.

– Dobra, dobra. – Wzruszyła ramionami. – Może i jestem znacznie młodsza niż wy, ale nie jestem już dzieckiem i w Świętego Mikołaja nie wierzę. Nie wierzę też we wróżki, duchy...

– ...w wampiry i wilkołaki? – zakpił Igor. – Albo, dajmy na to, utopce lub mumie, które ożywają...

– Wampiry, wilkołaki, mumie i zombie to akurat istnieją – odburknęła nieco skonfundowana. – Ewentualnie może utopce i duchy też...

– Nie spotkałem wróżek i krasnoludków już od dobrych dwudziestu lat – powiedział Marek. – Chyba wyginęły. Środowisko naturalne takie zatrute. Z drugiej strony nieczęsto ostatnio łażę po lesie...

– Wróżki i krasnoludki!? – zdumiała się Gosia.

– Widzisz, my, wampiry, podobnie jak inne byty bionekrotyczne, widzimy znacznie więcej niż ciepli. – Znów wzruszył ramionami. – Dostrzegamy to, co niedostrzegalne... A Mikołaj przychodzi tylko do tych, którzy są zdolni go zobaczyć.

– No to może wróżki też istnieją – zgodziła się Gosia. – Ale Święty Mikołaj to tylko bajeczka. Zresztą pomyślcie logicznie – prychnęła. – Dlaczego niby miałby do was przychodzić? Zakładając, że faktycznie istnieje, to przecież jest elementem kościółkowych zabobonów. A wy w waszym mniemaniu jesteście przeklęci...

– Potępieni – sprostował z godnością ślusarz.

– A to się różni? No nieważne, zwał jak zwał. Tak czy inaczej, nie powinien się z nami w ogóle zadawać!

– On nie z takich – Igor wziął w obronę świętego. – Nie jest pamiętliwy.

– Nie czepia się nawet, czy żyjemy, czy nie... – dodał Marek. – Po prostu otwiera worek i wyciąga prezenty. Skoro Igor, choć czerwona z niego swołocz, dostaje, to kto wie, może i dla ciebie coś przyniesie?

W końcu to patron panien na wydaniu. Wprawdzie nie bardzo mamy cię za kogo wydać...

– Za wilkołaka co najwyżej – zachichotał spawacz.

– Śmiejcie się, śmiejcie! Jakbym była ciepła, to zaraz bym go wyrwała. – Gosia zrobiła nadąsaną minę. – A jak nie przestaniecie się ze mnie nabijać, będziecie musieli go prosić o sztuczne szczęki!

– No już się nie obrażaj. Świętujmy.

Nie siedzieli długo. Obejrzeli horror na wideo i poszli spać przed dwudziestą drugą. A na zewnątrz cicho padał śnieg...

Gosia otworzyła oczy. Coś wyrwało ją ze snu. Budzik? Spojrzała odruchowo. Nie, do siódmej brakowało jeszcze kwadransa. Na zewnątrz wstawał późny grudniowy poranek. Kryształowe wazony ustawione na regale cicho dzwoniły.

– Tramwaj jedzie czy co? – Usiadła, trąc oczy.

– Nadchodzi – powiedział poważnie Marek, wygrzebując się ze swojego śpiwora.

– Co nadchodzi? – nie zrozumiała.

– Nie co, tyko kto. Święty Mikołaj oczywiście. Wyskakuj z wyra, to sama zobaczysz. Gdzie się podział Igor?

Łóżko spawacza było puste.

– Nie wiem, może w kuchni siedzi, bo przecież nie w kiblu. – Gosia niechętnie wypełzła spod kołdry.

Nie czuła zimna, choć sądząc po kwiatach mrozu na szybie, centralne ogrzewanie znowu nie wyrabiało. Jej mentor pospiesznie naciągnął spodnie i wtykał flanelową koszulę za pasek.

– Chodź!

Wsunęła stopy w papucie i apatycznie poczłapała za nim. W dużym pokoju coś się działo. Pośrodku pomieszczenia powietrze drgało jak pod wpływem wysokiej temperatury. Teraz trzęsło się wszystko wokoło. Podzwaniały szklanki na stoliku. Telewizor nieoczekiwanie zaśnieżył, a potem powietrze zgęstniało i znikąd pośrodku pokoju zmaterializował się dziwnie odziany staruszek z pastorałem w ręce i workiem na plecach. Na ciemieniu miał coś jakby czerwoną piuskę. Potrząsnął głową, jakby usiłując się dobudzić. Strzepnął poły ni to płaszcza, ni to poncho. Na stopach miał sandały z grubej skóry.

– Znowu Warszawa? – Rozejrzał się wokoło. – Ach, to wy, praskie wampiry... – rozpoznał Marka i Igora, który właśnie wyszedł z kuchni.

– Tak, wampiry. – Spawacz uśmiechnął się, prezentując kły. – Znamy się przecież od lat...

– Coś, widzę, powiększyło się stadko od zeszłego roku. – Staruszek otaksował Gosię zbulwersowanym spojrzeniem. – Ale dlaczego ta mała jest goła?

– Jak to goła? – obraziła się. – W halce przecież jestem...

Ale Marek podawał już szlafrok. Zakutała się po samą szyję. Gość wyglądał dziwnie, żeby nie powiedzieć archaicznie. Twarz miał spaloną słońcem. Kojarzył się dziewczynie nie z Laponią, śniegiem i reniferami, ale raczej z Bliskim Wschodem. Spodnia szata była z grubo tkanego płótna, na ramiona narzucił płaszcz –

sądząc po zapachu, z wielbłądziej wełny. Spiął się szerokim skórzanym pasem, za który zatknięty miał kord albo krótki miecz.

– Mam dla was garść świątecznych podarunków – uśmiechnął się przybysz. Ledwo było widać ten uśmiech spod obfitej białej brody. – Zostawię też upominki dla waszych przyjaciół.

Dziewczyna zlustrowała go uważnym spojrzeniem. Ta broda... Wyglądała na prawdziwą. Tylko strój wydał jej się dziwny.

– Tak więc zgodnie z odwieczną tradycją, którą sam zresztą zapoczątkowałem jakieś tysiąc siedemset lat temu...

Zrzucił worek z pleców.

Dużo to on tam nie ma, pomyślała dziewczyna. Po czekoladzie nam rozda czy co?

A święty już sięgał do środka.

– Dla Profesora mikroskop. Dla hrabiego puchar z herbem. Dla Dziadka Weterana bagnet i hełm. Dla Ślicznotki kosmetyki...

Mikołaj wyciągał zręcznie kolejne paczki owinięte w błyszczący, kolorowy, zagraniczny papier. Najwyraźniej worek wcale nie był taki pusty, jak by się mogło wydawać...

– Dla ciebie gogle spawalnicze. – Wręczył pakunek Igorowi. – A dla ciebie zestaw diamentowych frezów i stołowa tokarka precyzyjna. – Paczka dla Marka była naprawdę duża.

Gosia nie mogła zrozumieć, jakim cudem cały ten stos bez trudu mieścił się wcześniej w środku. Poczuła

zamęt w głowie. Staruszek przeniósł wzrok na dziewczynę, zdjął czapkę i podrapał się po łysinie z wyraźnym frasunkiem.

– No co? – pisnęła. – Ubrałam się przecież!

– Regulamin mówi wyraźnie, że ateiści nie powinni być obdarowywani – westchnął. – A ateiści, którzy w dodatku nie wierzą w Świętego Mikołaja, to już w ogóle...

– To są ateiści, którzy w pana wierzą?! – Z wrażenia opadła jej szczęka.

– No ba – zachichotał. – Zdziwiłabyś się ilu.

– Może i jest jeszcze ateistką, ale to skutek wieloletniego terroru i prania mózgu w partyjnej rodzince. Pracujemy intensywnie nad jej resocjalizacją – ślusarz wziął dziewczynę w obronę. – Jakiś drobny upominek stanowiący materialny ślad wizyty Waszej Świątobliwości z pewnością ułatwiłby nam zadanie.

– Ręczymy za nią – dodał Igor. – Cielę to straszne, ale ma dobre serce...

– W takim razie chyba trzeba będzie zrobić wyjątek i ciut nagiąć przepisy. – Święty Mikołaj sięgnął w głąb worka i wręczył Gosi paczuszkę.

Dziewczyna dygnęła odruchowo.

– Kawy albo herbaty? – zaproponował Marek.

– Dziękuję, będę leciał, masa jeszcze adresów do obskoczenia. Zostańcie z Bogiem, to jest, khm... – Zakłopotany podrapał się po nosie.

– Do zobaczenia! – Ukłonili się we trójkę i przybysz rozwiał się jak obłok dymu.

Ślusarz od razu dobrał się do swojego prezentu. Spawacz przymierzył gogle. Wyglądały strasznie fikuśnie, jak towar z górnej półki, i Gosia zrozumiała, że z pewnością są produkcji kapitalistycznej. Rozpruła papier i zajrzała do swojego prezentu. W paczuszce było coś zamszowego, ozdobionego lśniącymi cekinami.

– A niech mnie! Kryształki Swarovskiego! – osłupiała z zachwytu.

Wybiegła do łazienki. Wcisnęła zadek w nową mini i po chwili wyszła się zaprezentować. Przemaszerowała po saloniku, kręcąc intensywnie pupą. Kryształki pod wpływem tego kręcenia rzucały ogniste zajączki po ścianach.

– Uch, ależ to ślepi po oczach – mruknął Igor i dla zgrywu założył gogle.

– Niby taki święty, halka mu przeszkadzała, a jak przyszło do przymiarki, to połowa pupy spod kiecki wystaje... – westchnął Marek.

– Miniówa wystrzałowa. – Dziewczyna okręciła się na palcach. – I z amerykańską metką. Ekstraciuszek.

– I co? – warknął ślusarz. – Teraz w niego wierzysz?

Uśmiechnęła się pobłażliwie.

– Ukartowaliście to całkiem sprytnie – mruknęła. – I niezła kasa na ciuch poszła. Ale taki bajer to na frajer.

– Że niby co?! – wytrzeszczył oczy Igor.

– Wcisnęliście mi ordynarny kit, żeby mnie nawrócić na wasze kościółkowe zabobony – wydęła wargi. – To był po prostu jakiś obcy wampir, który umie to, o czym wspominają legendy. Przebrał się za Mikołaja, zamienił w mgłę, przeniknął tu i zmaterializował. Prosta sztuczka. Nie nabierzecie mnie na takie numery.

Marek spojrzał badawczo, by sprawdzić, czy Gosia mówi poważnie. A potem kompletnie się załamał.

HRABINA

SOBOTA

Drzwi tramwaju zgrzytnęły, ale nim zatrzasnęły się do końca, cycasta licealistka zdążyła jeszcze wskoczyć do wagonu. Dopiero w środku spostrzegła, jak fatalny błąd popełniła. Zamarła w pół kroku i tylko łypała błękitnymi oczkami.

– O, cóż za miłe spotkanie – syknęła Gosia. – Mariolka, ty ździro! Mówiłam, że cię kiedyś dopadnę!

Była koleżanka z klasy zamarła, a jej twarz pokryła się trupią bladością. Broda zadrżała. Strzeliła zrozpaczonym spojrzeniem na boki.

– Ale ja już nie chodzę z twoim Konradem – zakwiliła. – I nawet nie miałam zamiaru z nim sypiać! Przecież sama wiesz, jakie to żałosne zero... – dodała pojednawczo.

– Dobra, dobra... – Gosia pokazała kły. – I bez ciebie to wiem. Nie zmieniaj tematu!

Przerażona Mariolka wycofała się na sam koniec wagonu. Gosia szła za nią wyszczerzona jak dzika bestia.

– Co chcesz ze mną zrobić? – Licealistka minę miała taką, jakby zbierała się zaraz zemdleć.

– Coś wymyślę...

Rosły dryblas stojący dotąd koło kasownika wyjął z kieszeni kanarską blachę i umieścił sobie na piersi.

– Bileciki do kontroli! – Ruszył w stronę dziewczyn.

– Niech mnie pan ratuje – zapłakała Mariolka. – To wampirzyca! – Wskazała Gosię.

Ale z konduktora był za stary lis, żeby nabrać się na takie teksty.

– Oczywiście, że uratuję, a na razie proszę bileciki.

– Oto mój. – Gosia z czarującym uśmiechem pokazała skasowany.

– A pani? – Kanar przeniósł pytające spojrzenie na drugą dziewczynę.

– Nie zdążyłam skasować, bo...

– ...bo przestraszyła się pani wampirzycy. Rozumiem – uśmiechnął się mężczyzna. – Ale ta wiara w horrory będzie panią, niestety, kosztować osiemset złotych. I tak się pani opłaca, bo przecież ratuję pani życie. My tu sobie wysiądziemy na przystanku spisać protokół, a powstały z grobu upiór zapewne jedzie dalej. – Uśmiechnął się do Gosi.

Uczucie nadludzkiego triumfu i dzika satysfakcja towarzyszyły dziewczynie jeszcze przez kolejne osiem przystanków.

– Ale ją koncertowo załatwiłam! – cieszyła się. – Ruski miesiąc głupia popamięta! Nie będzie się więcej przywalała do cudzych chłopaków, a nawet byłych chłopaków!

Wyskoczyła na przystanku i zanurkowawszy w bramę, ruszyła do mieszkania. W skrzynce na listy coś bielało. Otworzyła i wyjęła elegancką kopertę barwy kości słoniowej. Nalepiono na nią barwne francuskie znaczki.

– Xawery Aleksander hrabia Prut – odczytała nazwisko adresata. – Ciekawe, dlaczego to do nas przyszło? A, pewnie dlatego, że on mieszka w grobie i trudno mu tam odbierać korespondencję – domyśliła się.

Hrabia chyba telepatycznie wyczuł, że jest do niego przesyłka, bo tuż po dwudziestej rozległo się pukanie i do mieszkania wmaszerował nestor warszawskich wampirów. Zzuł relaksy, odwiesił płaszcz na wieszak.

– Od hrabiny Delfiny de Saint Aurignac! – ucieszył się. – Wieki całe nie pisała...

– Ostatni raz jakoś tak dziesięć lat przed wojną – przypomniał sobie Marek. – Dobrze, że adresu nie zmieniliśmy...

Hrabia szponiastym paznokciem rozpruł kopertę i wydobył kartkę pokrytą eleganckim, kaligraficznym pismem.

– O! – zdziwił się.

– No co tam? – zagadnął Igor.

– Moja przyjaciółka wybiera się do Polski i zapowiedziała się z wizytą u nas. Będzie w Polsce w środę po południu i zostanie wszystkiego kilka godzin. Ale wyobraźcie sobie, że chce się ze mną spotkać. – Twarz arystokraty rozpłynęła się w uśmiechu. – Ma jakąś sprawę. Pisze, że pamięta nasz kraj jeszcze z czasów przed rozbiorami, a tradycyjną polską gościnność zachowuje do dziś we wdzięcznej pamięci. Trzeba będzie zatem zadbać, by i tym razem...

– To paradne... Przede wszystkim nie masz gdzie jej przyjąć – parsknął ślusarz. – Co tu ukrywać: jeśli chodzi o dostęp do powierzchni mieszkaniowej, leżymy i kwiczymy. No bo co? Zaprosimy ją do warsztatu Dziadka Weterana czy służbowej kanciapy Profesora? Bo chyba nie będziecie balangować u ciebie w grobowcu? Choć gdyby zebrać szkielety w jakiś worek i wynieść, a na ściany nakleić tapety...

– Może jakby ten wasz proletariacki chlewik trochę odnowić... – Skonfundowany Prut rozejrzał się po kątach.

– Żeby to jakoś wyglądało, trzeba by odmalować elewację i klatkę schodową, poprawić bruk na ulicy, otynkować kamienicę naprzeciwko... – wyliczał ślusarz. – Poza tym przekonać tubylców, żeby nie darli ryjów pod oknami. Do tego wymienić drzwi, wymurować kominek, wycyklinować parkiet, wymienić okna i skombinować lepsze meble...

Nestor wampirzego rodu zmełł w ustach przekleństwo.

– Hrabinę ugościć musimy jak należy – powiedział stanowczo. – Jej rodzina ma własny zamek we Francji. Przywykła do pewnych standardów...

– Zamkowych standardów u nas ni hu hu. – Ślusarz rozłożył bezradnie ręce. – Nie ta epoka, nie ta warstwa społeczna. Odpuść sobie tę wizytę. Albo pokaż syf, w którym egzystujemy, może zrozumie... Żaden wstyd, że żyjemy w nędzy. Tak nas komuna załatwiła i tyle...

– Nie żadna komuna, tylko jej błędy i wypaczenia, będące winą konkretnych uwarunkowań geopolitycznych i konkretnych towarzyszy, którzy jeszcze doczekają się surowego rozliczenia – zaprotestował z godnością Igor. – Ale co prawda, to prawda. Cienko przędziemy.

– Wymyśliłam – powiedziała Gosia. – Urządzi się spotkanie w willi moich rodziców. Trzeba ich tylko wykurzyć na kilka godzin.

– Wykurzyć – powtórzył Igor. – Jest to jakiś pomysł. Ale jak?

Zapadła niezręczna cisza.

– Pójdziemy całą bandą, rzucimy się na nich, zwiążemy i zamkniemy w piwnicy – zasugerowała dziewczyna. – Nawet jedzenie i wodę im zostawimy.

– Nie obraź się, ale od twojej babci to ja się wolę trzymać z daleka – bąknął spawacz.

– A może u Grega – podsunęła. – Jego starzy mają willę że hej! I pusta stoi, bo siedzą teraz na robocie eksportowej w Libii czy Algierii.

– Odpada, wampirzyca z miejsca wyczuje, że to dom wilkołaków, i nie przestąpi nawet progu. Może napisz jej, że masz remont siedziby i niech w ogóle nie przyjeżdża. – Ślusarz spojrzał spod oka na hrabiego.

– Nie róbcie mi tego – zaskamlał stary wampir. – Nie widziałem się z nią od prawie dwustu lat... Gdy byłem młody, przyjaźniliśmy się naprawdę blisko...

– Ty stary łobuzie, teraz dopiero mówisz, że to twoja była kochanka? – zachichotał Igor.

– Nic wam do tego – obraził się arystokrata. – A nawet jeśli, to co?

– Nic – uciął Marek. – Wasza sprawa. Ja nikomu pod kołdrę nie zaglądam. Zresztą było, minęło, dziś to już tylko piękne wspomnienie.

– Wróćmy do tematu – poprosiła Gosia. – Mnie też wydaje się to wszystko dość szalone. Trzeba by skombinować jakieś wystrzałowe lokum, i to nie hotel... Do tego pewnie wykwintne meble. Pan, hrabio, też powinien się odpowiednio ubrać.

– A co w moim ubiorze... – Prut spojrzał na swój wyświechtany przyodziewek. – Hmmm... co racja, to racja – przyznał niechętnie. – To wprawdzie frak od najlepszego przedwojennego krawca, a koszula amerykańska...

– Z dostaw UNRA – zachichotał Igor. – I od tamtej pory ani razu niezmieniana.

– Zatem lokum, ubiór. – Hrabia zaczął zaginać szponiaste palce.

– To się nie uda – pokręcił głową Marek. – Nie ten kraj, nie ten ustrój. Może jakbyśmy byli cholernie bogatymi badylarzami, coś by się dało zrobić...

– Do tego przydałaby się jakaś wykwintna kolacja – dorzucił swoje trzy grosze Igor. – Na przykład młoda, apetyczna harcereczka, która spędziła wakacje na obozie wędrownym i przesiąkła wonią leśnych ziół... Tylko gdzie takiej szukać o tej porze roku? Sam wiesz, przyjacielu, jakie są walory smakowe polskiej krwi na tej prawie bezmięsnej diecie.

– Tu coś było w liście na ten temat... – Prut szybko przebiegł wzrokiem tekst. – O, mam! *...muszę też dodać, że ostatnio, podążając za najnowszą modą, porzuciłam niehigieniczny obyczaj wysysania ludzi i wstąpiłam do ekskluzywnego klubu wampirów wegetarian...*

– Że niby co?! – wkurzył się Marek. – To głupie amerykańskie pseudohumanistyczne zwyrodnienie we Francji teraz uchodzi za coś ekskluzywnego!?

– Arystokracja zawsze była zdegenerowana. – Igor machnął lekceważąco głową. – Im głupsza moda, tym łatwiej się przyjmowała. A przed rozbiorami każdy Francuz był dla naszych automatycznie arbiter elegantiarum. Pan hrabia niejedno mógłby nam zapewne opowiedzieć? – Kpiąco spojrzał na nestora rodu.

– No fakt, nie żałowaliśmy sobie. Gorzałka, absynt, loże masońskie, pierwsze eksperymenty z tytoniem, kazirodztwo, sodomia, flagellatio, czarne msze, defloracja nieletnich obu płci... Nic, co ludzkie, nie było nam obce! – Arystokrata uśmiechnął się do swoich wspomnień. – Na szczęście służba była lojalna i nawet jak pouciekała, to milczała jak grób. Większość sekretów nie opuściła nigdy murów naszych pałaców...

– To doprawdy fascynujące. – Spawacz westchnął jakoś tak ciężko.

– Dlatego nie rozumiem jej decyzji – ciągnął Prut moralizatorskim tonem. – Wegetarianizm jest jak abstynencja: po prostu nie pasował nigdy do naszego pełnego drobnych przyjemności, hulaszczo-pasożytniczego trybu życia...

– Myślę, że istnieje racjonalne wyjaśnienie tej głupiej mody – mruknęła Gosia. – Ludzie na Zachodzie prowadzą szalenie niehigieniczny tryb życia. Alkohol, narkotyki, nikotyna, nocne kluby, domy publiczne, nadmiar wysokokalorycznego jedzenia... To i krew ciepłych może być szkodliwa jak diabli. Tak swoją drogą, jak na wampiry działa wirus HIV?

– Niby teoretycznie w ogóle nie powinien działać, ale wolę nie sprawdzać – mruknął Marek. – No i byłoby to niebezpieczne dla kolejnych ugryzionych, mogliby od nas jakąś francę złapać. Szanuję naszych żywicieli i zawsze przed wysysankiem pucuję kły pastą!

– Wróćmy do tematu – poprosił hrabia. – Staropolska gościnność nakazuje zdobyć dla gościa coś wykwintnego na stół.

– Sądziłam, że zaproszę na kolację taką jedną koleżankę z liceum. – W oczach Gosi zabłysły złośliwe ogniki. – Ale skoro ludzina odpada...

– Żeby było zgodnie ze staropolską kuchnią, trzeba by jej schwytać żubra albo niedźwiedzia – kpił bezlitośnie Marek.

– Może króliki – bąknął Igor. – Dziadek Weteran hoduje...

– Potrzeba czegoś większego, załatwmy jej sarnę – zaproponował nieoczekiwanie hrabia.

Zapadła wymowna cisza.

– Żadnego wysysania saren! – ryknął wreszcie Marek. – Po moim trupie! Nie załatwiliśmy sarny nawet temu amerykańcowi, choć jak na Coollena, był nawet całkiem w porządku, to tym bardziej nie oddamy niewinnego zwierzęcia jakiejś starej francuskiej purchawie!

– Obraziłeś damę – głos hrabiego stwardniał. – Stawaj!

– Że co?

– Wyzywam cię na pojedynek! – Arystokrata wstał i zrobił szczególnie godną minę.

– Hrabia wyzywający ślusarza? – Na twarzy Igora odmalował się niesmak. – To chyba niezgodne z kodeksem honorowym.

– Usynowię tę gnidę! Albo przyjmę do herbu! Poświęcę się, byle tylko flaki zeń wypruć! Chyba że ładnie przeprosi i sarenkę przyprowadzi!

Zapadła cisza. Gosia wodziła wzrokiem od Pruta do Marka. Obaj milczeli, poważnie patrząc sobie w oczy. Na obu twarzach malowała się zimna determinacja.

– Poza tym przypominam, że nie mamy broni – próbował załagodzić spawacz. – To znaczy mamy, cały arsenał, ale to jedna wielka kupa złomu...

– Stawaj, waść – odezwał się poważnie hrabia. – Jako wyzwany możesz wybrać: szable lub pistolety. Moi sekundanci ustalą z twoimi...

– Jacy znowu sekundanci? – prychnął Marek. – Albo dobra, Igor, będziesz moim?

– Jasne.

– Panno Bronawska, czy z braku mężczyzn zechce mi pani sekundować? – Arystokrata ukłonił się przed Gosią.

– Ale ja nie umiem – pisnęła.

– To nietrudne – uspokoił ją. – Obejrzy pani broń przed walką i dopilnuje, by nie doszło w jej trakcie do żadnych niehonorowych zachowań...

– Niehonorowych?

– Na przykład żadnego strzelania w plecy ani pchnięć szablą poniżej pasa.

– Wy tak na poważnie? – bąknęła do reszty skonfundowana.

– Zawsze na poważnie – ukłonił się ponownie Prut.

– No to niech będzie, zgadzam się...

– Z bronią kuso! – przypomniał Igor. – Mamy jedną posrebrzoną szablę, jedną szpadę, samopał Motorowego i pięć kałachów, za to bez amunicji.

– Mam naboje – odwarknął Marek. – Cztery! Wystarczy! Jako pozwany wybieram broń palną!

Arystokrata ukłonił się po raz trzeci.

– Jak smarkacze – prychnął spawacz. – Dobra, załatwmy to jak najszybciej. Bierzmy spluwy i idziemy do parku, czy może lepiej między wały...

Zawinęli dwa kałasznikowy w koc i po chwili maszerowali ulicą Kawęczyńską w stronę wałów. Lodowaty wiatr przewiewał na wskroś, ale czwórce wampirów specjalnie to nie przeszkadzało. Zapalenie płuc też im raczej nie groziło. Minęli Bazylikę przy Otwockiej i pętlę tramwajową.

– Księżyc w pełni, od tego nawet ciepli głupieją – burczał pod nosem Igor. – A na wampiry działa jeszcze ze trzy razy mocniej...

Faktycznie, blada tarcza co rusz pojawiała się pomiędzy szybko sunącymi chmurami. Minęli ośrodek sportowy. Drzewa w parku szumiały złowieszczo.

– Może tutaj, w parku – zaproponował hrabia. – W taką pogodę ciepli i tak siedzą w domach, nie ma sensu leźć daleko.

– Niech będzie – mruknął Marek.

Park, wtulony pomiędzy ośrodek sportowy a łuk nasypu kolejowego, w zimową noc sprawiał wrażenie niemal dzikiego lasu. Pomiędzy drzewami było ciemno. Tu i ówdzie leżały płaty topniejącego śniegu. Cała czwórka ruszyła rozmiękłymi alejkami, oddalając się od uliczki. Pośrodku parku znajdował się niewielki skwerek, ozdobiony kilkoma zardzewiałymi huśtawkami i piaskownicą praktycznie pozbawioną piasku. Otaczały go rachityczne drzewka mirabelek.

– Może tutaj? – zaproponował Igor.

Kiwnęli głowami. Igor odwinął karabinki, wyciągnął oba magazynki i wetknął w każdy po dwa naboje.

– Powinnaś jako sekundant... eee... sekundantka? Tfu! Powinnaś sprawdzić, czy broń w porządku – zwrócił się do Gosi.

– Nie umiem. – Wzruszyła ramionami.

– To jest kolba, to lufa, to jest urządzenie powrotne, tu mamy suwadło z tłokiem gazowym, muszka, szczerbinka, komora zamkowa, zamek, magazynek, spust...

– Chyba nie zapamiętam tak od razu. – Poskrobała się po głowie. – Co to jest na przykład tłok gazowy?

– Długo by tłumaczyć. Przyjmijmy zatem, że sprawdzone. – Ziewnął.

Narysował butem krechę na ziemi.

– Strzelacie się na dystansie dziesięciu kroków – powiedział. – To znaczy w sumie dwudziestu. Będę liczył, wy idziecie do przodu, a gdy usłyszycie „dziesięć", odwracacie się i ognia... Wygra ten, kto nie zostanie zastrzelony czy jakoś tak...

Obaj przeciwnicy wzięli po automacie i stanęli plecami do siebie po obu stronach kreski. Księżyc znowu wyszedł zza chmury, zalewając park nierzeczywistym blaskiem. Blade, surowe, zacięte twarze wampirów wyglądały jak wykute z marmuru.

– A może to mi się tylko śni? – zadumała się Gosia. – Wyglądają jakoś tak... To przecież nie może być realne! Co za idiotyzm! Tak błahy powód i teraz co? Zastrzelą się?! I dlaczego Igor na to pozwala?

– Jako wasi sekundanci po raz ostatni namawiamy, żebyście puścili w niepamięć te urojone krzywdy i dali sobie buzi na zgodę... – westchnął spawacz.

Pokręcili przecząco głowami.

– No to liczę... Raz, dwa...

Ruszyli naprzód. Marek maszerował, stawiając równe kroki, nestor wampirzego rodu drobił na swoich patykowatych nóżkach. Srebrne relaksy połyskiwały w blasku księżyca.

– Osiem... dziewięć... dziesięć! – krzyknął Igor.

Obaj przeciwnicy odwrócili się jednocześnie. Hrabia miał niezwykły refleks – Marek dopiero się składał do strzału, gdy stary wampir szarpnął za spust. Strzał jednak nie padł. Ślusarz opuścił lufę i dał ognia. Prut runął jak długi. Stopy zamajtały rozpaczliwie w powietrzu. Gosia podbiegła do leżącego.

– No, cholera jasna, ten to ma oko – biadał arystokrata. – W sam pępek mi przywalił. Na wylot kula przeszła.

– No to jak? Jesteśmy kwita? – warknął ślusarz, podchodząc.

– No niech ci będzie – westchnął hrabia.

Marek pomógł mu wstać i nawet otrzepał z błota.

– Dlaczego nie strzelałeś? – zapytał.

– Coś mi się pomyliło... Chciałem odbezpieczyć i pociągnąłem to... – pokazał hrabia. – Szarpię potem za spust i dalej nic. Miałem cię jak na widelcu...

– Przełączyłeś tylko z ognia pojedynczego na seryjny, a odbezpiecza się tak – zademonstrował zwycięzca. – Zmywajmy się, za chwilę tu będzie niebiesko.

Istotnie gdzieś z daleka dobiegło echo syreny milicyjnego radiowozu. Ruszyli przez chaszcze za fabryką sprężyn, a potem wyszli na Łomżyńską.

– Myślałam, że to będzie naprawdę – bąknęła Gosia. – Ten pojedynek...

– Przecież było naprawdę? – zdumiał się spawacz.

– Ale myślałam, że na śmierć...

– Było na śmierć. Rana hrabiego zabiłaby każdego ciepłego. Faceci czasem muszą się wyszaleć – klarował. – Marek chyba specjalnie obraził hrabinę.

– Ukartował to?

– Jasne. Bo to pierwszy raz? Pokłócą się, postrzelają, rozładują złe emocje. A potem znowu pokój i przyjaźń na kilka lat. Teraz Marek pokaże, jaki to on wspaniałomyślny, i może nawet sarnę skombinuje...

Mieszkanie po nocnej wizycie w parku wydawało się oazą ciszy i spokoju. Przyjemnie było ściągnąć przemoczone łachy i usiąść w cieple.

– Problem godnego przyjęcia gościa z pozoru wydaje się nierozwiązywalny – perorował hrabia, gdy znowu zasiedli wokół stołu. – Ale z doświadczenia wiem, że problem z pozoru nierozwiązywalny, jeśli podzieli się na elementy składowe...

– Przestań ględzić – przerwał mu Igor. – Potrzebujemy lokalu z wyposażeniem, żarcia dla gościa, lepszego ubrania dla przyjmującego wizytę, transportu gościa na miejsce... Coś jeszcze?

– Ona bardzo lubiła kwiaty i muzykę.

– Czyli magnetofon i kasety – mruknęła Gosia. – Ciekawa jestem, gdzie braciszek zabunkrował mój sprzęt...

– Żywą muzykę – uściślił arystokrata. – Nie pienia Limahla z kasety, tylko na przykład zespół grający Vivaldiego...

– Pogubimy się! Spiszmy wszystko na kartce – zarządził Marek. – Co najłatwiej skombinować?

– Żarcie i ubranie – podsunęła Gosia. – Przyzwoity garnitur, do tego odpowiednia koszula, krawat i buty. Dobry byłby garnitur od Armaniego...

– No faktycznie – westchnął Marek. – Wygląda ten ubiór już nieco mało wyjściowo. Tu by trzeba coś ekstra. Oczywiście z tym Armanim to gruba przesada, ale ogólny kierunek jest dobry. Nikt już nie chodzi we fraku.

– Będzie problem z fasonem, ale mam namiary na dobrego krawca – zauważył Igor. – Potrzeba jednak pieniędzy na dobrą wełnę i za uszycie też przecież policzy jak za zboże. I trzeba będzie dołożyć ekstra, bo termin króciutki!

– W naszej kasie pustki – westchnął Marek.

– No niezupełnie, mamy przecież dolary od Coollena – zauważyła Gosia. – We czwórkę zbierzemy osiemset. W dodatku w warsztacie Dziadka Weterana jest walizka amerykańca. Pamiętacie? Wyciągał kasę ze skrytki w podwójnej ściance. Idę o zakład, że nie wszystko wyciągnął.

– Zapomniałem! Ale teraz to faktycznie ma jakby ręce i nogi. Musimy stworzyć fundusz operacyjny – zadecydował Marek. – Twarda waluta oczywiście się przyda, bo dobrą tkaninę kupić najłatwiej w Peweksie. – Ale i złotówki będą potrzebne.

– Skoczę na bazar i wymienię setkę dolców na nasze – zaproponował jego przyjaciel. – A może zamiast szyć, lepiej wypożyczyć stroje?

– Jest to jakaś idea – pochwalił hrabia. – Jutro niedziela. Zatem plan pracy jest taki. Rano ruszacie na bazar poszukać cinkciarza. Potem trzeba skombinować sarenkę. W międzyczasie ty pomyślisz nad orkiestrą – zwrócił się do Gosi.

– Orkiestra to nie problem. – Uśmiechnęła się. – Moja przyjaciółka Marta gra na skrzypcach i pianinie.

– To ta, co ją chciałaś...? – zaczął Marek.

– Ta sama – ucięła.

– A jeśli się nie zgodzi?

– Co ma się nie zgodzić? Ojciec był w Solidarności, z roboty go wywalili, cienko przędą. Jak zaproponuję parę groszy, to zagra nawet dla wampirów. Tylko wiecie, żadnego gryzienia! – Pogroziła palcem. – Ani przed, ani w trakcie, ani po! Żeby się zgodziła wystąpić, muszę zagwarantować jej pełne bezpieczeństwo.

– Obiecuję – westchnął Prut.

– Dla niej pewnie też trzeba skombinować jakiś ładny strój. – Marek zanotował na kartce. – Dobra, wiemy, co mamy robić.

– No to spotkamy się jutro wieczorem. Dziękuję wam... – Hrabia wstał i ukłonił się.

Po chwili stuknęły zamykane drzwi.

– Jedno mi się w tym wszystkim nie podoba – zasępił się Igor.

– Co takiego? – zapytała dziewczyna.

– Wychodzi na to, że każde z nas ma jakieś zadania, a on wcale.

– W szkole mnie uczyli, że feudalizm nieodrodnie łączy się z wyzyskiem oraz poniżeniem klas niższych – zauważyła rezolutnie dziewczyna. – No i chyba właśnie zostaliśmy wyzyskani i poniżeni przez tego spryciarza.

– Yhym – przyznał niechętnie Marek.

NIEDZIELA

Marek i Igor wkroczyli na bazar Różyckiego. Zbiorowy mózg targowiska odczytał bez trudu zagrożenie. Atmosfera trochę stężała. W radosną paplaninę sprzedawców wkradł się poważniejszy ton. Już jeden wampir wprowadzał kupców w stan pewnej nerwowości, a tym razem przylazły aż dwa. Nie minęła minuta, gdy pojawiła się reakcja obronna. Jak spod ziemi przy pobliskich straganach wyrosło kilku potężnie zbudowanych młodzieńców. Trzymali ręce w kieszeniach. Dyskretnie pobrzękiwały łańcuchy, którymi owinięci byli w pasie. Rękawy jeansowych kurtek skrywały gazrurki. Nie narzucali wprawdzie wampirom swego towarzystwa, ale trzymali się w zasięgu wzroku.

– Czarujący brak zaufania – warknął Marek w przestrzeń. – Jakby nie wiedzieli, że prawdziwy praski wampir na wysysanie chodzi za Wisłę!

Napięta atmosfera nieco zelżała, a liczba młodzieńców psujących nastrój uległa redukcji o połowę. Obaj interesanci szybko odnaleźli budę ozdobioną stojącym na stoliku samowarem. Igor zapukał grzecznie.

– Wejść – dobiegło ze środka.

Złotozębna Królowa siedziała za stolikiem. Po obu jej stronach miejsca zajęło dwóch kiziorów. Na widok gości jak na komendę schowali ręce pod blat.

– Czym mogę służyć? – Kobieta na widok aż dwóch krwiopijców też jakby straciła nieco humor.

– Dzień dobry, chciałbym wymienić walutę na nasze... – wyjaśnił ślusarz.

Kobieta obejrzała banknot i westchnęła ciężko. Razem z nią westchnęli dwaj zakapiorzy stanowiący ochronę.

– Wy, wampiry, jesteście ciężkimi frajerami – powiedziała. – Najpierw zamiast złotej dwudziestki mieliście belgijkę, teraz to...

– Coś jest nie tak? – zmartwił się Marek.

– Z tym banknotem wszystko jest nie tak... Patrz! – Położyła go zieloną stroną do góry. Z kieszeni wyjęła chusteczkę do nosa i potarła nadruk. Gdy ją uniosła, okazało się, że papier nadal jest nieskazitelnie biały.

– Szlag – szepnął. – Falsy?

– Tektura...

Nalała wody do miski. Moczyła banknot może pół minuty, potem go wyjęła. Cały przód potarty chustką rozmazał się, odsłaniając tu i ówdzie resztki wcześniejszego nadruku.

– Stara metoda, najtrudniej podrobić papier do banknotów – wyjaśniła. – Wiec fałszerze zmywają acetonem pierwotny nadruk z jednodolarowych, suszą i na to kładą nowy, z setki. Format jest ten sam, niedoprane fragmenty napisów pokrywają nowe... Zrobił was ktoś w jajo koncertowo.

– Czyli amerykańcy załatwili nas totalnie na szaro – skomentował spawacz. – Dziękujemy za konsultacje i nie będziemy zawracali głowy.

– Zawsze do usług – złote zęby zabłysły w półmroku budy.

Marek wrócił z bazaru ponury jak chmura gradowa.

– Coollenowie to jednak parszywe gnidy. Słusznie postulowałem, żeby nie wchodzić z nimi w żadne układy!

Zreferował Gosi i Xaweremu wyniki cinkciarskiej ekspertyzy. Wszyscy wyciągnęli swoje banknoty. Solidna sowiecka lupa krążyła z rąk do rąk.

– No to jesteśmy spłukani – podsumowała ze złością Gosia. – Można powiedzieć: goli i weseli!

– Goli może i tak. – Hrabia spojrzał na jej zadek wylewający się i górą, i dołem z miniówy. – Ale czy weseli?

– Najgorsze, że cała mistyfikacja może się bardzo szybko rypnąć. – Ślusarz dreptał po mieszkaniu jak zwierz w klatce. – Trzeba zatem ją przyjąć, ugościć, i lepiej niech szybciutko wraca do domu, zanim czar pryśnie...

– Takież i moje zdanie – westchnął Prut.

– To może po prostu pokażmy jej, w jakim totalnym syfie żyjemy, i sama ucieknie? – Gosia powtórzyła wcześniejszą sugestię ślusarza. – To by nam zaoszczędziło masę niepotrzebnej roboty.

– O nie! – ofuknął ją hrabia. – Nie będziemy przed zasrańcami z Zachodu świecić oczyma! Zastaw się, a postaw się!

– To już słyszałam na lekcjach historii – mruknęła. – Zdaje się, ta idea spowodowała cały szereg większych i mniejszych katastrof!

– Trzeba skrócić wizytę do absolutnego minimum, żeby nie zdążyła rozejrzeć się po kątach! Zrobimy to metodą na Van Helsinga – przerwał jej Igor. – Siedzicie sobie, pijecie herbatkę, to znaczy pijecie z sarenki, a tu nagle w wieczornej ciszy rozlegają się ciężkie kroki, pobrzękiwanie srebrnego łańcucha i upiorne skrzypienie skórzanego płaszcza... Dziewczyna rzuca się do ucieczki, ty krzyczysz, że będziesz osłaniał, i rzucasz się na wroga...

– Widzę w tym jeden szkopuł – westchnął Marek. – Moglibyśmy ucharakteryzować na Van Helsinga na przykład Dziadka Weterana, ale skąd, u diabła, weźmiemy skórzany płaszcz? To już lepiej postraszmy ją Wędrowyczem. Siedzicie sobie na wersalce, podpijacie z sarenki, jest miło i nagle wietrzyk od okna przynosi upiorną woń skarpetek zakiszonych w gumofilcu.

– Odpada – mruknął hrabia. – O tej porze roku nie siedzi się przy otwartym oknie. Poza tym przesadzacie z tym Wędrowyczem, to legenda miejska, której zasięg ogranicza się do naszego kraju. Za granicą nikt o tym dziadydze nie słyszał.

– To nie jest legenda – bąknął Igor.

– Nawet jeśli tkwi w tym ziarno prawdy, ona nawet nie skojarzy, że to groźny zapach...

– To może najpierw jej o tym opowiemy? – zaproponowała Gosia.

– Aż tak głupia nie jest... Do rzeczy! Żeby ją spłoszyć, najpierw trzeba ją ugościć – odezwał się Prut. – A do ugoszczenia niezbędna będzie mała przekąska...

– No właśnie, danie dla hrabiny. Skąd się bierze żywe sarny? – zapytała dziewczyna. – Bo sarnie mięso to miewają na bazarze na Polnej... A może zapytamy na Różycu?

– Dziecko, co ty bredzisz?

– Przecież na bazarze Różyckiego można kupić absolutnie wszystko? – zdziwiła się. – A skoro handlarze z Polnej mają dostęp do mięsa, to handlarze z bazaru Różyckiego jako bardziej cwani pewnie żywą mogą załatwić...

– Problem w tym, że może i mają wszystko, ale praktycznie nic nie występuje tam za darmo, a my jesteśmy totalnie spłukani – tłumaczył cierpliwie hrabia. – W dodatku wiesz, jak to jest z bazarem. Wchodzisz, wyglądasz na swojaka, pytasz o cenę i kupujesz. Ale jak wyglądasz na frajera, cena od razu jest wyższa. Dla milicji i ubecji stosują specjalną taksę. A już nie daj Boże zapytać o coś w obcym języku. Cena wtedy jest taka, że się nogami można nakryć.

– A w zaprzyjaźnionym?

– Co?

– No są języki obce i języki zaprzyjaźnionych krajów socjalistycznych – wyjaśniła.

– Na zapytanie w tym najbardziej zaprzyjaźnionym odpowiedzią jest najczęściej cios w mordę.

– Na tym bazarze ruskim okazuje się tak zwaną szorstką męską przyjaźń – zarechotał Igor.

– Tak więc – ślusarz wrócił do tematu – ludek praski cholernie nie lubi też takich jak my i, niestety, dla nas jest jeszcze inna taksa. W dodatku w przypadku towarów nielegalnych należy liczyć się z dodatkowymi utrudnieniami i opłatami.

– Sarny są nielegalne? – nie zrozumiała.

– A widziałaś kiedyś sarny w sprzedaży?

– No nie...

– Czyli jedynym źródłem żywych saren musi być czarny rynek – westchnął Marek.

– Do licha ciężkiego – parsknął Igor. – Żeby w ogóle myśleć o choćby symbolicznym ugoszczeniu tej hrabiny, musimy mieć trochę pieniędzy...

– Pies trącał! – warknął ślusarz. – Samochód będzie nam potrzebny. Sprzedam wideo.

Zapadła głucha cisza.

– Marku – odezwał się hrabia – nie mogę wymagać od ciebie takiej ofiary. Przecież oglądanie horrorów z magnetowidu to jedna z nielicznych rozrywek, którym folgujemy, a na telewizję liczyć w tej materii nie można.

– Poświęcę się...

– Nie trzeba – westchnął Prut. – Mam... nazwijmy to, drobną rezerwę ze starych, dobrych czasów.

Sięgnął do cholewki relaksa i wydobył mały woreczek. Wytrząsnął z niego złotą pięciorublówkę ozdobioną portretem cara Mikołaja II.

– Na koszta – westchnął, wręczając ją Markowi.

– Prawdziwa?

– Nie wiem, znalazłem w kieszeni hitlerowca, którego wysysałem w czasie wojny.

– A nie prościej w lesie złapać? – zapytała Gosia.

Ślusarz zamarł.

– Hitlerowca?

– Sarnę złapać. Przecież żyją w lesie, no nie? Czasem wychodzą robić szkody na polu, ale tak zasadniczo ukrywają się pomiędzy drzewami. I zapewne myśliwi strzelają do nich właśnie w puszczy. Po co mamy bulić jakimś praskim cwaniaczkom, skoro możemy mieć to samo za darmo?

– Że też mi to wcześniej nie przyszło do głowy! Jedziemy łapać! – zapalił się Marek.

– Robiłeś to już kiedyś? – zaniepokoił się Igor.

– Zawsze musi być ten pierwszy raz!

Zostawili hrabiego na gospodarstwie i pół godziny później mknęli szosą na Łomianki.

Zatrzymali się na małym parkingu. Pod zdezelowaną wiatą znajdował się stół o blacie porżniętym nożami oraz kilka ław wykonanych z półbelek. Tuż obok szumiała odwieczna puszcza, akurat od tej strony reprezentowana przez rzędy sztucznie nasadzonych rachitycznych sosenek. Dopiero za nimi widać było grubsze pnie drzew prawdziwego lasu. W głąb parku narodowego prowadziła ścieżka. Sądząc po znakach namalowanych na korze, stanowiła część szlaku turystycznego. Marek rozdał wszystkim lassa zrobione ze sznura do prania.

– Znajdujemy trop sarny. Tropimy. Łapiemy, wiążemy i do auta – zakomenderował. – Są pytania?

– Bo tak się zastanawiam – Gosia poskrobała się po nosie – czy sarny to żerują w dzień, czy w nocy?

– Nie wiem. – Ślusarz przeniósł pytające spojrzenie na przyjaciela.

– Ja tam widywałem je na polach za dnia. Z drugiej strony w nocy ciemno, może wtedy też żarły? To bez znaczenia przecież – machnął ręką Igor. – Jak śpią w dzień, to dobrze. Wytropimy, capniemy, zwiążemy i obudzimy. A jak nie śpią, to przydybiemy jakąś zajętą jedzeniem.

W głębi lasu pod drzewami leżało sporo śniegu, błoto na ścieżce i liczne kałuże sprawiły, że Gosia błyskawicznie przemoczyła czółenka. W dodatku obcasy strasznie jej grzęzły w ściółce.

– Mogliby chodniczek położyć – biadała. – To przecież park narodowy, co mają turyści glebę wydeptywać?

– Mogliby, ale nie położyli. To zapewne przez ten kryzys – kpił Marek. – Na Zachodzie pewnie każda ścieżka w lesie jest brukowana i latarnie w nocy świecą...

– Nie błaznuj – poprosił Igor. – Wypatruj lepiej saren.

Las był dziwnie pusty i cichy. Drzewa drzemały pod śniegiem. Gdzieś z daleka dochodziło tylko zawodzenie wiatru, wokoło trójki wampirów panował idealny spokój.

– Nie rozumiem – pisnęła Gosia. – Przecież tu mieszkają jelenie, żubry, rysie... Uczyłam się o tym na geografii.

– Naprawdę wierzysz w to, czego uczą was w szkole? – zdumiał się Igor.

– Mieszkać mieszkają, tylko pewnikiem w głębi puszczy, jesteśmy za blisko cywilizacji – klarował ślusarz. – I może nie gadajmy tak głośno, bo to, zdaje się, płoszy zwierzynę – przypomniał sobie.

Godzinę później byli już solidnie zmęczeni, a nadal nie widzieli nawet kawałka sarny.

– Jak byłem młody, to zamiast zdzierać zelówki po wertepach, zastawiało się sidła i wnyki – mruczał Igor. – Raz w tygodniu był pasztet albo pieczyste, bo czy to zajączek, czy bażant, zawsze coś się złapało.

– A kuropatwy na polach to z procy ogłuszaliśmy – dodał jego przyjaciel. – Dobre mięsko było, bo to jeszcze przed inwazją stonki. A teraz? Wybiła widać wszystko partyjna swołocz i dewizowi myśliwi!

– A może sarny zapadły po prostu w sen zimowy? – zadumała się Gosia. – Bo na biologii to kuliśmy, co to jest biocenoza, co biotop, co ekosystem i równowaga ekologiczna... A o zwyczajach zwierząt nic.

– E, w sen zimowy chyba nie – mruknął Marek. – Widywałem je w dzieciństwie zimą na polach... Może to bliżej wiosny było?

– No, ja też widywałem. – Igor wysilił pamięć. – Ale to dawno było, sto lat prawie i już nie pamiętam tak dokładnie. Kurczę, zrobiły się z nas kopane mieszczuchy! Tyle praktycznych umiejętności człowiek zatracił.

Przeszli kolejny kilometr, nie napotykając żadnej zwierzyny.

– Czy mi się wydaje, czy w czasach naszej młodości lasy były gęściej zamieszkane? – dumał Marek. – Przecież słyszało się w nocy, jak wilki śpiewają kołysankę. A przecież nawet jak wyły z głodu, to co jakiś czas musiały coś żreć.

– No niewykluczone, że kiedyś zwierza było więcej – mruknął Igor. – Ale sam wiesz, dwie wojny się przez kraj przetoczyły, żołnierze i partyzanci pewnie dużo wystrzelali i wyżarli. No i teraz mięso na kartki, wiec chłopi kłusują ile wlezie... Zawracamy?

– Tylko co powiemy hrabiemu? Załamie się, jeśli wrócimy bez sarenki.

– Może coś złapiemy w drodze powrotnej...

Szlak turystyczny zaprowadził ich nad rozległe bagnisko. Z czarnej wody sterczały ponuro omszałe pnie. Przy brzegu widać było resztki pomostu. Przegniłe pale i zwichrowane, przepróchniałe deski trzymały się jeszcze jakoś na powierzchni.

– Brr... – wzdrygnął się spawacz. – Sceneria jak z horroru.

– To chyba powinna nam się podobać – zauważyła dziewczyna. – Przecież jesteśmy wampirami.

– No niby tak – bąknął Marek. – Ale mimo wszystko jakoś nieprzyjemnie... Wracajmy.

Ruszyli po własnych śladach do samochodu.

– Czy sarny są tak właściwie parzystokopytne, czy nieparzystokopytne? – zapytała nieoczekiwanie Gosia.

– Chyba mają na nogach takie podwójne raciczki – usiłował sobie przypomnieć spawacz. – A czemu pytasz?

– Bo tu jest trop. Popatrzcie, stado sarenek i chyba jeleń... Były tu może kwadrans temu. Bo jak szliśmy w drugą stronę, to jeszcze tego nie widziałam!

Rzeczywiście, przez śnieg biegła wyraźna ścieżka świeżych tropów. Odciskom mniejszych raciczek towarzyszyły też podobne, ale znacznie większe.

– Za nimi – rzucił Marek.

Ruszyli przez las ostrym marszem. Śladów była cała masa. Tropione stado kręciło się, jakby pobłądziło. Powoli zbliżał się wieczór. Wreszcie trójka nieludzko utrudzonych wampirów ponownie wyszła na skraj bagniska. Pod dębami na brzegu bajora radośnie ryło ściółkę stadko młodych dzików.

– Jasna cholera! To nie są sarny! – warknął ślusarz.

– Ale też parzystokopytne... – zadumał się jego przyjaciel. – To może złapiemy jednego? Pani hrabina zamiast sarenki dostanie świnkę...

Zwierzaki usłyszały, że się o nich mówi, i odwróciły ryje w stronę intruzów. Małe świńskie oczka patrzyły czujnie. Teraz dopiero wampiry spostrzegły żółte plakietki z numerkami tkwiące w ich uszach.

– Dziki... To gryzie? – zaniepokoiła się Gosia. – Zakolczykowane, nie? To znaczy, że oswojone tak jakby...

– To znaczy tylko, że obejmuje je jakiś program badawczy – wyjaśnił Igor. – A niebezpieczne? To na dobrą sprawę tylko warchlaki, młode dziki, które urodziły się z pół roku temu. Naprawdę niebezpieczna jest ich mamusia. Słyszałem, że locha, gdy broni młodych, to i zabić może...

– Kwik?* – rozległo się za nimi.

Odwrócili się jak na komendę. Locha stała pod rozłożystym dębem jakieś cztery metry od nich. Patrzyła spode łba. W mroźnym powietrzu z jej pyska buchała para.

– Spokojnie – rzucił ślusarz. – Nie dajmy się sprowokować!

– Chrum kwiiik!**

– Myśli, że jesteśmy ludźmi... – zauważył Igor. – Wyprowadźmy ją z błędu...

– Kwwwik!*** – Dzika świnia najwyraźniej szykowała się do ataku.

– Pokażmy jej zęby, to się przestraszy – zasugerowała Gosia.

I cała trójka obnażyła kły.

---

* Czy ktoś mówił o mnie?

** No co, frajerzy? Zawędrowało się za daleko od domu?

*** I co z tego, że jesteście wampirami?

– Kwi, kwi!* – prychnął dzik, rozdziawiając paszczę najeżoną straszliwymi zębiskami.

– Chodu! – wrzasnął Marek.

Ale już było za późno. Ślusarz uskoczył bestii z drogi. Locha nie wyhamowała i wpadła w bagno, ale natychmiast wynurzyła się mokra i jeszcze bardziej wkurzona.

– Chrum, chrum!** – podsumowała sytuację.

Ślusarz pospiesznie podsadził Gosię na drzewo, pomógł wdrapać się kumplowi, a na koniec sam podciągnął się na gałąź.

– Kurza twarz, tośmy się wkopali... – westchnął.

Siedzieli na oszronionym konarze, spoglądając z góry na bestię czatującą pod drzewem. Warchlaki nadal wygrzebywały żołędzie.

– Ciekawe, jak długo będzie nas pilnować – jęknęła Gosia.

– Chruuuum!*** – odpowiedziała locha z przekonaniem.

– Diabli nadali łazić po lasach – mamrotał ze złością Marek. – Człowiek cywilizowany mieszka w mieście, a z przyrodą obcuje oswojoną w parku. A jak go najdzie ochota zobaczyć zwierzę, to ma książki z obrazkami! Albo idzie do zoo.

– Z obrazka nie da się nic wyssać – zauważyła Gosia. – Ale z tym zoo to może być niezły pomysł.

– Ukradniemy krokodyla! – zapalił się Igor.

---

* To mają być zęby? To są zęby!

** No to się doigraliście!

*** Do skutku!

– Dlaczego znowu krokodyla? – zdziwiła się dziewczyna.

– Bo zupa z krokodylego ogona to ceniony przez ciepłych delikates. Więc może i krew będzie na tyle wykwintna, że zrobi na hrabinie wrażenie?

– Zamknijcie się wreszcie, przygłupy! – ryknął ślusarz. – Pytlujecie jak dwie przekupki, nie mogę myśli zebrać! Może się jakoś z nimi dogadamy? – Spojrzał na dziki z niechęcią.

– Jeśli masz worek kartofli, to możemy je spróbować przekupić – zakpił jego przyjaciel. – Szkoda, że nie wzięliśmy kałacha. Trzy naboje zostały. Gdyby je ustawić rzędem, to jedną kulą można by kilka...

Nieoczekiwanie gdzieś z daleka rozległo się ponure wycie.

– Tu są wilki!? – zdumiał się spawacz.

– Nie ma – uspokoił go przyjaciel. – Ostatnie zaobserwowano w latach sześćdziesiątych.

Dziki uniosły ryjki i nasłuchiwały zaniepokojone. Wycie rozległo się ponownie, znacznie bliżej. Zwierzęta z kwikiem pomknęły prosto w bagno. Pod drzewem pojawiły się trzy bestie.

– A to niby co? – zapytał Igor.

– Może wilczury albo husky – westchnął Marek. – A może i faktycznie wilki. Skoro żyły tu kiedyś, może wróciły na stare śmieci?

Trzy zwierzęta jak na komendę przenicowały się na ludzką stronę. Pod drzewem stali trzej chłopcy w mundurkach. Dwaj mieli po jakieś jedenaście lat, trzeci – starszy zapewne – był drużynowym.

– Ja nie mogę – parsknął śmiechem ślusarz. – Za moich czasów harcerze też czytali Londona, ale potem bawili się w Szarego Bobra, a nie w Białego Kła!

– No co? – obraził się drużynowy. – Gdzie niby jest powiedziane, że harcerz nie może być wilkołakiem? Albo może wilkołak harcerzem. – Poskrobał się po głowie. – A wy, wampirowaci, jak rozumiem, siedzicie na tym drzewie, bo udajecie nietoperze?

– Dziękujemy za ratunek przed dzikami – Gosia wspięła się na szczyty dyplomacji.

– Nie ma sprawy, dla dziewczyny naszego kumpla Grega zrobimy wszystko. – Harcerz ukłonił się szarmancko.

– Hmmm... – Poskrobała się po nosie. – A może potrafilibyście nagonić nam jedną sarenkę?

– Cholernie nam przykro – pokręcił głową harcerz. – Ale już po piętnastym stycznia. Zaczął się okres ochronny na sarny.

PONIEDZIAŁEK

Marek wrócił z fabryki o piętnastej. Rozłożył przed sobą zakupione w kiosku gazety. Długo studiował spisy ogłoszeń drobnych. Wszystkie pisma były zasadniczo przeznaczone dla rolników.

– Ty co, traktor chcesz kupić? – zirytował się Igor.

– Nie traktor, tylko kozę – odwarknął ślusarz.

– Dla hrabiny? Chcesz spiłować rogi i udawać, że to sarna? To się nie uda... Arystokracja pożąda wykwintnego żarełka. Sarna to dziczyzna. A koza nie za bardzo.

– Słyszałeś o kozach Filaretowa? – przerwał mu Marek.

– Ee... Nie. Co to takiego?

– Endemiczny gatunek z gór Pamiru. Prawie już wyginęły. Kwintesencja luksusu i wykwintności. Od tysięcy lat ich mięso jadali cesarze Bizancjum i Chin. I to nie codziennie, tylko od święta. Ich słynne bladoróżowe futro osiągało cenę złota...

– Ciekawe... Chcesz powiedzieć, że ktoś to hoduje w Polsce?

– Nie, ale mam różową farbę do włosów. Kupimy białą kozę i ufarbujemy.

– A jak hrabina zna się na rzeczy i pozna, że to nie ten gatunek? – zaniepokoiła się Gosia. – Albo sprawdzi i zorientuje się, żeśmy ją zrobili w konia?

– Masz, czytaj. – Zniecierpliwiony ślusarz podał jej tom encyklopedii.

Wampirzyca przekartkowała tomiszcze.

– Nic tu nie ma o kozie Filaretowa. – Zdezorientowana zatrzasnęła wolumin. – O samym Filaretowie też nic.

– No właśnie. To gatunek tak rzadki, że nie piszą o nim w najgrubszych nawet encyklopediach. Rozumiecie?

– Zmyśliłeś to zwierzę? – kumpel załapał wreszcie, co jest grane.

– No właśnie! Sarnę do wyssania dla gości może skombinować byle frajer. Ale egzotycznego zwierzaka ze ściśle tajnego rezerwatu, chronionego przez sowiecki specnaz, zdobyć mogą tylko najlepsi z najlepszych!

– Genialne – szepnęła Gosia.

– Mamy dużo szczęścia, że to wampirzyca – westchnął Igor. – Pomyślcie sami, gdyby była ciepła... Hrabiowski obiad to na pewno dziczyzna, brokuły, szparagi, ostrygi, kawior, szalotki, ocet balsamiczny, sorbet ananasowy... I jakieś winko co najmniej pięćdziesięcioletnie, a do niego pewnie francuskie sery. W żadnym Pewexie takiego towaru się nie znajdzie! A to wszystko trzeba podać na stuletniej porcelanie i ze srebrnymi sztućcami.

– No to dzwonię do hodowcy. – Marek zakreślił numer telefonu długopisem. – A ty może jedź do tej swojej kumpeli, co ma zagrać na skrzypcach?

– Pewnie już będzie w domu. No to jadę. – Gosia zaczęła się zbierać.

Wiocha wyglądała typowo – jak wiele podwarszawskich miejscowości. Trochę starych chałup, pomiędzy nimi koszmarne gierkowskie „kostki" z białej cegły. Droga wyłożona została trylinką, auto co chwila podskakiwało. Krzywe płoty, brudne kury rozgrzebujące pobocze, wszechobecne błoto, snujący się bez celu szarzy ludzie w kufajkach. Wszystko to tchnęło dziwnym smutkiem.

– Tu też by można horror nakręcić – westchnął Marek.

– Cały nasz kraj jest jak z jednego wielkiego horroru! – burknął jego przyjaciel.

Znaleźli chatę ozdobioną feralnym numerem 13. Wrota prowadzące na podwórze były gościnnie uchylone. Wjechali i niemal natychmiast zaryli się fiacikiem w błoto aż po osie. Walące się budynki gospodarskie nakrywały dachy z połamanego eternitu. Wilczur leżący w błocie koło przekrzywionej budy uchylił jedną powiekę, ale tylko leniwie szczeknął.

Oba wampiry wysiadły. W powietrzu unosił się intensywny kozi zapach, a z szopy dobiegało meczenie i dźwięki przypominające sapanie miecha kowalskiego. W oknie domu mignęła blada twarz, chyba kobieca. Zawiasy zaskrzypiały tak przeraźliwie, że oba wampiry podskoczyły przestraszone. W drzwiach szopy stanął gospodarz. Na jego widok Marek w pierwszej chwili chciał rzucić się do ucieczki, na szczęście w porę przypomniał sobie, że przecież Wędrowycz to tylko legenda, a poza tym powinien być znacznie starszy.

Tubylec odziany był z niedbałą, bezpretensjonalną prostotą. Miał gumofilce, workowate, poplamione spodnie i waciak. Na głowę założył beret z antenką. W spracowanej łapie trzymał orczyk.

– Dzień dobry – ukłonił się ślusarz. – My w sprawie ogłoszenia. Dzwoniłem godzinkę temu...

– A że niby kozę kupić? – Gospodarz uśmiechnął się, prezentując pożółkłe, krzywe zębiska. – O nie – burknął. – Nie dam kozy wampirowi do wysysania.

– Że co?! – zdumiał się Marek.

– Nie jesteśmy wampirami! – zełgał Igor. – Coś pan, horrorów nie oglądał? Wampiry to bladolica, zblazowana artystokracja i bohema artystyczna. Ubierają się we fraki i jeżdżą limuzynami. A my prości robole z fabryki, zobacz pan nasze ręce...

– A to pokażcie... – rolnik nadal był nieufny.

Podetkali mu pod nos zniszczone dłonie. Oględziny wypadły chyba pozytywnie, bo odłożył ciężki orczyk.

– A nie jesteście czasem zoofilami? – zapytał nieoczekiwanie.

– No coś pan – zirytował się ślusarz. – Skąd to przypuszczenie?

– Nie ma się czego wstydzić, tylko wiecie... – Puścił oko. – Gotować to żadna nie umie. Ludzka rzecz w sumie, humanitarna... Baby ciężko tyrają, to choć w tym obowiązku ulżyć im można. Dobrze gadam?

W oknie znowu mignęła ta sama blada twarz.

– Nie mamy bab – Igor wolał wykręcić się od odpowiedzi.

– A to gadajcie od razu, żeście homoseksualisty, bo tak patrzę na was i czuję instynktem, że coś mi w was cholernie nie pasuje, a sam nie wiedziałem co! – Czerwona gęba rozpłynęła się w przyjaznym uśmiechu. – Znaczy dzieci mieć nie możecie, to choć zwierzątko domowe potrzebne... No to która wam się najbardziej podoba? Wybierajta. – Gestem zaprosił do obórki.

Wybrali niedużą białą kózkę. Marek wręczył chłopu plik banknotów, upchnęli jakoś zwierzę na tylne siedzenie fiacika. Marek wrzucił bieg, ale koła tylko zabuksowały w błocie.

– Przeciążony musi. – Chłop poskrobał się po głowie.

– Może pan popchnąć? – zapytał Igor.

– Słabym dziś... Ale może gałązkę podłożymy.

Znikł w chałupie i po chwili powrócił z choinką pod pachą.

– Tak jakoś nie było od świąt okazji, żeby uprzątnąć, wiecie, to jest wieś, tu się pracuje – burknął, widząc ich zdumione spojrzenia. – Zaraz, tylko bombki poodrywam... Siadł ciężko na pniu do rąbania drewna i zaczął skubać drzewko. Koza beczała, skacząc po tylnym siedzeniu. Wreszcie chłopina poodorywał gałązki i rzucił je w błoto pod koła.

Marek bez przekonania odpalił silnik i auto powoli wygrzebało się z grzęzawiska.

– Hy, hy, hy – ucieszył się chłop, unosząc w górę kciuk ozdobiony pożółkłym paznokciem.

Ruszyli do miasta co koń mechaniczny wyskoczy.

– Wsi spokojna, wsi wesoła – westchnął ślusarz.

– Ja też się cieszę, że już jestem mieszczuchem. Swoją drogą, ta koza... Czym to się żywi? Latem Dziadek by ją przypalikował gdzieś na cmentarzu i niech trawę wyżera spomiędzy grobów, ale pora roku nieodpowiednia.

– Sianem, marchwią, czymkolwiek – wzruszył ramionami ślusarz.

– A trzeba ją doić? I ile razy dziennie? Przy krowach w dzieciństwie robiłem, to umiem, ale kóz jakoś nie było okazji bliżej poznać – sumitował się Igor.

– Dziadek ma króliki, to i z większym inwentarzem sobie poradzi...

Pod drzwiami Marty Gosia poczuła pewną tremę. Przypomniała sobie ich poprzednie spotkanie.

– Wygłupiłam się nieziemsko – mruknęła. – Trudno to nazwać udaną wizytą. Z drugiej strony drobne nieporozumienia pomiędzy najlepszymi nawet przyjaciółkami, to się czasem zdarza. No i w sumie powinna docenić, że choć nie jestem lesbijką, swój pierwszy raz chciałam przeżyć właśnie z nią...

Nie brzmiało to dobrze. Przeszła się po korytarzu w lewo i w prawo. Wreszcie przemogła się i zapukała. Otworzył ojciec Marty. Był w bawełnianej koszulce z wielkim czerwonym napisem „Solidarność". Wampirzyca skrzywiła się w duchu na widok takiej prowokacji. Mężczyzna popatrzył na nią zaskoczony.

– Gosia Brona? Czy ty się przypadkiem nie powiesiłaś? – zdziwił się.

– Ludzie gadają różne bzdury – zbyła go. – Czy Marta jest w domu? Sprawę mam...

– Siedzi u siebie w pokoju jak sowa w dziupli – skrzywił się. – Uczy się pewnie, przecież do matury trzy miesiące zostały. Właź.

Gosia zzuła buty i pchnęła drzwi. Nie były na szczęście niczym zabezpieczone. Jej kumpela nie zastosowała ani poświęconej kredy, ani srebra, w pokoju nie było nawet czosnku. Marta siedziała koło magnetofonu ze słuchawkami na uszach i gapiła się cielęcym wzrokiem na plakat Shakin' Stevensa. Nawet nie zauważyła, że ktoś wszedł.

Gosia podkradła się na paluszkach i zdjęła jej słuchawki z uszu. Marta na jej widok zzieleniała i otworzyła usta do wrzasku. Wampirzyca była jednak gotowa. Jednym ruchem obaliła ją na łóżko i zakneblowała poduszką.

– Mmmm! – pisnęła blondyneczka, usiłując się wyrwać.

– Będziesz cicho, to cię puszczę.

– Mmmm!!! – Nogi wierzgały w powietrzu.

– Przestań się wygłupiać, nie chcę cię wysysać!

– Mmmmm?

– Nie, nie mam zamiaru się do ciebie dobierać!

– Mmmmm?

– Będziesz cicho? Puszczam!

Puściła. Marta przez chwilę patrzyła na nią przerażona i oddychała głęboko.

– No i co? – parsknęła Gosia. – Żyjesz? Żyjesz. Wyssałam cię? Też nie... Jakbym miała złe zamiary, to już dwadzieścia razy mogłam cię dopaść!

– Czego chcesz? – jęknęła blondyneczka. – Mojej cnoty? Czy może Tolkiena pożyczyć?

– Daj spokój, to było głupie nieporozumienie!

– Nieporozumienie?! Obdarłaś mnie z ubrania i omal nie zgwałciłaś... – pisnęła Marta.

– A czym niby miałabym cię zgwałcić? Zapomnij o tamtym, pomyliłam się. No dobra: przepraszam, że cię rozebrałam! Słuchaj, jesteś moją najlepszą kumpelą. No, może byłaś. – Gosia zmarszczyła brwi. – Przez wzgląd na stare czasy martwię się o ciebie i postanowiłam ci trochę pomóc.

– Nie chcę zostać wampirem! I nie mam ochoty uświadamiać się seksualnie!

– I nie zostaniesz, bo to musi być wrodzone – uspokoiła ją wampirzyca. – Kwestia genów. Nie będę cię wysysać ani nie mam zamiarów cię boćkać.

– Co to znaczy boćkać? A...! – domyśliła się Marta. – Znaczy się naprawdę nie chcesz?

– Nie ma w ogóle tego tematu, kapewu?

– *Sure*...

– Powiedz, twój ojciec nadal bez pracy? – pozornie zmieniła temat Gosia.

– Dostał robotę jako zbieracz osiadły...

– Kto?

– No został ajentem w punkcie skupu makulatury – wyjaśniła Marta. – Na lepszą pracę nie ma żadnych szans. Jest w ubecji na czarnej liście. Gdzie tylko próbował się zaczepić, zaraz był telefon do kadr. A w skupie płacą bardzo marnie, ale lepsze to niż nic...

– Czyli ty musisz zadbać o byt rodziny. – Gosia uśmiechnęła się. – I świetnie, bo mam dla ciebie małą fuchę.

– Nie chcę! A jaka to fucha?

– Chodziłaś do szkoły muzycznej. I grałaś jakieś koncerty w liceum. Miałabym dla ciebie małe zlecenie. Potrzebuję kogoś, kto porzępoliłby Vivaldiego na skrzypcach w środę wieczorem. Dobrze zapłacimy.

– Mam grać na balu wampirów, a potem skończę jako przekąska? O nie!

– Skąd to idiotyczne przypuszczenie? – parsknęła Gosia. – Czy ja wyglądam jak jakaś krwiożercza bestia?

– Wyssałaś już Konrada i Bogusia...

– Konradowi leszczowi się należało, a żałosny frajer Boguś sam chciał, tylko potem zdanie zmienił, ale już za późno było – parsknęła wampirzyca. – Zresztą przestań panikować, wysysanie nie jest dla ciepłych groźne. Ani jeden, ani drugi nie wykitował od tego! Nie potrzebuję twojej krwi, tylko skrzypiec.

– Zabierz je, tylko mnie nie wysysaj. – Dziewczyna znowu zaczęła spazmować.

– Skup się trochę, idiotko! Nie rozmawiamy o krwi! Potrzebuję, żebyś zagrała Vivaldiego dla dwójki starych wampirów, co to chcą sobie powspominać dawne czasy. Tylko tyle. Godzinkę, może półtorej koncertu. Żadnego wysysania, żadnych łóżkowych przygód!

– Nie zgadzam się!

– Płacimy dziesięć tysięcy złotych.

Marta zamarła.

– Mówisz poważnie? – zapytała wreszcie. – Dziesięć papierków z Kopernikiem?

– Albo dwa z Chopinem. Oczywiście, że poważnie – prychnęła Gosia. – Przychodzisz, ładnie się ubierasz, uśmiechasz, grasz koncercik dla parki miłych staruszków, inkasujesz kasę, wychodzisz cała, żywa, zdrowa i nienadgryziona.

– Hmm... Jak dołożysz pięć tysięcy, to w sumie mogliby mnie trochę podessać, skoro to niegroźne... – zaproponowała nieoczekiwanie koleżanka.

U, musiało ich cholernie przycisnąć finansowo, zasmuciła się Gosia, ale zaraz wymyśliła sensowną odpowiedź.

– Ech, nie. Wiesz, płacenie za wysysanie to sprzeniewierzenie się wampirzym tradycjom. Koncert w środę wieczorem – przypomniała. – Dam ci jeszcze znać, gdzie i o której.

WTOREK

– No pokaż się – mruknął Dziadek Weteran.

Mówił niewyraźnie, bo w ustach trzymał szpilki. Hrabia okręcił się na pięcie. Garnitur wydobyty z walizki pozostałej po Adalbertusie Coollenie, fachowo pozakładany i przyfastrygowany, prezentował się całkiem przyzwoicie.

– Masz cholerny talent! – Marek z podziwem pokręcił głową. – Tak obszerny łach tak świetnie dopasować do mikrej figury...

– Siedem lat robiłem za krawca jeszcze przed wojną – mruknął były partyzant. – Jest już nieźle, ściągaj te łaszki, biorę do domu i na jutro przeszyję. – Gorzej z butami, ale tu nic nie wymyślimy.

Trzewiki Amerykanina były po prostu za duże o trzy numery. Wampiry wypchały czubki watą, ale mimo wszystko obuwie nie wyglądało najlepiej.

– Przypominam, że nie rozwiązaliśmy jeszcze najważniejszego problemu – odezwała się Gosia. – Co z lokalem?

– Pamiętam park na Powązkach – westchnął z rozmarzeniem hrabia. – Bywało się na rautach u Izabeli Czartoryskiej. Ta to dopiero miała fantazję i rozmach, niech się schowa cały ten frajer Kazimierz Poniatowski ze swoim parkiem romantycznym na Solcu.

– Park na Powązkach? – zdziwiła się Gosia.

– Zespół parkowo-pałacowy, coś jak Łazienki Królewskie, tylko bardziej frymuśny i odpicowany – wyjaśnił ślusarz. – Księżna Czartoryska miała za dużo kasy, a do tego totalnie narąbane w głowie.

– Sam masz narąbane – obraził się hrabia. – Poza tym skąd wiesz? Urodziłeś się w dziewiętnastym wieku, wtedy już śladu po nim nie było! Cholerna insurekcja kościuszkowska...

– Czytuję czasem książki.

– Ty czytałeś, a ja na własne oczy widziałem!

– To może pan opowie – uśmiechnęła się dziewczyna.

– Przy wjeździe do rezydencji stały chatki, takie proste jak dawniej na wsi, kryte strzechą. Wokoło pasły się kózki. Pilnowały ich dziewczęta sprowadzone specjalnie z Holandii. Oczywiście chaty tylko od zewnątrz przypominały wiejskie, bo w środku urządzone były jak trzeba. Mozaiki drewniane na podłogach, mebelki z najlepszych pracowni, na ścianach freski i obrazy...

– Ciekawa wizja wsi – mruknął Dziadek Weteran. – Tylko że taka, hłe-hłe, mało rustykalna, powiedziałbym.

– W chatce Izabeli była w jednym miejscu nisza, a w niej ukryta winda do piwnicy. A tam urządzona rozkoszna łazieneczka. Na ścianach porcelanowe kafelki malowane i złocone, a pośrodku kanapa. Przy czym wystarczyło poruszyć oparciem, by odsuwała się na bok, odsłaniając wpuszczoną w podłogę porcelanową wannę pełną ciepłej wody z dodatkiem olejku różanego...

– Zaraz, zaraz – przerwał Marek. – Chcesz powiedzieć, że wlazłeś z damą do łazienki i jak już wypróbowałeś kanapę, to kąpiel brałeś? A wanna była jak kanapa, znaczy się dwuosobowa?

– No wiecie... – Hrabia spuścił oczy.

– Ty stary świntuchu – zachichotał Dziadek. – Ale opowiadaj dalej.

– Z wioski brukowana uliczka prowadziła nad staw i przez mostek na wyspę, gdzie były pałacyki i inne budynki. Urządzono tam ogródek romantyczny, grządki róż z miśnieńskiej porcelany, z listkami ze złoconego metalu.

– A nie lepiej było normalne zasadzić? – zdumiała się Gosia.

– Normalne mógł mieć każdy, a porcelanowe to było coś ekstraordynaryjnego. Dalej znajdował się park romantyczny, a w nim ruiny łuku triumfalnego. No sztuczne oczywiście, ale bardzo realistyczne. Całkiem jak rzymskie, wzniesione przez dobrych kamieniarzy. A bloki trawertynu przywieziono z Włoch. Do tego na gałęziach drzew siedziały kanarki i papużki.

– Tak sobie siedziały? – zdumiał się Marek. – A nie odlatywały zakosztować swobody? Skrzydła im kazała podciąć czy jak?

– No jak miały odlecieć, skoro każdy ptak był przytwierdzony za nóżkę srebrnym łańcuszkiem – zirytował się stary wampir. – Wieczorem przychodziła służba, odczepiała i zabierała na noc do ptaszarni, a rano rozwieszała je od nowa, codziennie inaczej, żeby była różnorodność. A po stawie pływały flamingi. To znaczy łabędzie, ale ufarbowane na różowo...

– To jakieś kompletne bezguście – skrzywiła się Gosia.

– Moja droga, w tamtych czasach to Czartoryscy z Potockimi ustalali, co jest gustowne.

– To daje nam jakieś pojęcie o oczekiwaniach gościa – westchnął Marek. – Ale zaoferować możemy co najwyżej skromny ersatz. Bukiet róż, kanarek w klatce, widoczek włoskich ruin na ścianę...

– Jest pałac, który mógłby się nadać – odezwał się nieoczekiwanie Igor. – Gdybyśmy wypożyczyli go sobie dyskretnie na jedną noc.

– Że co? – zdumiał się Marek. – Jak niby to sobie wyobrażasz?

– Jest w Warszawie pałac z osiemnastym wieku z kompletem wyposażenia z epoki, w dodatku niezamieszkały. Stoi zamknięty na cztery spusty. Gdybyśmy się do niego dyskretnie włamali, można by tam ugościć hrabinę, a rankiem wyekspediować w dalszą drogę.

– Ryzykowne jak cholera... Ale ma to ręce i nogi – przyznał hrabia. – Gdzie jest ten pałac?

– W Łazienkach. Nie mam na myśli akurat pałacu Na Wodzie, ale tak zwany Biały Domek. Nie zwiedza się go, stoi zawsze zamknięty. Byłem tam z piętnaście lat temu pospawać balustradkę, to sobie obejrzałem wnętrze przy okazji.

– Kurza twarz! – Ślusarz poderwał się na równe nogi. – Tylko że do Łazienek przylega Belweder, a sami wiecie, jak towarzysz Pierwszy dba o swoje bezpieczeństwo!

– Pod latarnią najciemniej! – odparował spawacz.

– No właśnie. Co z latarniami? – zapytał hrabia. – Jak ją znam, zechce połazić nocą po parku, popatrzeć na taflę wody w świetle księżyca. Wiecie, romantyczna jest jak cholera. To znaczy była dwieście lat temu...

– Latarnie są absolutnie wykluczone! – warknął Marek. – To znaczy dałoby się je oczywiście uruchomić. Ale jak zapalimy choćby jedną, to ochrona towarzysza Pierwszego zauważy z góry, zadzwoni do ochrony parku i po ptokach!

– Ochronę parku musimy zneutralizować! – Dziadek Weteran zatarł ręce.

– A może coś słabszego? – zaproponowała Gosia. – Lampiony? Za ich czasów nie było przecież ani elektryki, ani nawet lamp naftowych.

– Dziecko, a skąd wytrzaśniemy tak niewyobrażalną ilość świeczek!? – westchnął ślusarz.

– Zaiwanimy znicze z cmentarza?

– To jest jakaś myśl – westchnął Marek. – Ale trzeba je będzie jakoś zamaskować...

– Wstawi się do słoików i oklei papierem powycinanym w różne wzorki – zaproponowała dziewczyna. – Miałam coś takiego w podstawówce w ramach praktyk zawodowych.

– A co to za zawód fikuśny? – zdumiał się spawacz.

– Żaden, po prostu mieliśmy dodatkowe dwie godziny pracy-techniki, to ponoć przeżytek z jakichś dawniejszych czasów, ale nikt tego nie zlikwidował. To ja mogę zrobić, tylko trzeba dużych słoików i kilka rulonów szarego papieru. Tak z pięćdziesiąt sztuk starczy?

– Trzeba wpaść do Łazienek i przewąchać, jak wygląda ten Biały Domek. – Ślusarz kartkował przewodnik po Warszawie. – Czy w ogóle jest szansa dostać się do środka... Jedziesz ze mną? – zwrócił się do Gosi.

– Jasne! – Poderwała się radośnie.

Godzinę później byli na miejscu. Leciutko mżyło. Park wyglądał ponuro. Smutne, bezlistne drzewa wyciągały nagie konary ku szaremu niebu. Marek i Gosia weszli przez bramę i ruszyli w dół. Minęli starą pomarańczarnię i niebawem byli na miejscu. Biały Domek był sześcienną budowlą. Obeszli go wokoło. Okiennice zamknięto na zimę. Dwójka spiskowców rozejrzała się, ale park był zupełnie pusty.

– Ja pierniczę – westchnął Marek, oglądając kłódki. – W niezły sprzęt muzealnicy zainwestowali.

– Będziesz umiał to otworzyć? – zaniepokoiła się Gosia.

– Oczywiście, przecież jestem ślusarzem.

Zdjął z szyi szalik.

– Zamocz w wodzie – polecił, wskazując sadzawkę przed willą.

Gosia podskoczyła na jednej nodze i po chwili wręczyła mu zmoczoną tkaninę. Wykręcił, zawiązał w gruby węzeł, ustawił sobie odpowiednio kłódkę, a potem przywalił raz a dobrze. Kabłąk odskoczył.

– Czary! – szepnęła.

– Wytrychem toby godzinę dłubał. – Uśmiechnął się.

W drzwiach był jeszcze archaiczny zamek, być może pamiętający czasy schadzek króla Stasia. Marek otworzył go w ciągu dwudziestu sekund. Weszli do sieni. Ślusarz zapalił światło. Ładne drzwi prowadziły do sporego pomieszczenia.

– Pokój stołowy – wyjaśnił Marek, zerkając w przewodnik. – Mebelki są późniejsze, ale też przyzwoite, po cesarzu Franciszku Józefie.

– Łaaaaał – szepnęła Gosia. – Jak tu ślicznie.

Faktycznie, wnętrze było pieczołowicie zachowane. Podłogi pomieszczeń na parterze pokrywały mozaiki z barwnego drewna; fikuśne mebelki, porcelanowe wazy, popiersia z marmuru i fidrygałki z brązu idealnie komponowały się z malowidłami ściennymi.

– Alarmów nie widać i bardzo dobrze...

– A jak nas tu ktoś nakryje? – zaniepokoiła się.

– Było otwarte, to schroniliśmy się przed deszczem. – Uśmiechnął się. – Tu jest bawialnia. – Pchnął drzwi, przechodząc do sąsiedniego pomieszczenia. – Pewnie tu sobie siądą i pogadają. Wprowadzisz kozę do pokoju stołowego, to jak skończą gadać, nastąpi degustacja.

– Jasne.

– Potem hrabina pewnie pójdzie się położyć. – Kolejne drzwi zaprowadziły ich do sypialni, w której królowało wspaniałe osiemnastowieczne łoże.

– Czemu tu na ścianach namalowano ptaszki i strzelby? – zdziwiła się Gosia. – Do sypialni to ja bym radziła raczej owce do liczenia...

– Taka aluzja – bąknął Marek, spuszczając wzrok. – No wiesz, jak król przyciągnął tu jakąś damę, to była tak jakby już upolowana... A potem wiadomo.

– Na łóżko i do roboty, ryms-wyms, bara-bara – domyśliła się, patrząc na figurkę Amora. – A tamte drzwi?

– Buduarek.

– Znaczy, jak już było po radosnym ryćkanku, trzeba było poprawić loczki i podmalować buźkę – domyśliła się.

– Zasadniczo tylko te trzy pomieszczenia nas interesują. Zjedzą, posiedzą i może gość położy się spać.

– To ona nie będzie poprawiać loczków?

– A po czym niby? Nie zapominaj, że nasz popęd płciowy poszedł się bujać, jak nas zwampirzyło – westchnął.

– Rzeczywiście. Nigdy tu nie byłam, ale kiedyś na wycieczce zaglądałam przez szybkę. Tyle że przez firanki niewiele widać. – Zmieniła temat: – Dlaczego tego się nie zwiedza?

– Ciasno tu, pewnie nie wpuszczają turystów, żeby czegoś nie potrącili. No i pewnie do tego żal muzealnikom podłogi... Ale sprzątają tu raczej nieczęsto i po łebkach. – Marek poklepał haftowane jedwabiem obicie wykwintnej leżanki i w powietrze uniosła się chmura kurzu. Podobnie na haftowanych kotarach widać było festony kurzu i pajęczyn. – Trzeba tu będzie szybko ogarnąć.

– Odkurzyć czy jak? I przewietrzyć by wypadało.

– Żadnego wietrzenia! Ale odkurzyć... hmmm... Przywieziemy coś ode mnie.

Gosia, buszując po wnętrzu, znalazła łazienkę i po chwili wytaszczyła z niej amerykański elektroluks.

– Coś podobnego! – zdumiał się wampir.

– Skoro nie wpuszczają tu turystów, to pomyślałam, że w łazience mają podręczny magazynek wszystkiego, co może się przydać – powiedziała rezolutnie.

– Brawo, moja szkoła.

– Zasłony warto by wytrzepać...

– Wiem, ale nie ma jak. Zresztą wizyta będzie nocą, postawimy świece w lichtarzach, kąty skryją się w cieniu... Przelećmy to z grubsza... Ty odkurzasz, ja froteruję podłogę! – wydał rozkazy i zawinąwszy rękawy, sam raźno zabrał się do roboty. Uwinęli się w dwie godziny.

– Co jest na piętrze? – Gosia podczas porządków natrafiła na klatkę schodową.

– Kilka jakichś małych pomieszczeń. Nie ma czasu badać. – Marek spojrzał na zegar. – Zamykamy interes i spadamy. Jutro wielki dzień...

Ruszyli przez park. Minęli bramę. Wartownik odprowadził ich spojrzeniem znudzonego mopsa.

– Mówiłeś o zneutralizowaniu ochrony? – zagadnęła.

– Łazienek pilnuje straż przemysłowa – wyjaśnił ślusarz.

– Straż przemysłowa?! – wytrzeszczyła oczy Gosia. – To co się tam produkuje?

– Kompletnie nic, to po prostu nazwa formacji. Niezbyt liczna na szczęście ta ochrona, dwóch dryblasów. Gorzej, że Belweder ma własną. Lepiej, żeby nie wybrali się na rekonesans do parku. Z tego, co słyszałem, mają psy.

– Psy – zasępiła się. – Co z nimi zrobimy?

– Wyprowadzimy w pole oczywiście. Starą jak świat sztuczką pod tytułem „randka w ciemno". Jutro rano odwiedzę ciepłego znajomka w schronisku dla zwierząt. Wezmę jakiś koc i wytrę o kilka suczek w rui. Każdy ciapek wartowniczy zgłupieje od tego zapachu. Kocyk potniemy na kawałki i rozwiesimy na drzewach, niech kundle szukają na zdrowie! A wraz z nimi wachmani. Zapewnimy im dużo ruchu na świeżym powietrzu z dala od miejsca operacji.

– Genialne!

– Muszę jeszcze tylko kupić gazetę z nekrologami...

– Z czym!?

ŚRODA

Grób towarzysza Parzybrodzkiego ulokowany był opodal głównej alejki Powązek Wojskowych. Uroczystości pogrzebowe odbyły się koło południa. Żałobnicy dawno już poszli na stypę, na granitowej płycie pozostały tylko liczne wieńce i bukiety kwiatów. Powoli zapadał wczesny zimowy wieczór.

– Fiu, fiu, ileż tu tego – mruknął Marek. – Chyba od wszystkich zakładów, w których ten zasrany kapuś dyrektorował albo tropił reakcjonistów.

– Głupio tak jakoś z partyjnego grobu wieńce kraść – mruknął Igor. – Zwłaszcza mnie nie wypada, jestem przecież komunistą! Chyba mi wręcz nie wolno...

– A im to niby było wolno przez czterdzieści lat okradać nas z naszych zarobków? – warknął Marek.

– Hmm... No tak. Zatem przyjmijmy, że ten tutaj wypaczał szlachetną naukę towarzyszy Marksa i Lenina, a do Partii wstąpił z przyczyn koniunkturalnych i konfiskując te wiązanki, wymierzam po prostu sprawiedliwość oraz przywracam równowagę ideologiczną... – dumał na głos ślusarz.

– O, w mordę! Zamknij się wreszcie i kradnij po cichu, jak przystało na mieszkańca Pragi! – warknął Dziadek Weteran, przekładając najokazalsze wiązanki na swój składany kamieniarski wózek. – Tej czerwonej pijawce to już i tak niepotrzebne.

Po chwili ciągnęli istną górę kwiecia przez cmentarz w stronę wyjścia. Po drodze zgarnęli jeszcze Profesora. Godzinkę później podjechali maluchem do tylnej bramy Łazienek. Marek wyskoczył i zajął się kłódkami. Były nieco zardzewiałe i oporne, ale w dziesięć minut poradził sobie z nimi. Zajechali pod Biały Domek. Zwalili wieńce na stos pod drzwiami i ruszyli dalej. Zaparkowali koło Podchorążówki i pieszo podkradli się pod wartownię. Ślusarz zapukał do drzwi. A potem nacisnął klamkę. Ustąpiły gładko. Brama ogrodu była zamknięta, ochrona nie spodziewała się zagrożenia z tej strony. W pokoiku siedzieli dwaj funkcjonariusze straży przemysłowej.

– Dzień dobry! – ukłonił się Marek.

– A wy co za jedni? – parsknął ten bardziej masywny. – Park jest zamknięty dla zwiedzających od dwóch godzin. Takie gapiostwo będzie was słono kosztowało.

– Wybaczy pan zabawną pomyłkę – odezwał się Profesor. – To nie żadne gapiostwo. Celowo wleźliśmy tu, gdy było już zamknięte, żeby panów zaskoczyć.

– Że co!? Głupie żarty! – Strażnik odpiął kaburę pistoletu.

– Jesteśmy wampirami – Dziadek Weteran przeszedł do rzeczy.

A potem cała czwórka wyszczerzyła kły. Pierwszy wachman zemdlał od razu. Drugi, nim padł bez zmysłów, zdążył pociągnąć za spust. Huknął strzał.

– Zasrany ubek! – Profesor obmacywał przestrzelony na wylot bark.

– Dlaczego zaraz ubek? – zirytował się Marek, wiążąc i kneblując strażników. – To zwykła ochrona, SB nie pilnuje parków.

– Walił do mnie jak na strzelnicy, od razu widać, że ma wprawę w strzelaniu do ludzi!

– Masz obsesję.

Ślusarz dobrze zaciągnął węzły, a potem przestudiował grafik i plan parku.

– Dobra nasza – mruknął. – Zmiana dopiero o pierwszej w nocy. Musimy tylko uważać na ochronę Belwederu. I mamy komplet kluczy!

Wyszli z wartowni. Prut czekał już na przystanku autobusowym. Wpuścili go do parku.

– Wszystko gotowe? – Arystokrata aż podskakiwał z niecierpliwości.

– Prawie.

– Hrabio – odezwał się Marek – mamy maluśką prośbę...

– Zamieniam się w słuch.

– Dopięliśmy wszystko na ostatni guzik pod względem organizacji i logistyki. Stanęliśmy dosłownie na rzęsach i jest szansa, że to się nie rypnie. Ale powtórzenie tego wyczynu jest awykonalne.

– Rozumiem i doceniam. I oczywiście spróbuję się jakoś zrewanżować.

– Zasadniczo chodzi nam o to, że warto by zniechęcić twoją psiapsiółkę do kolejnej wizyty. Wykpij jej wegetarianizm, wychwalaj naszego znajomego wilkołaka czy coś...

– Zrobię, co się da – obiecał Prut, ale jego mina wskazywała, że nic nie zrobi.

Podeszli pod Biały Domek.

– Porozkładaj bukiety i wieńce – polecił Marek.

– Ja?!

– Samo się nie zrobi. I sprężaj się, ja jadę po twoją dziewczynę.

– A Igor, Profesor i Dziadek? Nie mogliby się tym zająć?

– Igor od strony Belwederu pilnuje, żeby nas nie zaskoczyła ochrona towarzysza Pierwszego. Dziadek i Profesor siedzą na wartowni i udają strażników. To absolutnie priorytetowe zadanie i są tam absolutnie niezastąpieni. Rusz raz w życiu cztery litery i noś kwiatki – burknął Marek.

Wrócił do samochodu, a po chwili mknął już przez uśpiony park.

Marta czekała w umówionym miejscu. Miała na sobie grubą puchową kurtkę, a pod nią długą, czarną, koncertową sukienkę. Skrzypiec też nie zapomniała.

– Cześć! – Na widok młodej wampirzycy uśmiechnęła się niepewnie.

– Witaj. Gibaj za mną – poleciła Gosia.

Prześliznęły się przez bramę.

– Nigdy tędy nie wchodziłam – zdziwiła się skrzypaczka.

– Bo to wejście służbowe dla pracowników, o tej porze Łazienki są już zamknięte. Nic się nie martw, zaraz będziemy na miejscu.

Minęły szklarnie gospodarstwa pomocniczego i ruszyły przez park. Wiatr ponuro szumiał w koronach drzew. Na krwistoczerwonym warszawskim niebie konary wyglądały jak dekoracja wycięta z czarnego papieru. Alejki były zupełnie ciemne.

– Boję się – pisnęła Marta. – Tu jest strasznie.

– Oj tam, oj tam – uspokoiła ją Gosia. – Niczego się nie bój, najgroźniejsza bestia kryjąca się w tym parku to ja.

W ciemności zabłysło kilka punkcików. Wampirzyca dopiero po chwili zdała sobie sprawę, że to oczka wiewiórek. Zwierzątka gapiły się na spóźnione spacerowiczki. Gdzieś w cieniu zatuptały małe nóżki. Brzmiało to, jakby zmutowany karp wyruszył na nocne łowy.

– Boję się. – Marta kurczowo złapała Gosię za rękę. – Brrr... Ale masz zimne dłonie... – zdziwiła się.

– To dlatego, że jestem wampirem. U nas to normalne. Temperatura otoczenia plus kilka stopni z przemian chemicznych.

Gosia wolała nie dodawać, że to dlatego, iż jest martwa... Jej koleżanka zadrżała mocniej, ale ręki już nie puściła.

– Zawsze myślałam, że wampiry to mają jeszcze długie pazury, szpony czy jak to nazwać – bąknęła.

– Niby mogłabym zapuścić – zadumała się Gosia. – Ale chyba przeszkadzałyby przy szydełkowaniu.

Po kilku minutach były na miejscu. Wewnątrz willi było ciepło i jasno. Gosia ściągnęła płaszcz i pomogła koleżance wyplątać się z grubej puchowej kurtki.

– No nareszcie jesteście. – Hrabia Prut wyszedł z bawialni.

Marta jęknęła i zemdlała.

– Co ona? – parsknął arystokrata. – Wampira w życiu nie widziała?

– Może już widziała – odburknęła Gosia – ale jeszcze się nie przyzwyczaiła!

Z trudem docucili ciepłą.

– Nie wysysajcie! – jęknęła, uchylając powieki.

– Nikt cię nie będzie gryzł – zapewnił hrabia. – Ja osobiście wolę wysysać kobiety dojrzałe, Gosia to twoja przyjaciółka, a moim gościem w ogóle się nie przejmuj. Hrabina Delfina pije tylko krew zwierzęcą.

– Meee... – jakby w odpowiedzi z łazienki odezwała się koza.

– Ale ja się i tak boję... – Zęby dziewczyny dzwoniły jak srebrne dzwoneczki.

– Trzeba by jej dać coś na uspokojenie – zadumała się Gosia. – Czy nie ma tu czasem apteczki dla pracowników muzeum?

– Myślisz, że waleriana by pomogła? Czy po walerianie można grać na skrzypcach? – hrabia zwrócił się do dziewczyny.

– Chyba można, ale znacznie wolniej. – Wyglądało na to, że już trochę się opanowała. – Spróbuję bez. Gdzie mam się rozstawić? Wzięłam składany pulpit.

– My będziemy siedzieć tu, w bawialni. – Poprowadził ją. – Musimy pogadać, dobrze by było, żeby muzyka rozbrzmiewała w tle, niezbyt głośno... Stworzysz w ten sposób czarujący podkład do naszego tête-à-tête, a nie utrudnisz nam konwersacji... Może w sypialni?

Marta nie odpowiedziała, tylko spojrzała przestraszona na Gosię i zrobiła się nieco zielona na twarzy.

– W jadalni – zaproponowała wampirzyca. – Ten kącik będzie chyba odpowiedni?

– Idealny. – Ciepła wyjęła z torby składany pulpit i rozłożywszy, ustawiła odpowiednio. – Rany, ile kwiatów... – szepnęła z podziwem, rozglądając się wokoło.

– Z partyjnego pogrzebu zaiwanione. – Hrabia podszedł do wieńca biało-czerwonych róż i zerwał przegapioną wcześniej szarfę z napisem „Ostatnie pożegnanie".

– Wampiry nie jadają nic normalnego, ale jakbyś zgłodniała, są dla ciebie ciastka i woda mineralna. Postawię ci tu koło okna. – Gosia sprawnie rozłożyła skromny poczęstunek na szerokim marmurowym parapecie.

– A my sobie na przekąskę wyssiemy kozę – wyjaśnił Prut. – Niby jeść należy w jadalni, ale chyba tam ją...

– To... to straszne... – bąknęła Marta. – Biedne zwierzę... Ale lepiej, że zwierzę, niż żebym to była ja – dodała szybko.

– Zatkasz sobie uszy i tyle – uspokoiła ją przyjaciółka.

– Ale tak się nie da, żeby zatkać uszy i jednocześnie grać na skrzypcach...

– Niczym się nie martw, wyciągaj instrument i rozgrywaj się, niewiele już czasu zostało – powiedziała Gosia.

– Niewiele czasu? – Marta znowu zbladła i zaczęły jej drżeć ręce. – Po co ja się na to wszystko zgodziłam? – Broda też jej się trzęsła.

– Bo potrzebujesz zarobić – ucięła jej kumpela. – Do roboty. Pokaż dziś, co potrafisz. I przestań się trząść, nikt ci krzywdy nie zrobi!

Po chwili popłynęła muzyka.

– Mój Boże – szepnął hrabia. – Ona jest naprawdę dobra! Nie byłem wprawdzie na koncercie od ładnych paru... parudziesięciu lat, ale pamiętam, jak w tym parku koncertowali nadworni muzycy króla...

Gra na skrzypcach najwyraźniej uspokoiła Martę. Skupiona na wodzeniu smyczkiem po strunach zapomniała o strachu.

Marek zajechał pod wskazany adres. W niewielkiej willi na Bródnie, sądząc po szyldzie, mieścił się zbór wspólnoty religijnej. Ślusarz zadzwonił domofonem.

– Dzień dobry, ja po paczkę – powiedział.

Bramka szczęknęła, zaraz też pojawiła się kobieta.

– Pan po przesyłkę z Francji?

– Tak jest. – Ukłonił się.

– Zapraszam.

W garażu urządzony był niewielki magazyn. Zgromadzono tu rozmaite dary, którymi zagranica wspierała braci w wierze. Stały kartony z ubraniami, regały pełne literatury religijnej i inne rozmaitości. Pośrodku pomieszczenia znajdowała się duża paczka owinięta plandeką. Marek spodziewał się trumny, więc trochę się zdziwił, widząc inny kształt paki i czując ostry zwierzęcy zapach.

Ściągnął brezent i ich oczom ukazała się klatka transportowa ze śpiącą wewnątrz czarną panterą.

– O, do licha! – mruknął.

Kot leniwie uchylił oczy, a potem rozsypał się w pył i skoncentrowawszy, zamienił w drobną dziewczynę w eleganckiej francuskiej garsonce. Marek otworzył drzwi. Ukłonił się elegancko.

– Madam że ne, ma paż... – zaczął dukać nieliczne zapamiętane francuskie słowa.

– Proszę się nie męczyć, mówię po polsku.

Wampirzyca z wdziękiem zeskoczyła na ziemię i wyprostowała się. Czarne włosy przycięła na pazia, grube brwi układały się w łuki. Wielkie oczy sprawiały wrażenie lekko wilgotnych, a po ustach błąkał się delikatny uśmiech. Była bardzo ładna. Marek nie umiał powiedzieć, czy jej wiek biologiczny to dwadzieścia, czy trzydzieści lat, w każdym razie uroda była ponadczasowa.

– Gdzie się podziewa hrabia Xawery...? – zapytała.

– Jestem jego kamerdynerem. Prosił, abym po panią przyjechał. Mam na imię Marek...

– Delifina hrabina de Saint Aurignac – przedstawiła się, podając dłoń do ucałowania. – Zatem ruszajmy.

Podziękowała właścicielce willi i wyszli na ulicę. Ślusarz uprzejmym gestem otworzył drzwiczki.

– Cóż za dziwny pojazd? – Hrabina zlustrowała maluszka przez lorgnon. – To autko jest dwu- czy czteroosobowe?

– Teoretycznie cztero, ale od biedy i sześć z bagażami umiemy w nie wcisnąć.

Przemknęli przez miasto w pół godzinki i zajechali przed pałacyk.

– Pani, miło mi powitać cię w moich skromnych progach. – Hrabia Prut zgiął się w głębokim ukłonie.

Hrabina Delfina podała mu wiotką dłoń do ucałowania.

– Ja też się cieszę, mój drogi, że cię widzę...

– Pozwól, pani, do salonu.

W ciszy pałacyku rozbrzmiewały słodko dźwięki skrzypiec. Weszli do tonącego w kwiatach wnętrza.

– Widzę, że pamiętałeś o moich gustach. – Uśmiechnęła się czarująco. – Ale co ja widzę? – Spojrzała na Martę przez lorgnon. – Sprowadziłeś jakąś młodą, apetyczną dziewuszkę, ty stary zbereźniku! – Pogroziła mu żartobliwie palcem.

– Ależ, pani, ona jest tu jedynie, by umilić nam czas swoimi skrzypcami – zirytował się. – Grzechy mej młodości powracają już tylko jak piękne wspomnienie...

– Oj tak – westchnęła. – Ty stary satyrze, masz co wspominać, jeśli o grzechy chodzi. Po drzewach rosnących w tym parku widać, jak wiele czasu upłynęło. Pamiętam je jako cieniutkie sadzonki.

– Pozwól, pani, do bawialni. – Hrabia pchnął kolejne drzwi.

– Ho, ho, znajome wnętrze. – Hrabina uśmiechnęła się do swoich wspomnień. – Tylko meble stały inaczej, tu było łoże, na którym oddałam cnotę Stasiowi Poniatowskiemu, a następnej nocy jego bratu Kazimierzowi...

– Byłem przekonany, że to ja pozbawiłem cię cnoty? – nachmurzył się hrabia.

– Nie ty jeden byłeś o tym przekonany, mój drogi, nie ty jeden... – Przeciągnęła się kusząco. – Nawet ten frajer Napoleon dał się nabrać na stare kobiece sztuczki. Ech, stracona młodość... A może to nie tu było?

– Sypialnia jest tam – wskazał.

– Tyle czasu minęło, zapomina się trochę... – westchnęła. – Ale opowiadaj lepiej, co u ciebie? Sądziłam, że żyjesz w nędzy pod butem komunistów, a tu tymczasem widzę, że nie jest tak źle. Nawet prywatną orkiestrę sobie zatrudniasz. Mała świetnie gra...

– To solistka tutejszej filharmonii – zełgał bezczelnie. – Wszystko dla ciebie...

– I kwiatów tyle. O tej porze roku musiały kosztować fortunę.

– Ubóstwo nigdy nie należało do moich wad – wydął wargi.

– I nie próbowali ci tego zabrać, gdy wkroczyli tu ruscy?

– Czerwoni nie odważyli się mnie tknąć.

– No ale żeby zająć jeden z pałacyków króla Stasia, to naprawdę niezwykłe. – Pokręciła z podziwem głową. – Musisz mieć z nimi niezłe układy, prawda?

– Jakoś się dogadujemy. Gdzieś przecież muszę mieszkać. – Wypiął dumnie wątłą pierś.

– Ty zawsze byłeś szybki w dogadywaniu się – mruknęła. – Konfederacja barska, Targowica, siepacze Katarzyny Drugiej, wojacy od Kościuszki, Prusacy, wojska Napoleona... Kto by nie przyszedł, zawsze jak oliwa wypływałeś na wierzch. Z każdej kabały się wywinąłeś! Giętki masz kręgosłup moralny.

– Daruj, pani, było, minęło. Może i historia mnie potępiła, ale przecież w mym mniemaniu zawsze działałem dla większego dobra...

– ...którym zawsze była twoja sakiewka! – Spojrzała na niego surowo przez lorgnon.

– To naprawdę dawne dzieje. Leżąc w trumnie, wiele razy przemyślałem swoje życie i zupełnie się zmieniłem. Oczywiście na lepsze. Nie przywiązuję już wagi do pieniędzy.

– Nigdy nie przywiązywałeś – roześmiała się. – Wywalałeś je całymi garściami na wszelakie głupoty.

– Siadaj, moja droga. – Wskazał szezlong.

– Mój ty ogierku, instynkty, widzę, nie wygasły. – Delfina łukiem ominęła feralny mebel i usiadła na krześle.

– Jesteś pewnie głodna po tak długiej podróży – zagaił.

– Owszem, chętnie wrzuciłabym na ząb jakąś sarenkę albo jelonka...

Prut zadzwonił srebrnym dzwoneczkiem.

Gosia przebrana za pokojówkę wprowadziła kozę. Zwierzę na widok pary wampirów zabeczało ironicznie, a potem spróbowało dobrać się do wieńca pogrzebowego.

Hrabina patrzyła na dziewczynę zaskoczona.

– Cóż się stało? – zaniepokoił się Prut.

– Zazwyczaj słyszę wyraźne echo cudzych myśli, a tymczasem ona... Jest nieprzenikniona.

– Gosiu, pomyśl coś! – rozkazał.

– Dziwne, słyszałam tylko szumy, jak w radio, gdy nie jest nastawione na żadną stację. Teraz dopiero widzę coś o bieliźnie, kosmetykach, pieniądzach... Tak jakby wcześniej miała kompletnie pusto w głowie...

Młoda wampirzyca dygnęła i wyszła cichutko.

– No proszę, solistka z filharmonii, służąca, rękodajni... Fiu, fiu... A cóż to takiego? – Hrabina obejrzała zwierzę. – Dlaczego, u diabła, ta koza jest różowa?!

– Kózka Filaretowa, eksport z Pamiru – pochwalił się gospodarz. – Jest tam niewielki, ściśle tajny rezerwat wysoko w górach. Cały otoczony drutem kolczastym i wieżyczkami strażniczymi. Pilnuje go doborowy oddział sowietów, tak zwany strojbatalion. To takie bestie, że oficerowie nawet karabinów im nie wydają! – fantazjował.

– *Sacrebleu!* – zdumiała się hrabina.

– Ale dla ciebie, moja droga, wszystko! Moi ludzie wyprawili się i zwinęli im kozę spod samego nosa – puszył się. – Strojbatowcy trzy dni tropili ich po górach z naostrzonymi srebrnymi saperkami w łapach! Częstuj się na zdrowie!

Kwadrans później Gosia odprowadziła zwierzę, trochę oklapłe i skołowane, ale nadal żywe, i zamknęła je w łazience.

– Państwo życzą sobie posłuchać czegoś innego – zwróciła się do Marty.

– Może Ciurlionisa zagram?

– Może być. – Wampirzyca wprawdzie nie wiedziała, co to za jeden, ale uznała, że i tak wszystko jedno.

Spod smyczka popłynęła muzyka nieco żywsza, zarazem bogata i przerażająco smutna. Ktoś zastukał trzy razy w okiennicę. To Marek dawał znać, że pozapalał lampiony.

– Zapraszam na przechadzkę – ukłonił się Prut.

– Ech. Szkoda, że zima i środek nocy – westchnęła Delfina. – Bardzo lubiłam ten park...

Wyszli. Lampiony dawały niewiele światła, ale było je widać.

– Czyżbyś nie miał elektrycznych latarni? – zdziwiła się hrabina.

– Oczywiście, że mam, ale chciałem, byś sobie przypomniała czasy, gdy byliśmy w tym parku ostatni raz razem, jeszcze za króla Stanisława, i pomyślałem, że właśnie lampiony zamiast tej bzdurnej elektryczności pomogą nam wczuć się w nastrój i lepiej wspomnieć tamte szczęśliwe czasy...

– Jak romantycznie – westchnęła. – Ale, ale, co jest teraz w pałacu Na Wodzie?

– Muzeum – przyznał niechętnie. – Wiesz, czasy takie, musiałem się zgodzić, żeby mi turyści po parku łazili.

– A w Belwederze?

– Towarzysz Pierwszy Sekretarz tam po sąsiedzku mieszka. To znaczy oficjalnie się mówi, że tam mieszka, bo z obawy przed zamachem nocuje w schronie przeciwatomowym pod swoją willą gdzieś na Mokotowie.

– No, no, nie dość, że zakumplowałeś się z bolszewicką władzą, to jeszcze zostałeś sąsiadem sowieckiego namiestnika. Niesamowite.

Przespacerowali się, robiąc kółeczko trasą wyznaczoną przez lampiony.

– Chciałaś, pani, o czymś ważnym porozmawiać – zagaił Prut.

– Ach nie. – Zbyła go machnięciem dłoni. – Wiem już wszystko. Pożegnam cię, mój drogi... Rzucę jeszcze tylko raz okiem na znajome wnętrza.

Faktycznie przespacerowała się po pokojach, zamieniła kilka słów z Gosią, pozwoliła hrabiemu cmoknąć się w policzek na pożegnanie, a potem z wdziękiem rozsypała się w stado nietoperzy i odleciała.

– Ech, co za kobieta – westchnął arystokrata. – Nie wiem, czego, u licha, chciała i na cholerę fatygowała się do Warszawy, ale miło było się z nią raz jeszcze zobaczyć. Zbieram się, spróbuję jeszcze wrzucić dziś coś na ząb.

– To ja posprzątam...

Wampirzyca weszła do pałacu. Zajrzała do łazienki. Koza odzyskała już nieco wigoru. Podskakiwała na kafelkach i meczała. Gosia wzięła ją na smycz i zaszła do jadalni.

– No i po robocie. – Uśmiechnęła się do Marty. – Składaj kramik.

– Podobało im się, jak gram?

– Byli pod wielkim wrażeniem. Podobno masz wielki talent, a hrabia Prut to fachowiec. Możesz zaufać jego opinii, niejedno słyszał przez dwieście pięćdziesiąt lat. A właśnie, twoja kaska. – Wyliczyła przyjaciółce dziesięć banknotów na rękę. – A to jeszcze premia od hrabiny. – Dołożyła oliwkowozielony banknot pięćsetfrankowy.

– Franki francuskie? Łał! Zawsze to twarda waluta, w Pewexie można za to kupować. Ale ile to właściwie jest?

– Przelicznik jest, zdaje się, jakieś sześć, może siedem franków za dolara – Gosia przypomniała sobie geszefty, o których bez przerwy przynudzał Konrad.

– Czyli to jest z osiemdziesiąt dolców?! Dzięki!!! – Marta rzuciła się przyjaciółce w ramiona.

Jej szyja znalazła się akurat w zasięgu kłów, ale Gosia powstrzymała się tytanicznym wysiłkiem woli.

– Jakbyś miała jeszcze podobną fuchę na oku, to pamiętaj o mnie – paplała radośnie blondyneczka. – Zagram wam wszystko, co chcecie. Mam w repertuarze nie tylko Vivaldiego! I na pianinie gram, i na skrzypcach. I tańczyć umiem. I ładna jestem, a za taką kasę striptiz nawet mogę zrobić! A poza tym jesteś moją najlepszą kumpelą, więc wiesz, jakbyś zgłodniała czy coś, wpadaj do mnie i wysysaj do woli. – Pocałowała zaskoczoną Gosię w policzek. – Wy, wampiry, jesteście naprawdę w porządku! Jak idiotka zasugerowałam się głupimi horrorami...

Stuknęły drzwi wejściowe. To Marek przyszedł.

– I po imprezce – skwitował. – Pogaście światła i zamykamy interes. Odwieziemy cię do domu, już prawie północ – zwrócił się do Marty.

– Dziękuję.

– Zabierz kozę, zdechłaby tu z głodu, Dziadek Weteran się nią zajmie – polecił podopiecznej.

– A kwiaty? – zapytała Gosia.

– Niech zostaną... Towarzyszowi Parzybrodzkiemu już i tak niepotrzebne...

Jak się okazało, zaparkował malucha naprzeciw wejścia do pałacyku. Marta usadowiła się z tyłu, kozę upchnęli jakoś obok. Gosia siadła koło kierowcy. Ruszyli, nie zapalając świateł. Lampiony też były już pogaszone. Wiewiórki wyległy gromadnie na trawniki i odprowadzały ich świdrującym spojrzeniem setek paciorkowatych oczu.

– Brr... – wzdrygnął się Marek. – Cholerne wścibskie rude szkodniki...

– Czy one nie powinny spać snem zimowym? – zdziwiła się skrzypaczka. – A o tej porze to chyba w ogóle powinny spać?

– Ano powinny... Ale w tym parku... Nieważne – mruknął.

Przemknęli alejką. Za drzewami widać było powierzchnię stawu. Gosia spostrzegła kątem oka coś jakby czarną wyspę pośrodku, ale gdy odwróciła głowę, zobaczyła tylko rozchodzące się po wodzie kręgi.

– Co to było? Przecież nie wieloryb? – mruknęła.

– Pewnie jakiś szkopojad – westchnął Marek, ale nie rozwijał tej myśli, a ona była zbyt zmęczona, by go nagabywać.

Wyjechali za bramę. Ślusarz na chwilę wysiadł i założył kłódki. Pomknęli przez zasypiające miasto.

– To chyba szalenie romantyczne być wampirem – paplała radośnie Marta. – Tak wędrować w ciemnościach, wysysać krew, mieszkać w pałacu... Rany, jeszcze nigdy nie dawałam koncertu w tak pięknym historycznym wnętrzu!

– To nie do końca tak – bąknął Marek. – Dziś była impreza ekstra, na co dzień żyjemy nieco skromniej...

– A ty wyładniałaś na tej krwawej diecie – odezwała się dziewczyna do Gosi. – Nie masz już takiego paskudnego trądziku ani przetłuszczających się włosów i zeszczuplałaś. A ta blada cera świetnie podkreśla ciemne włosy. Naprawdę wyglądasz jak wampir z filmu, jakbyś jeszcze przejechała czerwoną szminką po wargach, to podkreśli śnieżną biel kłów.

– Tak sądzisz? – zdziwiła się jej kumpelka.

– A brwi koniecznie czymś przyczerń. Możesz mi zaufać, znam się na tym.

Wreszcie zatrzymali się pod jej blokiem. Gosia musiała wysiąść, by można było złożyć fotel i wypuścić skrzypaczkę z auta. Marta pogłaskała na pożegnanie kozę, ukłoniła się Markowi, obcałowała szczodrze przyjaciółkę i pomknęła do siebie.

– Rany Julek... – westchnął Marek, gdy za Martą zatrzasnęły się drzwi klatki. – Ależ napięcie ze mnie opada. Daliśmy do pieca! Udało się! Dokonaliśmy czegoś niemożliwego! Rozumiesz? Niemożliwego!

– No fakt – przyznała Gosia. – Ciężko było jak diabli, ale wszystko dopięliśmy na ostatni guzik...

Wszystko się udało. I pałac załatwiliśmy, i jedzonko, i kwiatów tyle, i nawet romantyczna przechadzka nocą po parku...

– To, co zrobiliśmy, to... to... – nie umiał znaleźć odpowiedniego określenia. – To coś wielkiego. Niewyobrażalnego. Szaleńczego, ale zarazem w tym szaleństwie absolutnie genialnego. Przejdziemy do historii światowego wampiryzmu tak jak Dracula! Co ja gadam! Ten leszcz Vlad Palownik do pięt nam nie dorasta. Zorganizowanie tej mistyfikacji było wyczynem jak dla ludzkości lot na Księżyc! Arystokratyczny raut w samym sercu socjalistycznego kraju i pod samym nosem towarzysza Pierwszego! Nadpcyliśmy władzy ludowej i bezpiece koncertowo! Wręcz nie mogę w to uwierzyć. Zagraniczniacy...

– Zagraniczne wampiry nic by z tego nie zrozumiały – ostudziła go Gosia.

– Oj, nie gadaj. O naszych dokonaniach jeszcze kiedyś w książkach napiszą! Jeszcze zobaczysz! Poczekaj ze dwadzieścia, trzydzieści lat i sama przeczytasz!

– Uwy! – zakpiła, głębiej zapadła w fotel i przytuliła ciepłą kozę. Zwierzę nie oponowało. Jazda autem powoli ukołysała je obie do snu.

Minęły może dwa tygodnie od wielkiej mistyfikacji, gdy Gosia znalazła w skrzynce na listy kolejną kopertę oklejoną francuskimi znaczkami. Hrabia i tym razem wyczuł telepatycznie, że coś przyszło, bo wieczorem zjawił się odebrać list.

– Przeczytaj nam, jak się jej podobało – poprosił Marek. – Tyle nas to wysiłku kosztowało...

– Prosimy – dodał Igor.

– No dobra... – Prut rozpruł szponem kopertę i zabrał się do czytania:

Mój drogi. Jadąc do Polski, byłam przekonana, że pod władzą komunistów wegetujesz w skrajnej nędzy, ukrywając się przed tajną policją. Jestem głęboko zdumiona tym, co zastałam, a obejrzawszy twój pałac, poczułam się wręcz zniesmaczona, że do tego stopnia zbratałeś się z ludobójczym czerwonym reżimem.

Niestety, nie zmieniłeś się przez te dwieście lat, które minęły od naszego rozstania. Sądziłam, że wiek uczyni cię, tak jak mnie, lepszym człowiekiem. Przyniesie ci rozum i oświecenie, a wyzwolenie ze szponów popędu płciowego uczyni twe życie bardziej moralnym. Z przykrością muszę stwierdzić, że nadal jesteś żałosną mendą łaszącą się do stóp każdej, choćby najbardziej zwyrodniałej władzy, byle tylko była odpowiednio silna i zasobna w pieniądze. Sam rozumiesz, że w tej sytuacji moje plany, by zaprosić cię do wspólnych interesów, musiałam odłożyć ad acta.

Kozę podessałam jedynie przez grzeczność, albowiem jestem stanowczo przeciwna eksterminacji zagrożonych gatunków. Pewnie tego nie zrozumiesz, zawsze uważałeś, że stoisz ponad prawem, a społeczeństwo służyć ci ma tylko do złupienia i wychędożenia. Chciałam też zostawić ci dwadzieścia tysięcy dolarów, ale skoro tak dobrze ci się powodzi, nie będę cię obrażała podobną jałmużną.

Pozdrawiam ozięble

Twoja była przyjaciółka Delfina

Po przeczytaniu listu hrabia popadł w głęboką zadumę.

– Dwadzieścia tysięcy dolarów?! – wykrztusiła Gosia.

– A tośmy sfrajerzyli – jęknął Marek i z rozpaczy zaczął walić głową w ścianę.

Igor nic nie powiedział. Poczłapał ciężkim krokiem do lodówki i nalawszy sobie pełną szklanicę krwi nałogowego alkoholika, wychylił duszkiem jak lekarstwo.

MEANDRY PATRIOTYZMU

Nad warszawską Pragą wstawał paskudny poranek. W nocy przyszła odwilż. Z nieba siąpił ohydny, marznący kapuśniaczek. Półciężarówka na sowieckich numerach zaparkowała przed barem na ulicy Ząbkowskiej, rzut beretem od bocznego wejścia na bazar Różyckiego. Kierowca, chuchając w dłonie, rozłożył na kolanach plan miasta i walcząc z łacińskim alfabetem, układał sobie dalszą trasę.

Nie zauważył kilku lokalnych kiziorów, którzy podkradłszy się od tyłu, rozpruli plandekę i spokojnie wyciągali przewożony ładunek. Nie spostrzegł, że zza kabiny rąbnięto zapasowy kanister. Dopiero gdy złodziejaszki wróciły z lewarkiem, by zaiwanić koła, zrozumiał, co się święci.

– Oż wy, job waszu... – ryknął wściekle.

W pierwszej chwili złapał okazałego francuza i uchylił drzwi szoferki. Zaraz jednak spostrzegł swój błąd. Kolesie mieli wyjątkowo zakazane mordy i znaczną przewagę liczebną, więc zamiast ruszać do bitki, odruchowo wdepnął gaz.

Pojazd wypluł z rury wydechowej kłąb cuchnących spalin, wyrwał do przodu i skręcił w Targową. Cwaniaczki zaklęli wrednie, a potem ruszyli do bramy obejrzeć łupy. Poklepali czule pełniutki kanister. Potem wyłamali wieko skrzynki. Rozgarnęli wyściółkę i ich oczom ukazała się obła, lakierowana czarno powierzchnia, ozdobiona wyraźnym żółtym symbolem promieniotwórczości.

– Urwał! Urwał! Urwał! – wrzaski pełne zdumienia, niedowierzania i zgrozy poniosły się labiryntem przechodnich podwórek.

Namolnie brzęczący telefon wyrwał Radka ze snu. Student zwlókł się z tapczanu. Nie otwierając oczu, wymacał aparat.

– Halo? – wymamrotał do słuchawki.

– Mamy problem, Brona – warknął major z drugiego końca linii. – Problem jak... – zamyślił się, szukając odpowiednio konkretnego porównania, ale najwyraźniej nie znalazł, bo powiedział tylko: – Za pół godziny meldujecie się u mnie. Auto zaraz po was podjedzie.

– Co się stało? – zaniepokoił się Radek.

– To nie na telefon – warknęła słuchawka.

Połączenie zostało przerwane.

– Jasna cholera – burknął student, patrząc przez okno na moknący w deszczu Żoliborz. – I po kiego kija złamanego zostałem konfidentem!? Korzyści z tego nie odnoszę jak na razie żadnych i jeszcze trzeba wychodzić z domu w taką pogodę... A ty co powiesz? – Wciągając spodnie, łypnął okiem na Lunę.

Suka ziewnęła rozdzierająco. Tylko w jej wzroku można było wyczytać, że uważa go za skończonego frajera... Niespełna czterdzieści minut później Radek stał przed biurkiem w zacisznym gabinecie majora Nefrytowa.

– Melduję się na rozkaz – zasalutował.

– Siadajcie. – Ubek wskazał twardy stołek.

Siedzenie wypolerowane zadkami licznych przesłuchiwanych lśniło jak lustro.

– Wyobraźcie sobie, Brona... – zaczął major. – Wyobraźcie sobie – zawiesił głos – wykoncypujcie sobie nagłe wkroczenie do naszego kraju wojsk sowieckich.

– Wykoncy... co? – nie zrozumiał student.

– Ruskie wjadą nam na chatę!

– To jednak będzie trzecia wojna światowa? – zdumiał się konfident. – Czyli co? Mamy powitać sojusznika chlebem, solą... i gorzałką pewnie też? A ja, jako wasz człowiek, to idę na front, czy raczej będę potrzebny na tyłach?

– Nie pieprzcie głupot, tym razem musimy mówić szczerze. – Szef wdusił przycisk, wyłączając magnetofon. – Wyobraźcie sobie, że stało się coś tak okropnego, że nasz sojusznik lada moment może podjąć decyzję, żeby nas odwiedzić, a przy okazji, powiedzmy... skarcić.

– Skarcić? Jak niby?

– Jak tylko ruskie potrafią! Kierownictwo partyjne wysłane na Sybir! Mięso jadące wagonami za Bug!

– To im się nie uda – w głosie Radka zabrzmiała niezachwiana pewność.

– Co się nie uda? – nastroszył się ubek.

– No z tym mięsem. Przecież ruscy sołdaci nie będą mieli kartek. A nawet gdyby, to nasze braki w zaopatrzeniu skutecznie uchronią nas przed jakimkolwiek rabunkiem produktów żywnościowych.

– Khm... No tak. W takim razie – major zniżył głos do złowieszczego szeptu – wyobraźcie sobie, Brona, milion pijanych sołdatów gwałcących nas, tubylców, i ściągających przechodniom zegarki.

– Armia Czerwona nie gwałciła kobiet! To brudny wymysł wrażej neonazistowskiej propagandy! – zaperzył się chłopak.

– Armia Czerwona, jak dostanie rozkaz, to nie będzie się przejmowała płcią, zgwałci jak leci!

Radek poczuł się trochę niewyraźnie. W głosie ubeka dźwięczała żelazna, niezachwiana pewność.

– Chłopaków znaczy się...

– Nie pominą żadnego – słowa majora padały ciężko, jakby były odlane z ołowiu. – Przelecą mnie, ciebie, twoją babcię dewotkę, partyjną mamusię i nawet siostrę wampirzycę z grobu wyciągną. Nikogo nie oszczędzą.

– Ale za co? – jęknął.

– Brona, jesteście wprawdzie idiotą, ale jeśli chodzi o pracę dla wydziału, nie mam wątpliwości co do waszej sumienności, lojalności i dyskrecji. Powiem wam teraz coś w wielkim zaufaniu. To jest tajemnica państwowa, i to taka, jaką można usłyszeć raz w życiu.

– A potem... – Zmartwiały Radek przesunął dłonią po gardle.

– Przestańcie chrzanić! Jesteśmy socjalistyczną, demokratyczną bezpieką, a nie imperialistycznymi siepaczami z CIA! Chodziło mi o to, że takie tajemnice występują tak rzadko, że z punktu widzenia statystyki nie ma szans, żebyście coś tak ważnego usłyszeli jeszcze kiedyś. Oczywiście, jeśli puścicie farbę, to będzie, co ma być. – Teraz ubek przesunął dłonią po gardle.

– To ja nie chcę nic takiego słyszeć. – Student demonstracyjnie zatkał sobie uszy.

– Słuchajcie, Brona – wkurzył się major. – Tłumaczę raz jeszcze. Zamknijcie jadaczkę i słuchajcie. Mamy jeszcze szansę tego uniknąć.

Radek posłusznie odetkał uszy.

– Nasz sojusznik może lada dzień stać się naszym okupantem. Narozrabialiśmy. Skrewiliśmy. Może nawet w pewien sposób zdradziliśmy Układ Warszawski. Dziś rano, konkretnie godzinę temu, na Pradze z ruskiej ciężarówki podpierdolono bombę atomową.

– O Jezu! – jęknął student, choć był ateistą. – A po jaką cholerę to zrobiliśmy?

– Nie „my" jako służba, tylko „my" jako naród. A konkretnie, dokonała tego najbardziej ciemna reakcyjna swołocz naszego kraju, czyli praska ferajna. Mamy szczęście, że kierowca nie jest głupi. Wie, że jakby się rypło, poszedłby do piachu i on, i cała jego wioska. Zamiast gnać do swojej ambasady, przyszedł do nas. Ponieważ sprawa jest delikatna jak cholera, przydzielono ją nam, elicie ubecji, Wydziałowi Z. A ja przydzielam ją wam, bo jesteście jednym z moich najlepszych ludzi.

– Dziękuję za zaufanie. A jeśli zawiodę?

– Nie zawiedziecie, bo sami rozumiecie, Brona, że ta bomba musi się znaleźć, i to szybko, w ciągu kilku godzin. Jak się nie znajdzie, kierowca będzie musiał zameldować. A jak on zamelduje, to ruscy przyślą tu milion sołdatów, poszukają jej sami... Tak więc tylko my możemy uratować socjalistyczną ojczyznę!

– Ale sowieci to też socjaliści? – chłopak pogubił się już zupełnie. – A może komuniści raczej?

– Pomyślcie, Brona, tak: cukier krzepi, ale nadmiar cukru szkodzi. Z socjalizmem jest tak samo. Cukrzyca jest groźną chorobą. Wiecie, co się dzieje, gdy cukrzyk nie zachowa ostrożności? Musimy uchronić nasz kraj przed nadmierną, uderzeniową dawką socjalizmu!

– Rozumiem. Ale ta bomba może być wszędzie – wykrztusił Radek.

– Nie chrzańcie, Brona, głupot. Może być zaledwie w dwu miejscach. Albo zabunkrowali ją w jakiejś melinie, albo zanieśli na Różyca. W pierwszym przypadku jesteśmy w dupie, w drugim jesteśmy prawie w domu. Ewentualnie mogli ją jeszcze zanieść do amerykańskiej ambasady, ale ona jest pilnowana.

– Chcecie powiedzieć, towarzyszu majorze, że praska ferajna mogła zanieść bombę atomową na bazar?! – studentowi ze zdumienia opadła szczęka.

– Nie takie rzeczy już na nim konfiskowaliśmy. Ech, Brona – westchnął ubek z politowaniem. – Wy po prostu nie wiecie, jaką knieją ludzką jest ten cholerny Różyc! A ilu ludzi tam straciliśmy! Samych najlepszych! Żbik, Borewicz, Sowa... Tam właśnie przeszli na ciemną stronę mocy. Za byle plik dolarów, za nowiutkie oficerki czy zegarek elektroniczny socjalistyczną ojczyznę sprzedawali... Psa Cywila też jakaś swołocz otruła. Dali mu bydlaki okrawek takiej szynki, że z miejsca mózg mu wyprało! Nie chciał więcej przydziałowej kaszanki do mordy wziąć i wreszcie zdechł z głodu! Pomściliśmy go straszliwie. Dwadzieścia bab wędliniar moi ludzie za kudły wywlekli z kolejki podmiejskiej. Niestety, poza skonfiskowaniem i zeżarciem towaru nie mogliśmy nic zrobić... Sam towarzysz Pierwszy Sekretarz zadzwonił z interwencją. Zdaje się, niechcący odcięliśmy zaopatrzenie w wędliny gmachu KC.

– Komitet Centralny Polskiej Zjednoczonej Partii Robotniczej robi zakupy na bazarze Różyckiego?!

– No pewnie, że na Różyckiego, przecież na Polnej ceny mają paskarskie... I nie chrzańcie głupot. Nie żaden Komitet Centralny, tylko nieuświadomiony politycznie personel siedziby KC, który jakimś cudem zdołał zatrudnić się w partyjnej stołówce! Nie podejrzewacie chyba, że nasi towarzysze mieli pojęcie, skąd są te szynki i kiełbasy. To znaczy – major spostrzegł, że się zagalopował – oczywiście domyśliliby się tego natychmiast, ale ważne sprawy państwowe zaabsorbowały ich do tego stopnia, że nie zwracali uwagi na to, co jedzą. I nawet nie próbujcie myśleć inaczej! – Pogroził współpracownikowi palcem.

– Skoro bazar to takie zagrożenie, dlaczego nie zrobić z tym porządku? – zdumiał się Radek.

– Czy was, Brona, kompletnie popierdoliło? Rodzonemu ojcu chcecie bez rozkazu naszczać do zupy?

– A co ma do tego mój ojciec?

– A myślicie, że niby gdzie partyjniacy upłynniają kontrabandę przywożoną z Berlina Zachodniego?

– Yyyy...

– Nie przejmujcie się, Brona, jesteście naszym człowiekiem. Jakbyście nie byli, to, rzecz jasna, coś trzeba by było z tym fantem zrobić. Ale póki lojalnie pracujecie, nie ma powodu, żebyśmy ingerowali w wasze więzi rodzinne. Wracając zaś do tematu, jakbyśmy bazar zlikwidowali, to byłby klops, bo nie mielibyśmy gdzie szukać.

– A jak ukryli to na melinie?

– To gorzej, ale jak rozpuścicie na bazarze wici, że chcecie to kupić, jest szansa, że wyciągną i tam przyniosą. Weźmiecie licznik Geigera i połazicie po Różycu. Taka bomba jest trochę radioaktywna, więc z odległości kilku metrów da się ją wykryć. Jakby zaterkotał, dacie znać, gdzie ćwierkało, ściągnę grupę uderzeniową i pozamiatamy.

– A nie dałoby się od razu grupą uderzeniową? Otoczyć, przeczesać... – Studentowi nie uśmiechała się samotna wyprawa do gniazda reakcji, cinkciarstwa i spekulacji.

– Dać by się dało. Ale rozumiecie, jak dam znać centrali, że jest zapotrzebowanie na zomowców, zaraz zapytają, o co biega. A dowcip w tym, że nie mogę powiedzieć, o co biega. A tak agent w niebezpieczeństwie, trzeba ratować, a jakby kto pytał, czego tam szukaliście, to tajemnica służbowa i tyle.

– A jeśli tego nie znajdę?

– Co znaczy „nie znajdę"? – Nefrytow poczerwieniał ze złości. – Jesteśmy ubecją! Możemy wszystko! Dla nas nie ma zadań niewykonalnych!

– Tak jest! – Student odruchowo zasalutował.

– Wykonać! – Zwierzchnik wskazał mu drzwi.

Radek wymaszerował, ale po chwili zajrzał jeszcze raz do gabinetu.

– Czego? – warknął major.

– Bo tak pomyślałem. Ubecja może wszystko, co do tego nikt nie ma wątpliwości. Ale ja nie jestem ubecja, a zaledwie agentura, czy to znaczy...

– Won!

Radek bywał parę razy w życiu na bazarach, a nawet dokonywał zakupów na targowisku przy ulicy Polnej. Ale tu, po niewłaściwej stronie Wisły, nie czuł się pewnie.

Terytorium wroga, pomyślał, obserwując wejście na Różyca. No ale nic, jak mus, to mus...

Aby odwlec nieuniknione, przeszedł się jeszcze Ząbkowską. Tu gdzieś kiziory zakosiły atomówkę. Licznik Geigera jednak milczał jak zaklęty.

Kompletna głupota przewozić coś takiego bez obstawy, rozmyślał student. Z drugiej strony tajemnica jest najlepszym zabezpieczeniem. Skrzynka na pace auta i nikt niczego nie podejrzewa... Złoto można tak przewieźć, heroinę... Swoją drogą, ci ruscy to też lepsze pokręty. Czemu to wieźli przez Warszawę? Dokąd? Może faktycznie szykuje się trzecia wojna światowa albo i coś jeszcze gorszego. A jakby tak spadło z paki i rąbnęło?

Doszedł do bocznej bramy i wkroczył dzielnie w sam środek enklawy kapitalizmu. Otoczyła go feeria barw.

– Co potrzeba? – zagadnął kaprawy typ pilnujący wejścia. – A może masz pan coś ciekawego na sprzedaż?

– Szukam niedużej, niedrogiej bomby atomowej – zbył go odruchowo konfident.

– Coś pan. – Cwaniak skrzywił się, pokazując w uśmiechu złoty siekacz. – Tego akurat towaru raczej nie miewamy...

– A gadają, że można tu kupić absolutnie wszystko.

– No pewnie, że wszystko, ale w granicach rozsądku – obraził się kombinator.

Student ruszył naprzód. Z placyku przed bramą wybiegały dwie alejki rozdzielone rzędem bud. Poszedł na lewo. Minął długi rząd kobiet eksponujących na wyciągniętych przedramionach złote łańcuszki i bransoletki.

Kupić by coś matce na urodziny, pomyślał, ale zaraz odrzucił pokusę. Wyroby były ewidentnie rosyjskie, dukatowe złoto było ciemne, czasem z czerwonawym odcieniem, jeśli wyroby odlano ze stopów technicznych, a nie jubilerskich. Pierścienie były grube, toporne, sowieccy jubilerzy nie żałowali surowca. Matka tymczasem gustowała raczej w delikatnej, filigranowej, bladożółtej biżuterii włoskiej...

Kawałek dalej na straganach leżała masa kranów, rur, kolanek, reduktorów... Część połyskiwała barwą starego mosiądzu – wymontowano je w starych kamienicach albo wygrzebano ze złomu i odczyszczono. Pomiędzy nimi spoczywały rozmaite monety i inne drobiazgi. Kilka sczytanych egzemplarzy erotycznych gazetek obłożono w folię, by nie zawilgły. Stoisk pilnowali staruszkowie zakutani w jeansowe kurtki na sztucznym misiu. Akrylowe szaliczki w odblaskowych kolorach raziły oczy jak jarzeniówki. Student rozglądał się za bombą atomową, ale nigdzie nie widział nic podobnego. Tak po prawdzie nie bardzo nawet wiedział, jak takie coś może wyglądać...

– Może zegareczek? – Rosły Cygan podciągnął rękaw skórzanej kurki, prezentując bogatą kolekcję rozmaitych czasomierzy. – Dla pana, dla dziewczyny...

– Dziękuję – mruknął Radek i ominął go.

Przeszedł wzdłuż straganów, ale licznik milczał. Zakręcił w lewo. Kolejny niewielki placyk. Minął starego, nieco skośnookiego autochtona grającego na skrzypcach. Na zamkniętej pokrywie kubła na śmieci jakiś cwaniak orzynał frajera starą metodą „w trzy karty". Tylko zamiast kart używał plastikowych krążków. Radek pogapił się chwilę i ruszył dalej. Chciał sprawdzić, która godzina, jednak ze zdumieniem stwierdził, że gdzieś mu się zapodział zegarek.

Tu, we wschodniej części targowiska, handlowano ciuchami i butami. Licznik milczał. Kapuś doszedł aż do bramy wychodzącej na Brzeską. Przy bramie na kawałku styropianu siedział staruszek bez nogi. Obok położył wyświechtaną maciejówkę. Radek w zdumieniu patrzył na niecodzienne zjawisko.

– Prawdziwy żebrak!? – zdumiał się. – Myślałem, że dawno wyginęli...

Wskazówka licznika nadal nawet nie drgnęła. Bomba musiała być gdzie indziej. Zawrócił ku sercu targowiska.

– Hej, tygrysku – zagadnęła go kobieta w obcisłej mini i kabaretkach. – Może zaprosisz na kawkę? Przeciągnęła się kusząco, eksponując głęboki dekolt. Obfity biust wręcz rozsadzał napiętą tkaninę bluzki.

– E... Nie, dziękuję – mruknął i zaczerwienił się jak piwonia.

– Nie bądź taki nieśmiały. – Uśmiechnęła się, opierając nogę na murku, między pończoszką a miniówką błysnął apetycznie pasek nagiego uda. – A może boisz się dojrzałych kobiet?

– Spłukany jestem – znalazł wyjście z sytuacji.

– Wróć tu jeszcze, mój mały, z kasiorką, pokażę ci, co tygrysy lubią najbardziej – szepnęła tak słodko, aż przeszedł go dreszcz. – Mam też młodszą siostrę...

W tej alejce oprócz konfekcji handlowano także żywnością. Na stoiskach piętrzyły się kubańskie pomarańcze, kawa, żelatyna i czekolada z NRD, czeskie cukierki, spostrzegł nawet węgierskie salami. Wyrobów kapitalistycznych też trochę było.

Choroba. Pokręcił głową ze zdumienia. Zaopatrzenie prawie jak w Pewexie!

Licznik milczał. Student skierował się zatem na zachód. Koło murowańca rozłożyli się bukiniści i handlarze kasetami wideo. Zakazane przez cenzurę powiastki pornograficzne, wycofane z bibliotek dzieła Ossendowskiego, pisma Piłsudskiego i innych reakcjonistów sąsiadowały z filmami, których same tytuły sugerowały, że zawierają sceny głęboko obce tak socjalistycznej, jak i kościelnej moralności.

Na rogu nad skrzynką przedwojennych groszaków siedział czerwonogęby facet o posturze hipopotama.

Swoją drogą, ten cholerny major mógł sam się pofatygować, dumał konfident, popatrując na ekranik licznika. Dlaczego wysłał mnie? Może zajęty, ale przecież znalezienie atomówki jest tak ważne, że powinna tego szukać setka ludzi. A może cykoruje przyjść na bazar? Idiota, przecież to miejsce publiczne... Nikt mu tu krzywdy nie zrobi...

Skierował się na południe, ku terenom opanowanym przez szewców. Wszedł w wąską alejkę. Trzech rosłych młodzieńców wyrosło jakby znikąd na jego drodze. Jeden wyglądał na początkującego kulturystę, twarz drugiego zdobiły liczne blizny po trądziku, trzeci, mimo chłodnego dnia ubrany w podkoszulek, prezentował bogatą kolekcję niemarynarskich tatuaży.

– Zabłądziliśmy? – zagadnął przyjaźnie ten najbardziej masywny.

– Nie, no skąd? – usiłował ich zbyć Radek, ale rozstawili się tak, aby nie mógł ich wyminąć. Obejrzał się, z tyłu stało kolejnych trzech. Łapy trzymali w kieszeniach.

– A co my tu mamy? – warknął domniemany wódz, patrząc na urządzenie w ręku studenta. – Z licznikiem Geigera na bazar? Bardzo nieładnie. Tu nie ma czego kontrolować, dbamy o jakość towaru.

– Albo sanepid, albo ubecja – mruknął wytatuowany.

– No co wy, panowie? – bąknął Radek. – Czy ja wyglądam na inspektora z sanepidu?

– I bardzo dobrze, że nie z sanepidu – skrzywił się ospowaty. – Bo ciężko by cię było pod budami pogrzebać, ziemia zmarznięta.

– Ciesz się, szczurku, że jesteś ubekiem, przeżyjesz dziś... Bo tak się akurat składa, że do ubecji nasza starszyzna ma pewną sprawę. I chyba wiesz jaką, skoro na bramie pytałeś o bombę atomową. Idziesz z nami – dorzucił tonem nieznoszącym sprzeciwu kulturysta.

Student z duszą na ramieniu pomaszerował za kiziorami. Prowadzili go dziwną pokrętną trasą wśród straganów, szybko stracił orientację. Wreszcie dotarli do jednej z bud, potem podążyli przejściem wybitym w ścianie do magazynu.

– Jest zamówiony klient – zameldował mięśniak.

Przy stole siedzieli trzej starsi wiekiem i mocno sterani alkoholem mężczyźni. Jeden miał obfitą siwą brodę. Kolorem nosa przypominał nawet Świętego Mikołaja, ale żaden Mikołaj nie miałby tatuaży na policzkach. Drugi zapuścił sobie sumiaste wąsiska. Na głowie miał maciejówkę i od biedy mógłby udawać Piłsudskiego, gdyby nie to, że Naczelnik raczej nie miał zębów odlanych w złocie. Trzeci – krępy Cygan z kolczykiem w uchu – wyglądał zupełnie normalnie, ale miał wyjątkowo wredny wyraz twarzy.

Przed typkami stał masywny stół, a na nim piętrzyła się masa zagranicznego żarcia i stała butelka whisky. Najwyraźniej przyprowadzenie agenta przerwało jakąś imprezę.

– Pokłon – warknął ospowaty, a ponieważ Radek nie od razu połapał się, o co chodzi, zarobił bolesnego „klemensa" w kark. – Doceń okazaną łaskę. Mało który konfident został dopuszczony przed oblicze bazarowej starszyzny! A jeszcze mniej przeżyło takie spotkanie!

Student nie miał dotąd pojęcia, że bazar posiada jakąś starszyznę, ale na wszelki wypadek ukłonił się grzecznie. Licznik w jego dłoni zaćwierkał cicho. Kapuś poczuł, jak jeżą mu się włosy. Bomba musiała być gdzieś w pobliżu.

– Siadaj. – Ten podobny do Mikołaja wskazał konfidentowi krzesło. – I słuchaj. Obrobić ruska to czyn poniekąd patriotyczny...

Radek chciał zaprotestować. Miał na końcu języka stwierdzenie, że przecież Rosjanie są naszymi przyjaciółmi i sojusznikami, ale w porę sobie przypomniał, że siedzi wśród przedstawicieli antypaństwowej, spekulancko-cinkciarskiej szajki i lepiej zachować tego typu uwagi dla siebie.

– ...ale sami pojęliśmy, że skrojenie atomówy stanowiło z naszej strony nieznaczne przegięcie.

– Konkretnie, drogi szczurku, zrobiliśmy kłopot i sobie, i wam, i ruskim – burknął wąsaty. – Spory kłopot, skoro tak szybko się domyślili i cię tu przysłali. Proponuję zatem pewien kompromis. Przyjmijmy, że ta bomba po prostu spadła z ciężarówki, a dobrzy ludzie, którzy ją znaleźli, chcą oddać fanta budzącej zaufanie instytucji publicznej, żeby nie dostał się w niepowołane ręce.

– Skoro panowie mówicie o tym „kompromis", to znaczy, że coś na tym chcecie dla siebie ugrać – domyślił się Radek.

– Ot, bystrzacha – pochwalił go brodaty. – Zażądamy znaleźnego w niewygórowanej kwocie miliona dolarów.

Kapuś wydał dźwięk jak nagle odkorkowany zlew.

– Żartowałem, szczurku. Chodzi nam oczywiście o tysiąc dolarów. Tyle twoi szefowie powinni dać. A jakby się stawiali, zagrozimy natychmiastową detonacją.

– Wybaczcie, panowie – uśmiechnął się mimowolnie Radek. – To, co mówicie, to marny blef i mój oficer prowadzący nigdy na to nie pójdzie.

– Dlaczego blef? – zirytował się brodacz. – Jakby co, odpalimy po tamtej stronie Wisły. Praga ocaleje. A w postnuklearnym chaosie to dopiero będziemy interesy robili. To będzie złota era Różyca – rozmarzył się. – Ale oczywiście zrobimy to w ostateczności, pozbywanie się ot tak miliona potencjalnych klientów to jednakowoż głupota.

– Słyszeliście panowie kiedyś o atomowej walizce? – parsknął student.

– To diabelstwo, co wszędzie nosi ze sobą prezydent USA, żeby móc w razie czego wywołać trzecią wojnę światową? – burknął Cygan. – Słyszeliśmy, w telewizji nie raz o tym gadali. Co to ma do rzeczy?

– Broń atomowa jest zabezpieczona. Między innymi po to, żeby byle obszczymurek służący w ruskiej

czy amerykańskiej bazie nie mógł samowolnie doprowadzić do apokalipsy.

Milczeli, czekając na ciąg dalszy.

– Każda głowica wymaga przed odpaleniem wprowadzenia kodów. I one są właśnie w tej walizce. Można podłożyć taką bombę pod pociąg, a i tak nie wybuchnie. Dopiero gdy wprowadzi się kabelkiem kod, odłączają się wewnętrzne zabezpieczenia i wtedy jest gotowa do użytku. Drugi kod wyłącza zabezpieczenia rakiety, a dopiero trzeci ją odpala. Urządzenie do przekazywania kodów jest w tej właśnie walizce. Bez niej cały potencjał atomowy USA jest uśpiony. U ruskich jest tak samo. Nie ma kodów do głowicy, to nie ma detonacji. – Rozłożył bezradnie ręce. – Możecie ją do ogniska wsadzić, najwyżej się popsuje, ale odpalić i tak nie zdołacie.

– Nawet jeśli nie mamy kodów, nadal jest to bomba atomowa. Czyli ma swoją wymierną wartość – burknął Cygan.

– To prawda – przyznał Radek. – Ale nie mam pełnomocnictw do przeprowadzenia negocjacji.

– To po kiego grzyba cię tu przysłali? – wkurzył się wąsacz.

– Sądzili, że są panowie patriotami – zagrał va banque. – I że spostrzegłszy pomyłkę, po prostu nam to zwrócicie.

– Co ma do tego nasz patriotyzm? – zirytował się Cygan.

– Bo jak ta bomba się szybko nie znajdzie, ruscy poszukają jej sami. – Student uśmiechnął się bezczelnie. – Wyobrażacie sobie panowie milion wkurzonych sołdatów przetrząsających dzielnicę? Gwałcących każdego, kto się nawinie, rabujących towary na bazarze, wyrywających złote zęby...

Wszyscy trzej starcy zrobili niewyraźne miny, wąsaty nawet odruchowo zasłonił usta dłonią. Mięśniacy pilnujący wyjścia też wyraźnie pobledli. Starszy, podobny do Mikołaja przemógł się pierwszy.

– Patriotami zasadniczo jesteśmy i ruskich nam tu nie trzeba – warknął. – Ale znaleźne być musi, bo taki jest zwyczaj na naszej dzielnicy, a tradycja to dla kiziora rzecz święta. Jaki jest numer do twojego szefa?

Radek zapisał na kartce. Zaraz też przyciągnięto aparat na długim kablu. Chłopak mógł się tylko domyślać, że końcówka przewodu jest gdzieś podpięta na lewo...

– Dzień dobry! – rzucił do słuchawki starzec.

– ...!

– Tak, wiem, że to ściśle tajny, zastrzeżony numer telefonu. Dlatego dzwonię, że to wasz numer. Dajcie waszego szefa.

– ...

– Szacuneczek! Z tej strony... Albo lepiej bez nazwisk. Powiedzmy, że jestem przedstawicielem praskiej ferajny, czasowo oddelegowanym do przeprowadzenia negocjacji.

– ...

– Nie zawracałbym gitary, ale jest sprawa. Znaleźliśmy TO.

– ...?

– No co wy, to naprawdę nie jest rozmowa na telefon.

– ...!

– Tak, wiem, że to wy podsłuchujecie telefony, ale kto mi zagwarantuje, że tylko wy?

– ...!

– Tak właśnie, TO, czego od rana szukacie. I proponujemy odkupienie. Myśleliśmy o kwocie tysiąca dolarów.

– ...!

– Oczywiście, że jesteśmy patriotami, dlatego dzwonimy do was, a nie do ambasady USA. Ale jak się nie dogadamy, to zadzwonimy. Albo do tej, albo nawet do tej drugiej ambasady – zagroził.

– ...!

– Chwileczkę.

Zasłonił słuchawkę dłonią.

– Proponuje dwieście trzydzieści, i to w bonach PKO.

– Za bombę atomową to byłoby trochę mało, ale bez kodów to zwykły szmelc – wyraził zdanie wąsacz.

– W dodatku nikt inny nie uwierzy, że to prawdziwa atomówa – dodał Cygan. – Ciężko byłoby to spylić...

– Zgoda, kwota jest odpowiednia – rzucił w słuchawkę brodaty. – Za pół godziny przed bramą Różyca od strony Ząbkowskiej. – Oczywiście, jeśli będzie pan coś knuł, ukatrupimy pańskiego człowieka!

– ...?

– No pewnie, że zidentyfikowaliśmy i capnęliśmy. Taki młody, wypłoszowaty, wygląda na studenta.

Odłożył słuchawkę.

Nefrytow podjechał przed bramę dużym fiatem na milicyjnych numerach. Wysiadł i wydobywszy z kieszeni białą chustkę, zamachał nią na znak, że występuje jako parlamentariusz. Wkroczył na bazar. Powitała go głucha, świdrująca cisza. Wszyscy handlarze gdzieś zniknęli. Nieoczekiwanie od ściany jednej z bud odkleił się wąsaty starzec w maciejówce.

– Kosa – przedstawił się, wyciągając dłoń.

– Major Nefrytow. – Ubek schował ręce za plecy.

– Nasze państwo wysyła po bombę atomową zwykłego majora? – przedstawiciel bazarowej starszyzny był wyraźnie zdegustowany.

– Za to najbardziej elitarnej formacji. – Obrażony Nefrytow dumnie uniósł głowę.

– Dobra, dobra, kasa na stół – mruknął stary.

Ubek wyjął z kieszeni plik bonów i odliczył dwieście trzydzieści dolarów.

– A towar? – zagadnął.

– Jest i towar. – Starzec skinął dłonią i z budy wyłonił się Radek piastujący w objęciach plecak z czymś ciężkim.

Chłopak na widok zwierzchnika odetchnął z ulgą i skinął głową na znak, że wszystko gra.

– Żegnam i nie przyłaźcie tu więcej. – Stary schował dolary do kieszeni i wszedłszy między budy, rozpłynął się, jakby go ziemia pochłonęła.

– No i widzisz? Marudziłeś, marudziłeś, ale zadanie wykonałeś na medal – gderał major, wycofując się do auta.

– Co ja tu przeżyłem... – jęczał student. – To faktycznie jest knieja ludzka! Trzeba by to wszystko napalmem, albo ja wiem...

– No, nie rozklejaj się. Siadaj za kółko, poprowadzisz!

Fiacik mknął po kocich łbach Targowej. Major trzymał plecak z bombą na kolanach i starał się jak mógł zamortyzować wstrząsy. Wprawdzie był pewien, że mechanizm jest dobrze zabezpieczony i bez wprowadzenia kodów ładunek raczej nie powinien wybuchnąć od potrząsania, ale tak na wszelki wypadek...

– Dokąd jedziemy? – zapytał Radek.

– Na Mokotów.

– To nie do biura? Ruski czeka...

– Powiedzcie mi, Brona, czy wy jesteście patriotą? – zapytał Nefrytow.

– Oczywiście, że jestem i rozumiem potrzebę gromadzenia dewiz tak przez państwo, jak i osoby prywatne. Ale stanowczo protestuję przeciw próbie spylenia tej bomby w ambasadzie USA!

– Nie róbcie z siebie idioty, Brona, ambasada USA jest na Powiślu!

– To skręcać na Powiśle? Kazał pan na Mokotów...

– Zamknijcie jadaczkę. Dziś pechowym zbiegiem okoliczności muszę wam powierzyć jeszcze jedną tajemnicę państwową – westchnął. – Jedziemy do domu towarzysza Pierwszego.

– Że co?! – Agent z wrażenia omal nie wpadł na latarnię.

Dwadzieścia minut później zajechali przed sporą willę. Radek zaparkował.

– Nie ma żadnej tabliczki ani nic... – zdziwił się.

– Co wy, Brona, chcecie, żeby ekstrema z Solidarności wysadziła nam generała w powietrze? – parsknął major. – Im mniej ludzi wie, gdzie On mieszka, tym lepiej.

Podszedł do furtki i nacisnął dzwonek. Wewnątrz rozległ się melodyjny gong, a drzwi uchyliły się gościnnie. Obaj ubecy weszli do holu. Ochrona już na nich czekała.

– Hasło! – warknął masywniejszy wachman.

– Gwiazdozbiór Orła – powiedział major.

– A, to wy jesteście Wydział Z, od spraw tych, no – mruknął ochroniarz, wkręcając sobie śrubkę w skroń. – Znaczy łapiecie duchy i kosmitów.

– I nie tylko – burknął major. – Chronimy też Polską Rzeczpospolitą Ludową przed wszelaką swołoczą z zaświatów.

– Proszę zdać broń służbową i wszelkie niebezpieczne przedmioty. – Niższy podsunął tekturowe pudełko.

Nefrytow umieścił w nim dwie spluwy, strunę do duszenia, cztery noże, kastet i pięć shurikenów. Radek dołożył scyzoryk i metalowy długopis.

– Proszę pokazać zawartość plecaka – polecił wyższy.

Kapuś uchylił klapę. Czarna lakierowana powierzchnia błysnęła symbolem promieniotwórczości.

– Co to jest?!

– No, teges... Jak by to powiedzieć... – zaplątał się major.

– Bomba atomowa – podpowiedział student.

– No właśnie: bomba atomowa. – Nerfytow spiorunował go wzrokiem.

– To broń, proszę odłożyć do pudełka!

– Ciężka jest, tektura się pogniecie – zaoponował Radek. – W dodatku musimy koniecznie wnieść ją do środka.

– Poza tym to broń masowego rażenia, a nie zwyczajna – zbagatelizował major. – Zresztą proszę sprawdzić, czy jest na wykazie zabronionych przedmiotów.

Wachman dłuższą chwilę studiował listę.

– Faktycznie, nie ma – mruknął uspokojony. – Lotnicze są, ale atomowych nie umieszczono. Proszę tędy. – Wskazał drzwi. – Towarzysz generał przyjmie panów w gabinecie.

Obaj goście ruszyli korytarzem. Drzwi do gabinetu były otwarte. Gospodarza najwyraźniej uprzedzono przez interkom. Siedział za biurkiem i pisał. Na odgłos kroków podniósł głowę. Choć pomieszczenie spowijał półmrok, miał na nosie ciemne okulary.

– A, to wy, Nefrytow – mruknął. – I wasz człowiek... O co chodzi?

– Towarzyszu Pierwszy! – zasalutował major. – Melduję, że zadanie przechwycenia skradzionej na naszym terenie radzieckiej bomby atomowej zostało przeprowadzone wzorowo i bez strat własnych. – Skinął na Radka, który otworzył plecak i z dumą wydobył artefakt.

– I...? – Ciemne okulary błysnęły złowrogo.

– Melduję wam...

– A dlaczego mnie, a nie towarzyszom z ambasady?

– Osobiście uważam, że nasz kraj powinien dysponować własną bronią nuklearną, dlatego zdecydowałem się chwilowo nie ujawniać przedstawicielom sojusznika odzyskania artefaktu... – Major dumnie wypiął pierś.

Radek, ciągle piastujący bombę w objęciach, dygnął jak panienka. Generał zmęczonym gestem zdjął okulary. Brązowe, jakby końskie oczy przecięte wrzecionowatymi, kocimi źrenicami popatrzyły na ubeka i jego konfidenta jakby z politowaniem.

– Majorze Nefrytow, czy zetknęliście się kiedyś z problematyką leczenia nowotworów?

– Melduję, że analizowaliśmy wyłącznie ewentualne próby ich sztucznego wywoływania u sukinsynów z opozycji... Ale to nie mój wydział.

– To, co tu przywlekliście, to bomba kobaltowa – wyjaśnił towarzysz Pierwszy. – Niegroźny cywilny sprzęt o zastosowaniu medycznym. Służy do radioterapii. Nie da się jej zdetonować. Resztę doczytacie sobie w encyklopedii. – Zdjął z regału tomiszcze w białej obwolucie. – A to – wskazał łup – oddajcie czym prędzej komu trzeba!

Samochód mknął ulicami Warszawy, łamiąc swobodnie i z fantazją wszelkie możliwe przepisy. Major pogwizdywał pod nosem. Student siedział na fotelu obok wstrząśnięty, zmieszany i z bombą w objęciach.

– Coście tak zamilkli, Brona? – zagadnął przyjaźnie ubek.

– Bo towarzysz Pierwszy... – wykrztusił Radek. – Jego oczy... On jest taki jak ci, na których polujemy...

– Zamknijcie się, Brona, bo nie wytrzymam. Pamiętacie podstawy marksizmu?

– Nieodmiennie! – bąknął student.

– No właśnie. Wiecie, jak działa suchy lód? Jak ciekły ołów. Jedno i drugie parzy skórę. W bardzo wysokich i bardzo niskich temperaturach nie ma znaczenia, czy ciepło gwałtownie wnika w tkankę, czy ją gwałtownie opuszcza.

– Chcecie powiedzieć, że i tu pasuje ciąg logiczny: teza, antyteza, synteza, dialektyka? – wyszeptał chłopak. – Hmmm... Mimo wszystko brzmi to arcyreakcyjnie!

– Nie, Brona, tu nie ma się nad czym zastanawiać. Zapamiętajcie, nie ma większej różnicy między tym, co mamy likwidować, a tym, co mamy chronić. Jak uczył Lenin, pewne działania mogą wydawać się wewnętrznie sprzeczne, ale jak się nad tym głębiej zastanowić, to na tym właśnie polega praktyka marksizmu. Teraz rozumiecie, dlaczego towarzysz Pierwszy jest trochę inny? A w ogóle od dziś zastanawiać się będziecie wyłącznie na rozkaz.

– Tak jest! Swoją drogą – Radek klepnął plecak – straszna wpadka i kompromitacja z tą bombą. Wyszliśmy na skończonych idiotów!

– Cwany rusek zrobił nas w konia. Albo i nie zrobił, tylko ktoś nie do końca załapał, o czym koleś gada. Ale nie ma tego złego, co by na dobre nie wyszło – uspokoił go major. – Sami rozumiecie, ten system premiuje nie najmądrzejszych, ale najwierniejszych. Może i pomyliliśmy się co do typu bomby, ale wykazaliśmy się mierną inteligencją połączoną z wiernością najwyższej próby i to powinno zaprocentować w toku mojej dalszej kariery i twojej też, bo jesteś pode mnie podczepiony. Po drugie dolary dla ferajny poszły z rezerwy wydziału, a encyklopedię dostaliśmy my. – Poklepał czule tomik.

– Nie rozumiem.

– Ech, matołku, nie wiesz, po ile chodzą encyklopedie? Nawet jak podzielimy to na dwóch, niezły grosz wpadnie.

– Aaaaaa... – załapał student. – Ale gdzie i komu ją opchniemy?

– Jak to gdzie? U bukinistów na Różycu!

Radek wzdrygnął się, ale po chwili załapał, że zwierzchnik na szczęście tylko żartuje.

WYPRAWA

Marek szedł tego dnia na drugą zmianę. Wyspał się porządnie, pomógł Gosi ogarnąć kuchnię, bo choć od osiemdziesięciu lat nic nie gotowali, bałagan w talerzach, garnkach i kubkach jakoś sam się robił. Wreszcie zebrał się do fabryki. Gdy tylko wyszedł z bramy, uderzył go w twarz lodowaty, iście syberyjski wicher. Był początek lutego, więc zima trzymała jeszcze fest... Marek szybkim krokiem przemierzył Kawęczyńską, skręcił w Objazdową, minął liceum i był już prawie na miejscu. Przed wejściem do zakładu spostrzegł niewielką grupkę robotników. Robili coś dziwnego z trawnikiem.

Ziemia była zmarznięta na kość. Technik Zenek walił z całej siły kilofem, robiąc w gruncie dziurki. Pozostali pracownicy wtykali w nie sadzonki kwiatów. Przenikliwy wicher przewiewał na wskroś, grube rękawice i postawione kołnierze waciaków niewiele pomagały.

– Co wy tu za lodowy ogród sadzicie? – roześmiał się ślusarz.

– Zgodnie z rozdzielnikiem – westchnął zombiak. – Na pierwszego maja wzory z kwiatów i tulipany.

– Nie pospieszyliście się aby? Pierwszy maja będzie za trzy miesiące dopiero...

– Ale to na poprzedni pierwszy maja. Cebulki i rozsadę kooperant dostarczył z dziewięciomiesięcznym poślizgiem – wyjaśnił technik. – Ale dyrektor upiera się, że plan upiększania zakładu musi być wykonany...

– Tak trzęsie zadem przed kontrolą? – zdumiał się Marek. – Ano nic, róbcie swoje, na mnie pora. – Przyspieszył kroku.

Zenek westchnął ciężko i znowu przyładował kilofem. Marek przeszedł przez bramę, okazał przepustkę i po chwili maszerował już do szatni.

Ledwie zdążył przebrać się w roboczy kombinezon, do pomieszczenia wpadł kierownik.

– Panie Marku, dyrektor prosi do gabinetu.

– Że niby mnie?! – zdumiał się wampir.

Dyrektora widywał czasami, gdy ten śmigał przez bramę swoim nowiutkim polonezem. Nigdy nie zamienili słowa.

– Pana.

– Ale na dywanik, czy może premię chce wręczyć? – przed wizytą wolał się czegoś dowiedzieć.

– Pojęcia nie mam, ale to na pewno pilne.

– To znaczy strzeliło coś ważnego w tym przedpotopowym sprzęcie, na którym pracujemy, i tylko ja mogę uratować plan kwartalny przed ruiną – domyślił się ślusarz.

– Chyba nie, rano wprawdzie strzeliło wrzeciono obrabiarki K-6, ale plan kwartalny ratuje już pański przyjaciel Igor.

Zaintrygowany wampir podreptał do budynku biura, wjechał windą na ostatnie piętro i po wyleniałym chodniku dotarł do gabinetu szefa. Zapukał. Otworzyła mu sekretarka.

– Zostałem wezwany...

– Pan dyrektor oczekuje. – Kołysząc obfitym zadem, pokłusowała do kolejnych drzwi i otworzyła je bez pukania.

Mało się w tych szpilkach nie zabiła, pomyślał. To chyba faktycznie bardzo ważne...

Po chwili stał już przed obliczem dygnitarza. Dyrektor miał około sześćdziesiątki. Od stresów wyłysiał, skóra twarzy poszarzała od drobinek kawy zbożowej, które wraz z potem wychodziły porami skóry. Zęby i palce zbrązowiały mu od nikotyny. Na nosie miał okulary o grubych szkłach, osadzonych w ciężkiej ebonitowej oprawce. Poza tym wyglądał zupełnie normalnie. Zwykły biurokrata w garniturze i pod krawatem.

– Panie Marku, wezwałem pana do siebie, bo... Albo nie. Zagrajmy w otwarte karty – powiedział dyrektor, stawiając na biurku dwie szklanki rżnięte w krysztale.

Gestem wskazał robotnikowi krzesło.

– W otwarte karty? – zaniepokoił się Marek. – Lepiej nie! Poza tym nie pijam alkoholu od... Od wielu lat.

– Hmmm... no tak. – Dyrektor nalał tylko sobie i odstawił butelkę z powrotem do sejfu. – Wiecie, co o was opowiadają inni robotnicy? – Zmrużył oczy.

– Obgadują. Ploty i tyle – wzruszył ramionami ślusarz. – Zamówień mało, są przestoje, to i z nudów coś tam pytlują jak przekupy z Różyca.

– Mówi się, że pracował pan tu już za cara, że żyje od dziesięcioleci, ale się nie starzeje, że jest pan duchem, wampirem albo zombie...

– Pan w to oczywiście nie wierzy?

– Nie muszę w nic wierzyć, ściągnąłem księgi z archiwum i przejrzałem pokwitowania wypłat. Ten sam charakter pisma, zresztą nazwisko też się zgadza. Przez niemal sto lat funkcjonowania naszego zakładu...

– Lubię tę fabrykę – bąknął wampir.

– Jestem pragmatykiem i technokratą. – Dyrektor wypił haust koniaku jak lekarstwo. – Dla mnie liczą się wyniki produkcji. Człowiek też się liczy, ale w granicach rozsądku oczywiście. Jeśli ktoś nie wyrabia normy, leci za bramę. Jak ktoś przekracza, dostaje premię. Proste jak budowa cepa. Jest surowiec, są maszyny, robi się produkcję na podstawie zleceń z góry. Pracownik jest od tego, żeby stał przy maszynach i w miarę możliwości nie marudził. Jak ktoś dobrze pracuje, to nie patrzę, czy jest rudy, zezowaty, homoseksualista, opozycjonista, jehowita, czy, dajmy na to, wampir. A robotnicy? To prości ludzie, widzą, że ktoś jest fachura i zapieprza z nimi ramię w ramię, to też okazują szacunek i nie zastanawiają się nad jakimiś duperelami w rodzaju daty urodzenia.

– Przejdźmy do rzeczy – poprosił Marek.

– Chodzi o pańskiego kumpla Igora. Jak by to powiedzieć. On też jest... hmm... trochę niezwykły. Albo może lepiej powiedzieć: nie do końca zwyczajny. Oczywiście nie mam żadnych uwag co do jego fachowości. Ideologicznie też jest w porządku...

– To jego prywatna sprawa – warknął Marek. – Ja na przyjaciół donosów pisał nie będę. I wyrabia normę, zatem...

– Coś pan, jakie znowu donosy? – obruszył się szef. – Tym się zajmuje organizacja partyjna i dział kadr. Wezwałem tu pana, bo mam z Igorem pewien problem, a pan jest jego dobrym znajomym.

– Problem z Igorem?

– Dziś rano strzeliło wrzeciono głównej obrabiarki zespołu K-6.

– Miało prawo strzelić, to sprzęt jeszcze z tysiąc dziewięćset szóstego roku. Trzeba wymienić wreszcie maszynę. Łatamy ją od dwudziestu lat. Jak trzeba, dorobię wrzeciono, ale z montażem i demontażem potrwa to minimum pięć dni. Jeśli Igor sądzi, że je zespawa bez demontażu, to znaczy, że zgłupiał na stare lata... Mam mu to wybić z głowy czy jak?

– Igor stwierdził, że da się wymienić na wymontowane z obrabiarki stojącej w zachodnich halach. Konkretnie, postanowił iść do miejsca, które nazwał Starą Wzorcownią. Prosił, żeby jeśli nie wróci w ciągu sześciu godzin, zawiadomić pana. I nie wrócił.

– Kuźwa... – syknął wampir. – Czy on ocipiał!?

– Przepytałem ludzi – warknął dyrektor. – Wszyscy twierdzą, że nie ma tam żadnej Starej Wzorcowni. Problem w tym, że młodsi nigdy tam nie byli, a starsi na pytanie o opuszczone hale chowają się we własne buty. Godzinę temu najodważniejsi próbowali wybrać się i sprawdzić, co z nim, ale... Było ostre starcie z takim dużym kotem. Chcieli przejść, on nie puścił, oni się uparli i trochę ich poharatał. Ludzie mówią, że to kocisko Karola Wójcika i że jak zagrodzi drogę, to trzeba sobie darować...

– Czemu go pan puścił?!

– Bo nie wierzę w zabobony! To znaczy – dyrektor zakłopotał się – powiedzmy, zabobony mi nie przeszkadzają, póki nie wpływają na jakość i wydajność produkcji.

– Zachodnie hale są opuszczone od lat. Nikt rozsądny się tam nie zapuszcza – powiedział Marek. – Wyprawa tam to szaleństwo.

– Ale co tam może być takiego?... – Dyrektor podszedł do okna. – Nawet stąd widać ich dachy! To raptem kilkaset metrów...

– Kilkaset w linii prostej. Dołem będzie ponad kilometr... Pierwszy problem, z którym musi się pan zmierzyć, to pytanie, jakim cudem w ogóle mają dachy, skoro zakład w czterdziestym piątym był zupełnie spalony.

– Zdradzi mi pan, co jest grane z tymi halami? Mój poprzednik powiedział tylko tyle, żebym nie pchał tam nosa. Pomyślałem wtedy, że są zaminowane od wojny albo skażone jakimś świństwem.

– Opowiedzieć mogę. Ale to będzie poważny wstrząs dla pańskiego ateistycznego i racjonalistycznego umysłu – ostrzegł Marek.

– Nie przesadzajmy z tym ateizmem – zniżył głos dyrektor. – Tylko liczę na pańską dyskrecję!

Poluzował krawat i wyłowił spod koszuli mały krzyżyk na łańcuszku.

– No dobra... Jak by to powiedzieć – skrzywił się ślusarz. – Te hale są znacznie rozleglejsze, niż mogłoby się wydawać...

– To znaczy? – Dyrektor łypnął podejrzliwie okiem.

– Jak każdy biurokrata, postrzega pan rzeczywistość nazbyt geometrycznie... To znaczy wydaje się panu, że nasza fabryka wpisana jest w prostokąt, który wyznaczają ulica Kawęczyńska, wał kolejowy, ulica Odrowąża i zajezdnia tramwajowa. Kilkaset na kilkadziesiąt metrów.

– A tak nie jest? To znaczy są jeszcze budynki na wschód od Odrowąża...

– Panie dyrektorze, jeśli chce pan choć trochę zrozumieć fenomen opuszczonych hal... Jak to powiedzieć... O, już wiem. Pamięta pan coś ze szkolnych lekcji geografii?

– Oczywiście. Byłem prymusem i olimpijczykiem.

– Pamięta pan powierzchnię naszego kraju?

– Około trzystu tysięcy kilometrów kwadratowych.

– A jaka jest odległość z Kostrzyna do Brześcia i z Gdańska do Zakopanego?

– No... Z Warszawy do Zakopanego ze czterysta... Do Gdańska niewiele bliżej. Siedemset z południa na północ i podobnie ze wschodu na zachód. – Wypiął dumnie pierś, mogąc się popisać wiedzą. – Zgadza się?

– Doskonale pan pamięta – pochwalił wampir. – Teraz uwaga. Kraj mamy prawie kwadratowy. A ile to jest siedemset razy siedemset?

– Czterysta dziewięćdziesiąt tysięcy... – przeliczył dygnitarz. – Zaraz, chwileczkę, to się przecież kompletnie nie zgadza! – Spojrzał na wampira zdumiony. – Gdzie się podziało sto dziewięćdziesiąt tysięcy kilometrów kwadratowych?!

– Wszystko się zgadza – burknął ślusarz. – A to, co się nie zgadza, tworzy rozmaite fałdy i anomalie. Dostępna do pomiarów powierzchnia to jedno. A faktyczny rozmiar Polski to coś zupełnie innego.

– Chce pan powiedzieć, że moja fabryka jest większa, niżby to wynikało z pomiarów zrobionych wzdłuż linii jej murów?! – wykrztusił szef.

– Znacznie większa. – Na twarzy wampira nie drgnął żaden mięsień. – Anomalie są największe tam, gdzie nikt się nie zapuszcza. Maszyny stworzono do pracy. Cholernie nie lubią bezruchu. Z czasem takie martwe strefy zaczynają żyć własnym życiem. Im dalej od codziennej ludzkiej krzątaniny, tym dziwniejsze rzeczy się dzieją. Czytał pan Grabińskiego?

– Tak. To przecież podstawowe źródło wiedzy dla kadry zarządzającej. Andrzej Grabiński, „Podręcznik racjonalizacji produkcji wysokomateriałochłonnej"?

– Stefan Grabiński – sprostował wampir.

– E...? Nie czytałem.

– Dziś uchodzi za autora fantastyki, tymczasem to literatura faktu... Znał dobrze środowisko kolejarzy. Poznawał ich legendy. Już w latach dwudziestych orientowano się, że przestrzeń techniczna długo pozostawiona sama sobie dziczeje. Zaczyna się z nią dziać coś niedobrego. Nieużywane maszyny włączają się same z siebie. Po układach zaczynają błądzić dziwne prądy... Co gorsza, z czasem takie pozornie martwe i opuszczone miejsca zaczynają z nudów generować swoich nowych użytkowników.

– A gdyby tak wstawiać sukcesywnie nowe maszyny i przerzucać tam produkcję?

– Wtedy martwe strefy skurczą się i naraz okaże się, że fabryka jest dokładnie taka, jak to wynika z planu miasta. A anomalia przeniesie się gdzieś dalej, na wały kolejowe, w miejsca, gdzie nikt nie chodzi...

– To jakaś paranoja!

Ślusarz w odpowiedzi wzruszył tylko ramionami.

– Jeśli to jest większe, niżby się wydawało, to gdyby iść przez te hale... Gdzie się dojdzie? Do muru zajezdni? Do wału? – dopytywał dyrektor.

– Dalej. Za daleko. W obszary, gdzie prawdopodobieństwo naszego istnienia jest już zbyt małe. Różnie może być. W Warszawie jest wiele takich miejsc. Za dużych. Zbyt złożone, gargantuiczne struktury, które z czasem zdziczały i zaczęły żyć własnym życiem. Warszawskie zoo, Teatr Wielki, szklarnie w Łazienkach, kanalizacja miejska, sieć kolejowa, magazyny Portu Praskiego. Wszędzie tam rzeczywistość zaczyna trzeszczeć i pruć się w szwach.

– A co jest, u diabła, w teatrze? – zdumiał się.

– Podobno żyją tam ludzie, którzy weszli kiedyś do budynku, zabłądzili i już nie wyszli. Tworzą zamkniętą społeczność. Z kolei przez szklarnie w Łazienkach podobno można dojść od Tanganiki. Tak mi kiedyś mówił jeden profesor. Nasza fabryka to przy tym pikuś.

Dyrektor wolał nie pytać, co jest w zoo.

– Pan zna moce wszystkich maszyn? – zaskoczył go pytaniem ślusarz.

– Mam w dokumentacji...

– Próbował pan kiedyś zsumować pobór prądu wszystkich urządzeń?

– Nie. Przecież państwowy prąd i tak dostajemy i rozliczamy inaczej... Ale faktycznie rachunki dość wysokie.

– A zużycie wody?

– Też spore. Kiedyś nawet się zastanawiałem, do czego, u diabła, aż tyle jej zużywamy... przecież nie w procesach technologicznych.

– Zachodnie hale to wierzchołek góry lodowej. Anomalia... Proszę sobie wyobrazić gigantyczny nowotwór. Rak w żywym organizmie sieje straszne spustoszenie. Przede wszystkim obudowuje się siecią naczyń krwionośnych, żeby czerpać substancje odżywcze. Tu jest podobnie. Te hale ssą wodę, zużywają prąd i cholera wie co jeszcze.

– To tam w dodatku odbywa się jeszcze jakaś produkcja?!

– Tak. Przecież porzucone maszyny, jak już się włączą, nie będą w nieskończoność pracowały na jałowym biegu.

– To by oznaczało, że część naszej załogi, zamiast wytwarzać produkcję zgodną z zamówieniami...

– Nie. Anomalia ma własną załogę... Niewiele wiem na ten temat, ale jak się pracuje tyle lat, ile ja, to wiele dziwnych rzeczy człowiek usłyszy albo zaobserwuje... Mówię to wszystko, żeby zrozumiał pan powagę sytuacji.

– No a wytwory? Skoro idzie tam jakaś produkcja, to powinny być jej efekty...

– Część podrzucają nam w zamian za surowiec. Sam pan wie, wytwarzamy tyle rozmaitego asortymentu, że nie da się wszystkiego dokładnie policzyć ani zinwentaryzować. W magazynach są przecież tysiące skrzynek bez żadnych oznaczeń albo takich, których oznaczenia nijak się mają do spisów inwentarza.

– To dlatego w zeszłym miesiącu mieliśmy w wykazie produkcji siedemdziesiąt bloków silnikowych do przedwojennego fiata, do których wytworzenia nikt nie chciał się przyznać! Chyba rozumiem – bąknął dyrektor. – Czyli pański kumpel poszedł...

– I pewnie go złapali tamci albo zabłądził, albo zdziczała maszyna głowę mu urwała... Pchać się tam to kompletna głupota.

– Mamy postawić na nim kreskę?

– Diabli nadali na stare lata w stalkera się bawić. Pójdę poszukać Igora – westchnął ślusarz. – Pamiętam Starą Wzorcownię. Gdy rozbudowywano zakład, już wtedy mówiło się, że będzie za duży... A, nieważne.

– Jak możemy panu pomóc?

– Po pierwsze muszę dostać broń palną i zapas amunicji. Po drugie będę potrzebował wiadra śledzi do przekupienia fabrycznych kotów.

– Te bzdury o kocie, który należał do Karola Wójcika... Który uratował go przed aresztowaniem, zabijając carskich żandarmów stalową belką...

– Muszę go przekupić – wtrącił ślusarz.

– To jakiś idiotyzm! Ile żyje kot, piętnaście lat?

– Ten żyje dłużej. A może to kolejna inkarnacja tamtego, czy ja wiem? – zadumał się wampir. – Po trzecie, jeśli nie wrócę, nie wysyłacie już żadnej ekspedycji ratunkowej. Jeśli nawet ja przepadnę, to nikt inny nie ma absolutnie żadnych szans.

Dyrektor otworzył sejf i wyjął z wnętrza niewielkie tekturowe pudełko pozbawione jakichkolwiek oznaczeń.

– Pistolet do zwrotu, łuski proszę po strzelaninie wyzbierać i zdać wraz z bronią. Jesteśmy rozliczani z każdego naboju – bąknął. – Tylko proszę wrócić, bo gdyby, nie daj Boże, przepadł pan razem ze spluwą... Umie pan się z tym obchodzić?

– Umiem strzelać. Nawet do ścisłego kierownictwa się zdarzało. Byłem na dwu wojnach światowych i brałem udział w rewolucji. Nawiasem mówiąc, tu, na Druciance. – Marek wyszczerzył zęby w krzywym uśmiechu.

Dyrektor musnął kły spojrzeniem i uznał, że absolutnie o nic więcej nie musi już pytać.

Ta hala była opuszczona od lat, ale pozostawała na tyle blisko tych użytkowanych, że nic podejrzanego zazwyczaj się w niej nie działo. Marek przeszedł spokojnie wzdłuż palenisk i unieruchomionych przez korozję maszyn do produkcji lamp na gaz świetlny. Urządzenia były definitywnie martwe.

Diabli nadali te żarówki, pomyślał ze smutkiem.

Pamiętał, jak na bocznicę przyjechała laweta zastawiona drewnianymi skrzyniami. Odbijali wieka łomami. Pachniało smarem i żywicą. Stal i mosiądz lśniły jak lustro. Wiatr rozwiewał paski rogoży. Ustawiali w halach obrabiarki, nowiutkie i błyszczące, prosto z poznańskich zakładów Cegielskiego. Nie zdążyli nawet dobrze wdrożyć produkcji, gdy z miesiąca na miesiąc okazało się, że wyroby są przestarzałe...

Postawił wiadro ze śledziami.

– Kici, kici – zawołał.

Kot Karola Wójcika, tricolor, wielki prawie jak ryś, zeskoczył mu pod nogi i mrucząc, otarł się o nogawkę. Ślusarz poczuł na łydce dotyk jakby ręcznika zmoczonego w lodowatej studziennej wodzie. Dotknięcie nieznanego...

– Słuchaj, kocie, muszę tam iść. – Wskazał drzwi.

– Za bardzo cię lubię, żeby cię wpuścić – odezwał się kot. – Porządny z ciebie gość, nie łaź tam. I schowaj tę łapówkę, bo się obrażę. – Trącił łapą blachę wiadra.

– Ty mówisz? – zdumiał się ślusarz.

– Tu, na granicy stref, prawie przy murze opuszczonych hal, mogę się porozumiewać w waszym języku – potwierdziło zwierzę.

– Igor poszedł rano do Starej Wzorcowni i do tej pory nie wrócił. Wiesz coś o tym? Przechodził tęcy?

– Zapewne tak. Przepraszam, że nie upilnowałem, nie sposób być wszędzie – mruknął kot. – Bardzo niedobrze, że tam wlazł. Nierozsądnie. Skoro do tej pory nie dał znaku życia, zapewne dopadli go miejscowi.

– Ci z mordami jak małpy? – Marek przypomniał sobie własną nierozsądną wycieczkę.

– Albo oni, albo mackowaci, którzy siedzą głębiej...

– Mackowatych do tej pory nie spotkałem i szczególnie nie mam na to ochoty – mruknął Marek. – Ale cóż... Zobaczy się.

– Sam nie dasz rady. – Kot pokiwał ogonem jakby w geście ostrzeżenia.

– Ludzi nie mogę zabrać, za słabi na taką drakę, poginą. Znajomych wampirów nie zdążę ściągnąć. Zresztą nie mają przepustek, żeby wejść na zakład. Może wezmę zombiaka Zenka?

– Za krótko jest martwiakiem, brak mu doświadczenia, poza tym zombie za wolno biegają, tylko by nas opóźniał. Pójdę z tobą. Dawno nie było okazji do solidnej zadymy. – Kot przeciągnął się i wysunął pazury. Budziły respekt... – Będę przemieszczał się górą, po elementach dachu, i wskazywał drogę, z góry widać lepiej.

– OK. Zatem ja ruszam dołem...

Marek pchnął przerdzewiałe drzwi i znalazł się na niewielkim dziedzińcu otoczonym czerwonymi murami. Placyk już na pierwszy rzut oka wydał mu się podejrzany. Budynki wokoło wyglądały zbyt świeżo. Cegły jaśniały ciepłą barwą niedawno wypalonej gliny, kraty w oknach nie zdążyły zardzewieć, nawet szybki i luksfery błyszczały jak niedawno umyte. W halach coś dudniło – widocznie produkcja szła jak się patrzy.

Całkiem jak w tysiąc dziewięćsetnym, przypomniał sobie ślusarz. Ale nawet wtedy cegły nie leżały tak równiutko.

Dziedziniec dla odmiany wyglądał ohydnie. Pokrywało go czarne błoto, typowa mieszanina mazowieckiego piachu, miału węglowego, smarów i zhomogenizowanych odpadków. W wielu miejscach stały kałuże wody. Z grzęzawiska sterczały jakieś badyle, bryły gruzu, trylinki i kawałki betonowych płyt. Pośrodku umieszczono betonowy krąg, jakby cembrowinę studni.

Wampir spojrzał w niebo. Było podejrzanie błękitne. Nie pasowało ani do pory dnia, ani nawet do pory roku. Westchnął i zrobił krok, stając na najbliższej trylince. Nic się nie wydarzyło. Zlustrował powierzchnię błocka. Była nieruchoma. Ruszył więc przez dziedziniec, kierując się w stronę drzwi widocznych po przeciwnej stronie. Po drodze musiał minąć zagadkowy krąg... Był już blisko, gdy spostrzegł stojący obok kijaszek, ozdobiony emaliowaną tabliczką.

„Studnia Życzeń" – głosił napis.

– Że niby co? – zdziwił się wampir. – Znaczy pieniążek można wrzucić, jak się z dziewczyną przyjdzie?

Na jego oczach napis na tabliczce rozmył się i wsiąkł w blachę, a potem spod białej emalii wyłoniły się nowe literki.

„Ta studnia spełnia jedno życzenie".

– Dobre sobie – parsknął. – Ale jeśli to na poważnie, to chcę, żeby Igor wrócił.

Nic się nie wydarzyło.

– Chyba nie działa – burknął i rozejrzał się za kotem.

Niestety, zwierzaka nigdzie nie było widać. Marek przed opuszczeniem dziedzińca podszedł jeszcze do cembrowiny i zajrzał do środka. Nie sądził wprawdzie, że Igor będzie siedział w studni, ale widok kilku szkieletów w resztkach kufajek solidnie go zaskoczył. Po układzie kości domyślił się, że ofiary wrzucono do środka głowami w dół.

– Kurde! Czułem, że jest w tym jakiś haczyk! – parsknął i chciał się cofnąć, ale w tej chwili coś ze straszną siłą uderzyło go w kark.

Stracił równowagę i poleciał w dół. Cembrowiny śmignęły mu przed oczyma i przydzwonił głową o dno, aż coś chrupnęło. Na szczęście kości dawnych ofiar trochę zamortyzowały upadek. Opadł na czworaka, rozrzucając pożółkłe żebra i czaszki. Pomacał szyję.

– Co najmniej jeden krąg trzasnął – ocenił. – Każdego ciepłego by to załatwiło. Czasem opłaca się być martwym...

Zrobiło się ciut ciemniej, na dno padł cień. No tak, ktoś go przecież wrzucił... Ślusarz spojrzał w górę. Jakaś paskudna morda pokryta szczeciną zasłoniła światło. Do studni zaglądał kurdupel w kiepsko skrojonym garniturze.

– Nie będzie flaszki? – Na gębie napastnika odmalował się zawód.

– Jakiej flaszki...? – zdumiał się wampir.

– No bo jak kogoś tu wrzucam, to studnia flaszkę mi daje – w głosie nieznajomego odmalowało się głębokie rozczarowanie. – Czegoś się, frajerze, nie zabił? Zepsułeś, głupi ciulu, moją studnię!

To chyba znaczy, że to miejsce spełnia życzenia, ale nie za darmo. Najpierw trzeba kogoś złożyć w ofierze, domyślił się ślusarz.

– Tylko stąd wylezę, to dostaniesz, gnoju, takiego kopa, że w powietrzu z głodu zdechniesz! – warknął.

Rozejrzał się wokoło, badając miejsce swojego uwięzienia. Betonowe kręgi pokryte były szlamem. Ciężko będzie się wdrapać... Rozejrzał się i spostrzegł w jednej ze ścian wylot jakby kanału burzowego.

– Zepsułeś studnię, frajerze – wybełkotała morda i znikła. – Zapłacisz mi za to! – dobiegło jeszcze z góry.

– Sorry, koledzy, pora się pożegnać – mruknął wampir do pożółkłych czaszek.

Uznał, że jeśli zaprze się plecami, to wprawdzie ufajda się niemożebnie szlamem, ale da radę wyleźć, odpychając się nogami... Przymierzał się właśnie do wspinaczki, gdy wredna fizjonomia pojawiła się ponownie.

– He, he, he – z przepitej gardzieli dobiegł śmiech przypominający rechot żaby.

Nieznajomy przydźwigał trylinkę i teraz z paskudnym grymasem cisnął ją w dół. Marek uskoczył pod ścianę.

– Pudło! – zakpił.

– Odzyskam moją flaszkę! – warknął wściekle mordziasty i znikł, zapewne w poszukiwaniu kolejnego pocisku.

Marek wyciągnął z kabury pistolet i przyczaił się. Gdy gęba pojawiła się po raz kolejny, wypalił. Trafił idealnie. Kula weszła w podbródek, przebiła podniebienie, grzybkowała i wyrwała górną połowę czaszki. Kawałki mózgu spadły na wampira jak deszcz. Usłyszał głuchy łomot walącego się na ziemię ciała.

– Masz swoją flaszkę, głupi chlorze! – parsknął. – Ośmiu ludzi wykończył, żeby się tylko nachlać? – Przeliczył wzrokiem kości.

Zaparł się plecami, ale po kilku próbach stwierdził, że nie da rady wydostać się tą drogą. Beton był gładki, a plecy i buty ślizgały się na szlamie. Upaćkał się tylko od stóp do głów. Zajrzał w głąb tunelu. Nie wyglądał groźnie.

– Mackowaci? – mruknął pod nosem. – Zobaczymy...

Wprawdzie wampiry doskonale widzą w ciemnościach, ale wolał niczego nie zaniedbać. Włączył latarkę i omiótł snopem światła ściany. Wyglądały na zwyczajny solidny beton. Dno było wprawdzie zalane wodą, ale uznał, że musi zaryzykować.

– Diabli nadali, jeszcze trochę i to mnie trzeba będzie ratować... – westchnął. – No i uważać trzeba, głupio się zagapiłem i dałem się podejść byle leszczowi na kacu!

Powędrował tunelem. Błoto paskudnie mlaskało pod nogami, ale poza tym nic niepokojącego się nie działo. Nic się nie kryło pod powierzchnią szlamu. Przeszedł dobre kilkaset metrów.

– Tak na logikę to już jestem poza obrębem murów fabryki – rozważał. – Problem w tym, że tu można logikę o kant dupy potłuc...

Przez kolejny kwadrans maszerował w milczeniu, czując, jak powoli przemiękają mu buty. Tunel się zmienił. Ściany, do tej pory betonowe, teraz wyglądały jak wyrąbane w kredzie. Wreszcie gdzieś daleko przed sobą spostrzegł jasną plamę. Najwidoczniej zbliżał się do kolejnej studni. Przyspieszył kroku. Nieoczekiwanie potknął się o coś i rymsnął twarzą w wodę. Znieruchomiał, ale nic go nie atakowało. Pozbierał się, klnąc.

– Co to, u diabła, za potykacz? – zdumiał się.

W wodzie namacał izolowany drut. Przewód przecinał tunel i biegł gdzieś dalej. Wampir zrobił kilka kroków i znalazł się w plamie światła. To faktycznie była studnia. W dodatku ze trzy razy głębsza niż ta w fabryce. Kabel biegł po ścianie gdzieś w górę. Niebo nad studnią było intensywnie błękitne, najwyraźniej panowała tam pełnia lata.

– Piorunochron czy ki diabeł? – zdziwił się i pociągnął. – Po co to komu w studni? A może telefon do utopców założyli?

Szarpnął raz jeszcze. Przy kołowrocie brzęknął mały dzwonek. I zaraz światło przesłoniły dwie głowy.

– Co to za przedwieczne zło znowu przypełzło? – zrzędził jakiś staruch. – Ciasno się pomiotom robi w tym ich Rylech czy co?

– Tym razem to nie żadne ktulu ani tsaghoszcz, tylko jakieś nasze paskudztwo, jakby wampir albo utopiec – zauważył drugi staruch.

– Wampir w studni? To przecież nie jego nisza ekologiczna!

– Po tym Czarnobylu ciesz się, że nie szczeka. No nic, zaciukajmy go i wracajmy do stołu, bigos stygnie.

Coś, obijając się, leciało w dół. Marek usiłował uskoczyć, ale tajemniczy pocisk wpadł mu za kołnierz. Sięgnął i wydobył nieco zardzewiałą „cytrynkę".

– Semen, kretynie, zapomniałeś zawleczkę wyrwać! – dobiegło z góry.

– Kurde, granata zepsułem – zmartwił się drugi staruch.

– Jeszcze gorzej, nie zepsułeś, tylko głupio zmarnowałeś. Na szczęście mam w sieni jednego zapasowego!

Marek nie czekał na kolejną próbę „zaciukania" – rzucił się do ucieczki. Długo wędrował tunelem, aż znalazł się w kolejnej studni.

– Szlag by trafił – burknął, rozglądając się.

Tak na logikę powinien trafić tam, skąd wyruszył. Tymczasem nie było tu nawet śladu kościotrupów. Studnia była jakby szersza i bardziej czysta, choć jeszcze głębsza. Woda na dnie sięgała mu do połowy ud. Skorzystał z okazji i wypłukał kurtkę ze szlamu.

– Marku! – rozległo się z góry. Uniósł głowę. Na cembrowinie siedział Fabryczny Kot. – Od godziny cię szukam – powiedział futrzak jakby z wyrzutem. – A ty się w utopca bawisz...

– Pobłądziłem. Możesz mi skombinować drabinę albo coś?

– Jest drabina, tu niedaleko, na tablicy ze sprzętem przeciwpożarowym! Zaraz wracam, nie odchodź nigdzie!

Zwierzę znikło. Minęło może dwadzieścia minut i kocur pojawił się ponownie.

– Mam drabinkę sznurową – oświadczył triumfalnie i zrzucił Markowi wiązkę bambusowych szczebelków oplątanych linami.

Wampir patrzył przez chwilę na pakiet leżący u jego stóp, a potem zrozpaczony złapał się za głowę.

– Sierściuchu nieszczęsny, coś ty zrobił!?

– Coś nie tak? – zaniepokoił się kot.

– To się przywiązuje gdzieś na górze i dopiero spuszcza.

– Dobra, dobra, ten się nie myli, kto nic nie robi – nadąsał się zwierzak. – Za dużo ode mnie wymagasz, bystry kot ma może sześćdziesiąt IQ, a ty żądasz, żebym myślał jak człowiek. – Zaraz wracam.

Pojawił się po kolejnym kwadransie.

– Uwaga, łap. Albo nie, bo swoje waży.

W wodę plachnęło coś ciężkiego. Marek w pierwszej chwili sądził, że to gaśnica, ale przekonał się zaraz, że to butla ciekłego tlenu.

– I co ja mam z tym niby zrobić? – zirytował się.

– Namocz linki drabiny i zamroź na sztywno – doradził zwierzak.

Marek rozwinął częściowo drabinę, namoczył w wodzie. Potem odkręcił butlę i polał ciekłym tlenem plecionkę. Rozwinął kolejny kawałek... Wreszcie oparł usztywnioną drabinę o mur. Odwijał, zamrażał, a sztywną część wypychał w górę. Wreszcie sięgnęła szczytu cembrowiny. Wspiął się pospiesznie i z ulgą opadł na błoto koło studni.

– Sprytnie to wymyśliłeś – pochwalił. – Naprawdę masz tylko sześćdziesiąt IQ?

– Pojęcia nie mam, przecież nigdy mi nie mierzyli... – Kot poślinił łapkę i mył się starannie. – Wisisz mi za tę akcję butelkę śmietany. Tylko żeby była wysokoprocentowa. Wiesz, jaki to wysiłek dla kota przywlec sześćdziesięciokilową butlę z gazem!?

– Masz u mnie śmietanę! Nawet dwie butelki. I poza tym dzięki. Bez ciebie nie wylazłbym z tej studni.

– Ruszajmy dalej. – Zwierzak pomknął wąskim przejściem pomiędzy dwoma murami z czerwonej cegły.

Kolejny dziedziniec sprawiał wrażenie składu opałowego. Wznosiła się tu piramida koksu i druga mniejsza węgla. Obok rdzewiał przenośnik taśmowy. Kot wbiegł na stos czarnych brył i rozejrzał się.

– Diabli nadali – powiedział. – Musimy przejść przez kotłownię. Umiesz się wspinać?

– Tak...

– Po piorunochronie na górę – zarządził zwierzak. – Tym razem ja przemknę się dołem i odwrócę ich uwagę. Tylko pospiesz się. Mamy problemy...

Marek spojrzał na piorunochron. Stalowa linka była kompletnie przerdzewiała. Zaczepy też trzymały się ściany na słowo honoru. Kot znikł w dziurze do podawania węgla. Wampir zaczął piąć się po ścianie. Dwa zaczepy trzasnęły mu pod stopą, ale wreszcie znalazł się na wysokości pierwszego piętra. W czerwonym ceglanym fabrycznym murze umieszczono tu okno albo świetlik. Jednej szybki brakowało. Wsunął dłoń w otwór i zdołał namacać klameczkę. Uchylił skrzydło i wczołgał się do wnętrza. Zaduch i hałas uderzyły go niczym młot, jakby szyby stanowiły idealną barierę akustyczną.

Znajdował się na pomoście technicznym przecinającym rozległą halę produkcyjną. Pod sobą widział plątaninę torów i dziesiątki wagoników z węglem. Paleniska połyskiwały czerwienią. Dziesiątki umorusanych, przeraźliwie wychudzonych robotników, machając łopatami, dorzucały do pieców.

Dopiero po chwili spostrzegł, że harujący w dole ludzie są nadzorowani. Strażnicy budzili respekt. Dwumetrowe postacie, jakby goryle w przyciasnych granatowych uniformach i z imponującymi pałami u boków, stały na podwyższeniu. Wampir ostrożnie dotknął kładki stopą. Zabrzęczała i zawibrowała.

Usłyszą? – zastanowił się. Hałas taki... A raz kozie śmierć...

W tym momencie na dole pojawił się kot. Wskoczył na jeden z wózków toczących się przed samym nosem nadzorców. W małpoludy jakby diabeł wstąpił. Puścili się w pogoń za wagonikiem. Kot zręcznie przeskoczył na kolejny. Robole z łopatami przerwali pracę i przyłączyli się do pościgu.

Teraz albo nigdy, zrozumiał wampir i puścił się kłusem po jęczącej i brzęczącej kładce. Po drugiej stronie hali drzwi w ścianie wyprowadziły go na wąski balkonik, a drabina przeciwpożarowa pozwoliła osiągnąć poziom ziemi. Coś otarło się o jego nogi. Kot. Był utytłany węglem, ale najwyraźniej wyszedł z przygody bez szwanku.

– Jesteśmy już blisko – poinformował.

– Blisko czego?

– Starej Wzorcowni. W tej okolicy powinniśmy znaleźć Igora.

– Sądzisz, że zdołał dotrzeć aż tutaj? – wzdrygnął się Marek.

– A dlaczego nie? – zdziwił się kot. – Do tej pory przecież nie natrafiliśmy na żadne prawdziwe niebezpieczeństwa. Jeden menel, co przeskoczył przez mur, żeby znaleźć studnię, i jedna hala z potępieńcami to pryszcz w porównaniu z tym, co nas jeszcze czeka. No chyba że chcesz odpuścić? – Spojrzał badawczo.

– Idę po kumpla! Przyjaciela się nie zostawia. Akcje ratunkowe na zakładzie czy w kopalni prowadzi się do chwili, aż wszyscy znajdą się za bramą!

– No to prowadzimy dalej – westchnął zwierzak.

Przejście zaprowadziło ich do rozległej hali, tonącej w mroku. Wampir dzięki noktopii widział znacznie więcej, niż zdołałby spostrzec zwykły człowiek. Przed nim majaczyły meble. Słyszał też daleki pogłos jakiejś rozmowy. Odbezpieczył spluwę. Spojrzał w górę, ale kota nie było widać. Ruszył naprzód.

Wokoło wyrosły meble. Starą halę zapełniono kredensami, biurkami, regałami i cholera wie czym jeszcze. Przez uchylone drzwiczki szaf kipiały całe festony sukien balowych. Teatralne maski wiszące na meblach wodziły za nim spojrzeniem pustych oczodołów. Rękawiczki balowe w wiklinowych koszach rozczapierzały palce. Szale wiły się niczym węże. Woń starych szmat i butwiejącego drewna mieszała się z zapachem pudru i radzieckich perfum. Zdarte baletki potupywały cicho. Strusie pióra przy kapeluszach szeleściły w przeciągu. Grzebienie na toaletce szczerzyły pożółkłe zębiska. Etole z lisów i norek czaiły się w półotwartej szufladzie. Nieoczekiwanie wampir spostrzegł ruch kątem oka, poderwał spluwę i omal nie rozstrzelał manekina okrytego tiulowym szalem. Wilcza szuba na widok pistoletu podkuliła ogon. Coś lekko pacnęło na sąsiedni stół. To kot wrócił.

– Gdzie jesteśmy? – zapytał ślusarz.

– Pojęcia zielonego nie mam. Nigdy tu nie byłem – przyznał kot. – Wygląda mi to na opuszczony teatr robotniczy.

– Teatr?! W tym dziadowskim zakładzie nawet w najlepszych latach orkiestry nie było! W liceum obok to faktycznie, jakieś amatorskie przedstawienia wystawiano, fabryka nawet coś tam pomagała technicznie, ale tu...

– Nie wiem – mruknął kot. – Może zniosło nas do rzeczywistości alternatywnej?

– Są tu jakieś ślady Igora?

– Nie wiem, to psy tropią ludzi po śladach, ja jestem tylko kotem. Ale myślę, że do Starej Wzorcowni to tędy.

– Myślisz?

– Domniemuję – uściśliło kocisko. – Nieczęsto zapuszczałem się aż tak daleko. Anomalie to anomalie. Tu nic nie jest oczywiste i brak czytelnych punktów odniesienia...

W tym momencie gdzieś z przodu rozległ się gong i zabłysło światło. Marek, kryjąc się za meblami, ruszył do przodu. Na scenę wyszła dziewczyna ze skrzypcami. Stała dłuższą chwilę, rozglądając się wokoło, i naraz wypatrzyła wampira kryjącego się za meblami.

– No nareszcie! Niech się pan nie czai, tylko proszę do mnie.

Rad nierad wdrapał się na podest.

– Dlaczego nie ma pan na sobie kostiumu?

– Zapewne dlatego, że nie gram w waszym przedstawieniu – wyjaśnił.

– Obiecano nam przysłać dodatkowych statystów do prób. – Skrzypaczka zrobiła nadąsaną minę.

– To pomyłka – zapewnił ją. – Idę do Starej Wzorcowni i trochę pobłądziłem. Nie wie pani przypadkiem, którędy można się tam dostać?

– Och nie, ta fabryka jest taka wielka, ciemna i ponura, niechętnie opuszczam teatr. Podobno jest tu gdzieś biblioteka, ale nie umiałam jej nigdy znaleźć. Zresztą brygadziści są tacy niemili. – Znów wydęła wargi.

Wzięła z półmiska drewniane jabłko i wsadziła sobie do ust. Gryzła je, aż farba pryskała na boki. Drewniany ogryzek odłożyła obojętnie na blat.

– Jaką sztukę wystawiacie? – zapytał przez grzeczność i zaczął się powolutku wycofywać.

Wolał nie kontynuować znajomości z istotą posiadającą tak mocne uzębienie.

– Dysponujemy, niestety, tylko jednym scenopisem – westchnęła. – To będzie premiera sztuki „Don Juan Triumfujący"...

– A nie „Upiór w operze"? Albo raczej w operetce? – zakpił.

– Czepiliście się głupiego przezwiska, a przecież mam na imię Eryk – rozległo się za jego plecami, po czym gardło zdusił mu perski arkan, pleciony z wyprawionych kocich jelit.

Kurtyna opadła z trzaskiem gilotyny. Marek odwrócił się. Koniec arkanu trzymał pokurczowaty typek. Koleś praktycznie nie miał twarzy. W pustych oczodołach świeciły słabo same źrenice. Nos był wyrwany jak z korzeniami, brakowało też kawałka górnej wargi. Skóra ciasno opinała czaszkę. Ręce nieznajomego przypominały szpony, widać było niemal każdą kostkę.

Marek wystrzelił trzykrotnie. Dwie kule umieścił w piersi wroga. Bez skutku. Istota musiała być od dawna martwa. Trzeci pocisk rozerwał nadgarstek. Palce zwisły bezwładnie. Wampir szarpnął plecionkę i zdołał ją wyrwać.

– Kto takie draństwo wymyślił? – burknął, ciskając arkan na podłogę.

– Persowie, zdaje się – wyjaśnił kot siedzący na kładce technicznej nad sceną. – A obecnie, jak to mówią, obywatele bratniego Iranu. Ze swoich kotów to wywlekali czy jak? Daj głupkowi w łeb i idziemy.

– W łeb? Mnie? Kompozytorowi wszech czasów? – zdumiał się upiór, patrząc na prawie odstrzeloną dłoń. – A za co?

– Za kobyle jajco. – Marek walnął prawym sierpowym. – Za koty!

Stwór był lekki. Siła ciosu dosłownie go zmiotła. Koziołkując w powietrzu, poleciał aż za kulisy, zarył głową o stojące tam biurko i znieruchomiał.

– Przedstawienie odwołane – warknął ślusarz do skrzypaczki.

Zapadnia otworzyła się jak głodna paszcza. Ale on był już daleko. Odrapane drzwi doprowadziły go do betonowego korytarza. Po ścianach biegły grube kable. Pod sufitem umieszczono nawiew powietrza.

– Schron czy co? – Ślusarz rozglądał się wokoło.

– Przeciwatomowy, pod szkołą numer sto dwadzieścia sześć – stwierdził kot.

– Jakim cudem, ona jest dwie ulice od Drucianki!

– Idziemy skrótem – wyjaśniło zwierzę. – Omijamy maszynownię, bo tam zrobiłoby z ciebie mokrą plamę.

– Jeśli Igor szedł tą drogą...

– Jak zabłądził do maszynowni, to już po nim. Jedyna szansa, że... Patrz!

Na podłodze poniewierało się coś kraciastego.

– To jego chustka do nosa – rozpoznał Marek. – Musiał zgubić, a zatem był tutaj!

Podniósł szmatkę i schował do kieszeni.

– To wy, wampiry, też miewacie katar? – zdumiało się zwierzę.

– Katar to nie, ale sam wiesz, że skoro nie oddychamy, to i nie wydmuchujemy. A do nosa pcha się masa rozmaitego śmiecia. Co jakiś czas trzeba to wygarnąć i dziurki przewentylować, żeby estetycznie wyglądało...

– Rubel za wejście, dwa za wyjście. Zakładając, że go odnajdziemy, trzeba będzie jeszcze jakoś wymknąć się i wrócić. Idąc przez hale, nie da się wyjść tak łatwo, bo ograniczona murami przestrzeń pozwala na niemal nieograniczone możliwości kreacji kolejnych przestrzeni za ścianą – wyjaśnił kot. – W dodatku niezwykle łatwo zgubić kierunek, a kompasy niewiele dają, bo ogromna liczba pracujących maszyn zaburza pole magnetyczne.

– Brak punktów odniesienia... – mruknął Marek. – Chyba żeby...

– Jest jeden dobry sposób. Wyjść na dach i kierować się w stronę wysokich budynków przy Kawęczyńskiej – potwierdził jego przypuszczenia kot. – Jest jeden problem. To dachy z końca dziewiętnastego wieku. Cienkie deski kryte papą.

– No tak...

– Ja po nich od biedy przebiegnę, z tobą gorzej. No nic, pchamy się dalej w to szambo. Teraz posłuchaj, musisz iść do hali. To chyba już tu...

– Co jest w tej hali?

– Tamci – westchnął kot. – Jetinsyny.

– Kto?

– Jetinsyny. Synowie yeti. Czytałeś prace Stanisława Szukalskiego?

– Nie...

Markowi zrobiło się głupio. Nie dalej niż trzy godziny temu strofował dyrektora, że nie zna książek Grabińskiego, a teraz wyszło, że sam ma jakieś braki.

– O, w mordę – westchnęło zwierzę. – Biega w skrócie o to, że ludzkość jest od tysięcy lat gnębiona, prześladowana i wyniszczana przez ukryte wśród was małpoludy. Tu nie muszą się ukrywać... Naprzód. Ja muszę się przyczaić. Oni jedzą koty.

W hali trwała gorączkowa krzątanina. Wampir w pierwszej chwili sądził, że dotarł do normalnej części zakładu, ale zaraz zrozumiał swój błąd. Stoły robocze z grubymi dębowymi blatami biegły przez całą szerokość pomieszczenia. Przykręcono do nich potężne imadła. Dziesiątki szarych, wychudzonych istot szlifowały pilnikami osadzone w nich detale. Wyglądały trochę jak zombie, ale Marek szybko doszedł do wniosku, że to zupełnie inne stwory.

– Mumie jakby... Żywi czy martwiaki? – bąknął pod nosem.

– Niektórzy być może jeszcze żyją – rozległ się za nim głos dudniący, jakby dobiegał z wnętrza beczki. – Zresztą czym jest życie, sam wiesz najlepiej, że śmierć nie zawsze zabiera definitywnie na tamtą stronę.

Ślusarz odwrócił się. Stał za nim brygadzista. Potężny małpolud z mordą jakby hieny, odziany w drelichowy uniform i w furażerce na głowie.

– Jietinsyn!? – wyrwało się Markowi.

– Właściwie oktojetinsyn. – Morda w uśmiechu obnażyła zębiska. – Jestem tu za starszego. Ktoś musi przecież kierować produkcją.

Teraz dopiero wampir zauważył, że istota wspiera się nie na nogach, ale na pęku grubych macek.

– Osiągnęliśmy tu znaczący postęp, jeśli chodzi o badanie granic wydajności pracy poprzez zwiększanie wydolności fizycznej ciała ludzkiego – kontynuował brygadzista. – Ci ludzie w ciągu ostatnich czterech dekad osiągnęli stopień doskonałości robotniczej, którego nie zdołali w swoich zakładach i obozach osiągnąć ani kapitaliści, ani komuniści, ani nawet naziści. Proszę sobie wyobrazić, że nasi pracownicy zdołali się wdrożyć do pracy w systemie trzyzmianowym.

– To takie trudne? – nie zrozumiał Marek.

Sam przecież nieraz zapieprzał na nocki.

– Oni pracują w trybie ciągłym, trzy zmiany na dobę! – wyjaśnił z dumą małpolud i strzelił z bata. Najbliżsi zwiększyli tempo szlifowania. – Oczywiście stała obecność metalowego pyłu, smarów i innych zanieczyszczeń odbija się negatywnie na zdrowiu, ale dzięki uzdrawiającemu wpływowi wysiłku fizycznego zdołali to przezwyciężyć, a nawet wpletli towot i tlenek żelaza w naturalne procesy fizjologiczne organizmów. W skrócie mówiąc, mają mięśnie jak z żelaza, a dobrze natowotowana skóra nie pęka.

– Aha – bąknął wampir. – Coś jakby bioroboty, cyborgi czy jak to zwać...

– Używamy określenia „nadrobotnicy".

– Zaraz, zaraz. – Marek przyjrzał się łachmanom wiszącym na na wpół zmumifikowanych ciałach. – Te uniformy... Wydają mi się znajome.

Łachmany, przeżarte smarami i pyłem, były jednolicie burego koloru, ale kształt naszywek na rękawach i nad kieszeniami kazał domyślać się w nich run ss oraz hitlerowskich orłów trzymających w szponach swastyki.

Małpolud przechylił głowę i spojrzał na wampira. Uśmiechnął się, odsłaniając zęby. Strzelił z bata, a pilniki w rękach tych dziwnych towotowych zombiaków zwiększyły tempo ślizgania się po metalu.

– To Niemcy, oczywiście. I z ss, i z Wehrmachtu. Wpadli podpalić naszą fabrykę, ale nie wszystko poszło zgodnie z planem i musieli zostać. Przechodzą tu proces resocjalizacji przez pracę. Dobrze gadam? – Dźgnął wampira rączką bata w żołądek.

– Zupełnie słuszna idea – przyznał Marek. – Ale co też oni wytwarzają?

– Zworki do kotłów parowozowych. To bardzo ważne, żeby mieć w kotłach dobre zworki. To przecież jeden ze sztandarowych wyrobów naszej kochanej Drucianki.

– Oczywiście – przyznał Marek.

Grzebał rozpaczliwie w pamięci, przeglądając wytwarzany niegdyś asortyment. Z tego, co wiedział, Drucianka nie wytwarzała nigdy elementów do lokomotyw... Ale ostatecznie pracował tu przecież z przerwami.

– A jak skończymy wytwarzać zworki, to je zamontujemy w naszej małej lokomotywce. – Małpolud wskazał koniec hali.

– O choroba – syknął wampir.

Na przebiegającym przez budynek torowisku stało podwozie czegoś, co wyglądało na gigantyczny parowóz.

– Robota nie idzie nam, niestety, szybko – westchnął oktojetinsyn. – Biuro konstrukcyjne co chwila zmienia koncepcję. Ale przez czterdzieści lat udało nam się zbudować naprawdę dużo. Oczywiście, gdy skończymy, pojedziemy wszyscy razem. Wtedy nie będą już miały znaczenia różnice doktrynalne. Marksiści-leniniści i marksiści-hitlerowcy dzięki uszlachetniającemu wpływowi wspólnej pracy staną się braćmi klasowymi, a ewentualne różnice w zbrodniczości obu systemów przestaną mieć znaczenie, bo pachołkowie tak jednej, jak i drugiej władzy będą dokładnie tak samo zrobieni na szaro.

Machnął batogiem na odlew, zmuszając Niemców do jeszcze szybszego szlifowania.

– Gdzie pojedziecie? – wykrztusił Marek.

– Tego dokładnie nie wiemy. Nad planem podróży pracuje komisja nomem omen planowania. Opuścimy Druciankę i wyruszymy gdzieś dalej... W góry, nad morze, do miejsc, gdzie trawa zielona, a woda przejrzysta... Cały wielki świat czeka, żebyśmy go zatruli dymami i zapaskudzili ściekami. A może przyłączysz się do nas? Dobry ślusarz narzędziowy jest dziś na wagę złota.

– E, dziękuję, nie skorzystam – bąknął Marek.

– To byłby wielki krok do przodu w twojej karierze – jetinsyn niby próbował go łagodnie namówić, ale w jego głosie pobrzmiewały metaliczne nutki nacisku.

– Muszę najpierw skonsultować się z kumplem. Nie widział go pan? Spawacz Igor... Szukał Starej Wzorcowni.

– Stara Wzorcownia jest niedaleko, ale nigdy tam nie byłem. Mówisz: Igor? Faktycznie, ktoś taki kręcił się tu dziś rano. Ale o to trzeba pytać w kadrach albo komisji dyscyplinarnej, a może i w biurze konstrukcyjnym. – Małpolud wreszcie go przepuścił.

Marek przeszedł kilkadziesiąt kroków i spojrzał dyskretnie w górę. Kot siedzący na belce wskazał mu kierunek. Wampir mijał dziesiątki pracujących maszyn. Przy niektórych leżały szkielety. Czasem na dźwigniach wisiały zmumifikowane pourywane dłonie. Stosy skrzyń z materiałem lub gotowymi wyrobami ograniczały widoczność, tarasowały drogę. Część maszynerii miała napęd węglowy, buchające tu i tam kłęby pary dodatkowo przeszkadzały w odnalezieniu kierunku. Z dala coś błyskało i trzeszczało. Spawarka? Przyspieszył kroku. To faktycznie był Igor.

– Cześć – mruknął Marek, klepiąc kumpla w ramię. – Martwiłem się o ciebie...

– To ty?!

– A co, spodziewałeś się Świętego Mikołaja? No pewnie, że ja. Przyszedłem po ciebie... Wracamy do rzeczywistości.

– To nie takie proste – bąknął Igor. – Zostałem zatrudniony... To znaczy mam nakaz pracy, jak zaraz po wojnie...

– Tutaj? Olej to i spływamy...

– On nigdzie nie pójdzie – rozległ się za plecami Marka jakiś spiżowy głos. – Zwolnić pracownika ze stanowiska o znaczeniu strategicznym może tylko biuro konstrukcyjne. Ale nie liczyłbym na to, mamy tylko jednego spawacza w tej części zakładu.

Marek obejrzał się. Za nim stał kolejny małpolud, jeszcze większy i groźniej wyglądający. Miał dobre dwa i pół metra wzrostu. Pięści wielkości bochnów chleba zaciskał ze złością. Ten przynajmniej miał normalne nogi.

– Pójdę do biura i wyjaśnię sprawę – bąknął ślusarz. – Gdzie to jest?

Zwierzoczłowiek wskazał mu gestem kierunek. Na końcu hali stało przepierzenie. Zielone luksfery połyskiwały. Wprawiono w nie drzwi z płyty paździerzowej. Wampir zapukał i słysząc z wnętrza pomruk zachęty, nacisnął klamkę.

Biuro konstrukcyjne nie było duże. Na ścianach i stołach roboczych przypięto płachty folii. Rozrysowano na nich jakieś schematy. Za biurkiem siedział wychudzony typ w garniturze. Na pierwszy rzut oka wyglądał na nieboszczyka, ale jego pożółkłe od nikotyny paluchy przebierały po okazałym suwaku logarytmicznym.

– Dzień dobry, ja w sprawie kumpla.

Urzędas spojrzał na niego bezbarwnymi oczyma.

– Spawacz Igor otrzymał nakaz pracy. – Wzruszył ramionami. – Jego zwolnienie jest niemożliwe z uwagi na strategiczne interesy gospodarki narodowej. Będzie tu pracował do emerytury.

– Wiek emerytalny osiągnął wiele lat temu, poza tym on już od dawna nie żyje – przekonywał ślusarz.

– Skoro się rusza i jest w stanie pracować, to nie ma znaczenia, czy żyje, czy nie. Większość naszych pracowników jest od dawna martwa – słowa padały, szeleszcząc jak stare akta. – Możemy rozważyć jego zwolnienie po zakończeniu speczamówienia numer jeden.

– To znaczy?

– Parowozu. Jeśli pomożesz w budowie, szybciej skończymy. Wówczas będziecie mogli wybrać, czy jedziecie z nami, czy zostajecie w fabryce. – Martwe oczy spojrzały zaskakująco przenikliwie. – Potrzebujemy fachowców.

– Na jakiej podstawie dostał nakaz pracy?

– Przychwyciliśmy go koło wzorcowni. Nasz regulamin surowo karze szpiegostwo przemysłowe, dywersję i sabotaż.

– Został o coś oskarżony?

– Zrezygnowaliśmy z wnoszenia oskarżenia pod warunkiem, że zostanie zatrudniony. Jego szczęście, bo za majstrowanie przy urządzeniach mogła być czapa.

– Czy jest jakaś procedura odwoławcza?

– Nie przewidujemy. Może pan napisać podanie do towarzysza dyrektora generalnego o ponowne rozpatrzenie przypadku, ale towarzysz dyrektor aktualnie przebywa na zasłużonym urlopie. Wróci za miesiąc.

– A może ktoś go zastępuje?

– Towarzysz wicedyrektor. Ale on też nie może pana przyjąć ani rozpatrzyć podania, bo przebywa na zwolnieniu lekarskim.

– Rozumiem. Czy jest zatem ktoś kompetentny?

– Jego zastępca, kierownik działu. Problem w tym, że ten ze wszech miar zasłużony działacz cierpi na chorobę alkoholową. Oczywiście nie możemy go zwolnić, bo jest na to zanadto zasłużony. Poszedł po nową flaszkę do studni życzeń i nie wiadomo dlaczego wrócił bez połowy czaszki.

– To bardzo przykry wypadek...

– To nie wypadek – urzędnik ściszył głos. – Głowa została odstrzelona. To był zamach na członka partii. Niestety, nie zdołaliśmy wezwać na zakład ubecji. Telefony nie działają. W każdym razie nie da się z nim dogadać, bo mózgu mu brakuje. Podania też nie może rozpatrzyć.

– Czy ktoś go zastępuje?

– Nikt go nie zastępuje, bowiem formalnie jest obecny w pracy.

– To ja się jeszcze zgłoszę... – bąknął skołowany Marek.

Wyszedł do hali. Wyciągnął z kieszeni pistolet. Przeładował, obejrzał broń. Zważył w dłoni. Solidny kawał stali, a w magazynku jeszcze kilka „pestek".

– A gdyby tak wsadzić temu brygadziście kilka kul między oczy... – zadumał się.

– Nie da rady – odezwał się z góry kot. – Jetinsyny są za głupie. Prawie nie używają mózgu, więc kula w łeb nie zrobi im dużej krzywdy. Łap!

Pod nogi wampira spadła paczka papierosów i zapalniczka. Zwierzak łapą wskazał drzwi na końcu hali.

– Dzięki! – Wampir zaraz się domyślił, o co chodzi. Podszedł do Igora.

– Zajaramy? – Pokazał mu paczkę. – Przerwa na papierosa – warknął pod adresem nadzorcy.

– No nie wiem – bąknął jetinsyn.

– A kim ty jesteś, żeby kwestionować świętą robociarską tradycję?! – prychnął Igor.

Odłożył spawarkę, zdjął gogle i bez problemu wyszli z hali. Niewielki placyk między ścianą hali a ceglanym murem zawalony był starymi skrzynkami opisanymi cyrylicą. Poniewierały się tu także przerdzewiałe maszyny.

– Tak patrzę na ten mur – mruknął Marek.

– Ceglany... wysoki... – bąknął Igor.

– Zastanawiam się, czy to przypadkiem nie jest mur zajezdni tramwajowej.

– Nawet jeśli, to nie przeskoczymy, za wysoko.

Coś otarło im się o nogawki.

– Gdyby zrobić w nim maluśką dziurkę. Zderzenie rzeczywistości normalnej i zdziczałej powinno zmieść tę część zakładu... – odezwał się kot.

– A jak się anomalia rozleje na dzielnicę? – skrzywił się Igor.

– Ciśnienie normalności na enklawę powinno przeważyć. Gdyby tak wydłubać jedną cegiełkę... – Kot spojrzał na ślusarza.

– Tak mały otwór chyba nic nie da. A nam te wszystkie zombiaki i mackowaci zrobią kęsim...

– Da, zaufaj mi... Pety w zęby – mruknął kot ostrzegawczo i skoczył między skrzynki.

Zdążyli odpalić po papierosku. Z hali wyjrzał nadzorca. Wyglądał na wkurzonego.

– Wracać do roboty! – warknął.

– Nie widzisz, że jeszcze palę? – odpyskował Igor.

– A, to przepraszam. – Brygadzista celnie ugodzony niepodważalnym argumentem zmył się jak niepyszny.

Marek spiesznie obluzował jedną z cegieł. Niestety, mur był grubszy.

– I co dalej? – Poskrobał się po głowie.

– Zrobimy małe bum... – Kot siedział na skrzynce i bawił się granatem.

Głucha eksplozja wstrząsnęła zakładem. Przez dziurę wionęło chłodem. Marek i Igor smyrgnęli przez wyłom, ale zamiast w zajezdni znaleźli się w korytarzu jakby biurowca. Obawiając się pościgu, pokłusowali korytarzem. Drzwi na końcu wyprowadziły ich na galeryjkę nad rozległym magazynem. W dole stały setki regałów zastawionych skoroszytami. Krzątał się wokół nich tłum zombiaków w garniturach. Urzędnicy wyciągali akta, robili odpisy, segregowali papiery. Na stolikach stukały dziesiątki maszyn do pisania.

– To nie jest archiwum naszego zakładu – zauważył Marek.

– Kurza dupa! – zaklął spawacz. – To cholerstwo i własną biurokracją obrosło...

– Idziemy twardo naprzód – zdecydował Marek. – Jak nas zapytają, to przyszliśmy po nasze teczki personalne, bo dział kadr zażądał.

– A jak je znajdą? – spytał powątpiewająco Igor.

– To je zabierzemy i chodu – wzruszył ramionami jego przyjaciel.

Ruszyli po blaszanych schodkach w dół i pomaszerowali przejściem pomiędzy regałami. Na szczęście nikt ich nie zaczepił. Wszystkie zombiaki zajęte były swoją pracą. Kot gdzieś się zapodział, ale oba wampiry były pewne, że nadal czuwa. Drzwi na końcu hali prowadziły do eleganckiego korytarza wyłożonego marmurami. Na podłodze leżał czerwony dywan.

– Zapuściliśmy się chyba za daleko – mruknął Igor. – Kompletnie tu nie pasujemy...

– Nie bardzo możemy się wycofać – bąknął Marek – ten twój brygadzista na pewno już wszczął alarm.

– Szlag...

Nie zdążyli nic wymyślić, bo złocone rzeźbione drzwi otworzyły się i stanął w nich zadyszany człowiek w garniturze.

– Panowie to na pewno przedstawiciele klasy robotniczej zaproszeni na nasz kongres?

– Oczywiście – oświadczył z godnością ślusarz.

– No nareszcie, czekamy na panów od rana, zaraz wasza kolej... Proszę za mną...

Nie było wyjścia, podreptali posłusznie.

– Wystąpienia po maksymalnie trzy minuty – pouczył ich. – Tylko proszę konsekwentnie trzymać się tematu sympozjum, żadnych dygresji, sloganów ani lania wody.

Wepchnął ich przez kolejne drzwi za kulisy.

– Teatr jakiś czy co? – zdziwił się Igor. – Bo przecież nie sala kongresowa?

Na mównicy stał jakiś typek w garniturze.

– Te i inne założenia, umacnianie i rozwijanie struktur pracowniczych spełniają istotną rolę w kształtowaniu form i metod pracy – grzmiał. – Wysoka ranga tych zagadnień, aktywna i zaangażowana postawa zabezpieczają udział szerokiej grupy aktywu gospodarczego w kształtowaniu programów inspirowania twórczych postaw!

Wybuchły oklaski. Garniturowy ukłonił się i zszedł z mównicy. Przewodnik popchnął ślusarza. Marek wszedł po schodkach. Miał przed sobą gigantyczne audytorium, złożone z co najmniej tysiąca biurokratów w garniturach. Rozpaczliwie grzebiąc w pamięci, znalazł fragmenty poradnika dla uczestników zebrań... Odchrząknął.

– Abstrahując od wystąpienia mojego poprzednika, pragnę zauważyć, że w świetle dotychczasowych doświadczeń stałe zabezpieczenie informacyjno-motywacyjne umożliwia w większym stopniu tworzenie systemu organizacyjnego i metodycznego. Podobnie stały wzrost ilościowy i jakościowy w resorcie pomaga w przygotowaniu i realizacji dalszych kierunków rozwoju bazy socjalnej!

Gruchnęły rzęsiste brawa. Marek ukłonił się i ustąpił miejsca kumplowi. Na szczęście Igor był doświadczonym mówcą, zaprawionym w szeregach kilku różnych komunistycznych jaczejek. Tym razem też stanął na wysokości zadania.

– Drodzy zebrani! – grzmiał, dla podkreślenia wagi swoich słów wymachując zaciśniętym kułakiem. – Nowy model działalności organizacyjnych powoduje konieczność przeanalizowania źródła dopływu kadr motoru postępu technicznego i czynnika wychowania socjalistycznego. Prognozowanie, planowanie i lansowanie potrzeb kadrowych, znajomość zasobów pracy sprzyjają rozwojowi myśli twórczej oraz gwarantują rozmach właściwego rozwoju racjonalnej gospodarki zasobami ludzkimi!

Jego przemówienie wywołało prawdziwy aplauz. Sala powstała i wszyscy jak jeden mąż bili brawo. Zaraz jakiś biurokrata rzucił się na mównicę, by zatrzeć wrażenie, jakie wywarły na zebranych słowa prostego robotnika.

– Powyższe założenie, a także konsekwentna działalność w tym zakresie pociągają za sobą pracę wdrożeniową i konieczność unowocześniania systemu szkolenia odpowiadającego potrzebom kadr organizacyjnych! Z przygotowanych przez nas aktów normatywnych wynika jasno, że jedynie aktywna i zaangażowana postawa...

Ale Marek i Igor nie słuchali, wymknęli się cicho drzwiami po drugiej stronie.

– Kota gdzieś wcięło – mruknął ślusarz, rozglądając się na boki. – Trzeba wrócić do fabryki. Nie mam na to szczególnej ochoty, ale...

– A może dałoby się dotrzeć tędy do naszych biur – rozważał Igor. – Ostatecznie, skoro zdziczały nieużywane strefy produkcyjne, to niewykluczone, że i sfera biurokratyczna wymknęła się spod kontroli...

– Chyba nie. – Ślusarz poskrobał się po głowie. – Dziczeje przestrzeń zmieniona przez człowieka i pozostawiona sama sobie. W naszych biurach panuje chyba zbyt duży ruch.

Za zakrętem korytarza znaleźli klatkę schodową prowadzącą gdzieś w dół.

„Do wyjścia" – głosiła tabliczka na ścianie.

– Z dwojga złego wolę się użerać z małpoludami niż z biurokracją – marudził Marek, maszerując korytarzem.

– Strasznie tu śmierdzi myszami – zauważył Igor. – Ciekawe, czemu to tak...

W tym momencie gdzieś obok trzasnęły drzwi. Rozległ się tupot i przez korytarz przedefilował rząd dziwnych istot. Były z grubsza humanoidalne, ale ich przodkami niewątpliwie były gryzonie. Istoty pchały taczki wypełnione skoroszytami akt. Nagie ogony grubości i długości pytonów smyrgnęły po dywanie i cała procesja znikła.

– Od gryzienia akt zmutanciały czy ki diabeł? – zadumał się ślusarz.

– Pies trącał...

Marek ostrożnie pchnął drzwi. Znaleźli się znowu pomiędzy halami. I naraz z góry spadła na nich gęsta sieć.

Oba wampiry doszły do siebie w jakiejś hali. Śmierdziało tu wręcz niemożebnie. Źródłem upiornej woni rozkładu był stos trupów. Pod ścianą leżało kilkadziesiąt ciał w garniturach. Wszystkie zwłoki zdekapitowano. Wszystkie też skrępowano w identyczny sposób, jak oba wampiry.

– Co za dziwne miejsce. – Ślusarz rozejrzał się wokoło zniesmaczony.

Oprócz stosu zwłok stał tu jeszcze pieniek z wbitym weń potężnym strażackim toporem. Po przeciwległej stronie pomieszczenia ustawiono stół nakryty zielonym suknem. Udekorowano go samotnym czerwonym goździkiem wetkniętym w butelkę po denaturacie. Trupia czaszka szczerząca się z etykietki skłaniała do refleksji. Ponad prezydium na betonowej ścianie zawieszono portret Lenina. Wokół skrępowanych uwijali się pryszczaci młodzieńcy w skórzanych kurtkach. Na piersiach zawiesili sobie okazałe pacyfy, wycięte z blachy.

– Chłopaki, co jest grane? – prychnął Marek.

– Nie jesteśmy żadne chłopaki, tylko młodzieżowe siły rewolucyjne. – Blondynek z lichymi wąsikami dumnie wypiął wątłą pierś.

– To kapitalistyczna rewolucja? – zainteresował się Igor.

– Anarchistyczno-antyetatystyczna – wyjaśniła dziewczyna obcięta na zapałkę. – Realny socjalizm to wypaczenie słusznych idei.

– Jesteśmy za wyzwoleniem ludzi pracy z okowów tak kapitalizmu, jak i centralnego planowania – kontynuował blondynek.

– To może to wyzwalanie zacznijcie od nas – zirytował się Marek. – Tak się akurat składa, że jesteśmy prostymi robolami fabrycznymi, czyli całą tę swoją rewolucję robicie niejako w naszym imieniu. A dziwnym trafem znajdujemy się akurat w swego rodzaju okowach.

– Będzie to czyn dokonany niewątpliwie dla dobra nas, rasowych i rodowitych przedstawicieli klasy robotniczej. – Igor potrząsnął związanymi dłońmi.

– Faktycznie, wyglądacie na robotników, ale wygląd o niczym nie świadczy. Urzędasy już wiedzą, że na nich polujemy, więc mogli się przebrać i ucharakteryzować – wyjaśnił blondasek.

– Identyfikacja wroga klasowego, który udaje prostego robotnika, wymaga zastosowania naukowych metod i odpowiedniego instrumentarium. – Dziewczyna wyciągnęła z aktówki stalową taśmę mierniczą.

Pryszczaci rozciągnęli Marka na betonie. Dziewczyna zmierzyła długość obu jego rąk. Po chwili ten sam pomiar wykonano na Igorze.

– Można ich uwolnić – poleciła.

Więzy opadły. Oba wampiry podniosły się i roztarły nadgarstki.

– Wybaczcie, towarzysze, ale musimy zachowywać rewolucyjną czujność – wyjaśnił blondynek. – Jesteście wolni.

– Wybaczamy – odburknął ślusarz nieco poirytowany. – A o co właściwie chodzi z tym mierzeniem?

– Socjalistyczni urzędnicy straszliwie się skorumpowali, to ich zdradza – wyjaśniła dziewczyna.

– Nie rozumiem? – Igor poskrobał się po głowie.

– Lewą rękę mają dłuższą!

– Lewą? – nie zrozumiał spawacz.

– Nie wiecie? Łapówki zwyczajowo przyjmuje się lewą ręką – wyjaśnił blondynek. – Stąd się wzięły takie określenia, jak „lewizna” czy „brać na lewo”...

– A że lewą częściej wyciągają, to im się z biegiem czasu znacznie wydłuża – uzupełniła rewolucjonistka. – Zgodnie z teorią Lamarcka nawet dzieci i wnuki urzędasów odziedziczą tę cechę. Wytłuczemy wszystkich, nie ukryją się nawet w trzecim pokoleniu!

– Nie wiedziałem...

– A jak który mańkut? – zaciekawił się Marek.

– To też bierze lewą, tradycja taka – wyjaśniła.

Obaj przyjaciele, kompletnie skołowani, opuścili siedzibę rewolucjonistów.

– Ja pierniczę – mamrotał Igor. – To już chyba zaszło zbyt daleko. Rozumiem zdziczałe maszyny, którym się nudziło stać bezczynnie. Rozumiem, że na drodze ewolucji powstały małpopludy do ich obsługi. Ale że anomalia wytworzyła własną biurokrację i własnych dysydentów, w dodatku uzbrojonych i agresywnych...

Wyszli z hali. Kot Karola Wójcika już na nich czekał.

– Gdzie wy się znowu gubicie?! – łajał. – Szukam was i szukam...

– Przepraszamy – mruknął Marek. – Pobłądziliśmy.

– Ścigają was – poinformowało zwierzę. – Setka albo i lepiej małpoludów przetrząsa wszystkie zakamarki.

– Czy jesteś w stanie nas stąd wyprowadzić?

– Prawie... Znalazłem mur zajezdni. Tym razem na sto procent właściwy. Teraz ostrożnie musimy przejść przez magazyn...

Blaszane drzwiczki zaprowadziły ich do rozległej hali zastawionej skrzyniami i skrzynkami. Długie, wąskie przejścia ginęły w półmroku.

– Swoją drogą, ciekawe, co jest w środku – mruknął Marek, klepiąc bok jednej ze skrzyń.

– Nie ma czasu, żeby sprawdzać – zrzędził kot. – Macie naprawdę poważne problemy. Ścigają was! A ci z gębami hien węch mają iście psi!

– Daj spokój – uśmiechnął się Igor. – Te głupie małpoludy nawet nie wiedzą, że wyszliśmy z biur.

W tym momencie dziesiątki żarówek pod stropem rozbłysły, odsłaniając kucające na pakach jetinsyny. Oba wampiry zamarły przerażone.

– Uciekajcie! Ja ich zatrzymam – zakomenderował futrzak. – Rozwalcie mur, jeśli zdołacie!

Marek i Igor runęli do wyjścia. Tricolor wskoczył na belkę.

– Stać! – warknął do bandy małpoludów. – Odczepcie się od moich kumpli albo zakosztujecie za chwilę stalowych pazurów przeznaczenia.

– Spokojnie, to tylko głupi kot – mruknął rosły jetinsyn prowadzący pościg. – Damy mu w łeb i zakopiemy pod murem.

Pięciokilogramowy młot świsnął tuż przed nosem mówiącego i z hukiem upadł pod nogi. Wszyscy odskoczyli odruchowo w tył. Kocisko siedziało na stalowej belce i obojętnie myło sobie futerko.

– Z drugiej strony czy warto brudzić pazury?

– Spokojnie! – warknął wódz. – Jeden młotek bydlę mogło zrzucić, ale więcej z pewnością tam nie ma...

Kot przerwał toaletę i spojrzał na niego kpiąco.

– A założysz się?

– Brać go!

Oba wampiry wypadły z magazynu. Z tyłu dobiegały odgłosy straszliwej draki. Nie minęło pięć minut i stanęli koło muru.

– Jesteś absolutnie pewien, że to zajezdnia? – zapytał Marek.

– Chyba tak, zresztą w głosie kota dźwięczała absolutna, żelazna pewność. Wysadzamy? – zaproponował Igor.

– A masz czym? – zdziwił się jego przyjaciel.

– Dynamitem. – Spawacz podrzucił laskę w dłoni. – Co się tak gapisz? U tych anarchistów tyle się tego poniewierało, nawet nie zauważą, że im jednej brakuje.

– No to do roboty... – zanucił Marek.

Znalazł miejsce, gdzie jedna z cegieł popękała. Wyciągnął scyzoryk i wydłubał kilka kawałków. Wepchnęli laskę w szczelinę.

– Na boki – krzyknął ślusarz i podpalił lont.

Syknęło, a po chwili rąbnęło że hej. W murze powstała dziura jak stodoła. Faktycznie, rzeczywistość poza anomalią miała wyższe ciśnienie. Powiew wiatru zza muru podziałał jak fala uderzeniowa. Najbliższa hala w ogóle znikła, pozostał po niej fundament i stalowe elementy. Na oczach obu kumpli powietrzny wir pochwycił w stalowy uścisk bandę małpoludów i walczącego z nimi Fabrycznego Kota. Zwierzak miotnął się dziko i rozsypał w powietrzu. Została po nim garść pyłu, trochę cieniutkich kosteczek i kolorowe kłaczki sierści wirujące w powietrzu.

– I po ptokach – mruknął Igor. – Biedna kocina...

– Szkoda zwierzaka... On zawsze był po stronie prostych roboli – westchnął Marek.

Cała anomalia w zetknięciu z rzeczywistością kurczyła się jak przekłuty balon. Jetinsyny usiłowały uciekać górą, ale dachy zapadały się jeden po drugim, pochłaniając je jak trzęsawisko. Wicher przemian już cichł.

– I po enklawie... – mruknął ślusarz. – Trzeba poszukać łopaty czy czegoś. Musimy pogrzebać wiernego towarzysza.

– Masz rację.

Na ich oczach kostki drgnęły. Pył zawirował w powietrzu, kłaki futra zbiły się w kłąb i odrodzony kot z gracją przechylił głowę.

– Zdziwieni? – zakpił. – Po to właśnie mamy dziewięć żyć... Za mną! – Pobiegł przez zrudziałą trawę.

Ruszyli. Minęli tory bocznicy kolejowej i stojące na nich kompletnie przerdzewiałe podwozie nigdy niewykończonej lokomotywy. Przeszli przez stosy spróchniałych desek, pomiędzy którymi walały się pordzewiałe imadła i przeżarte korozją zworki. Marek obojętnie kopnął starą wojskową klamrę do pasa, ozdobioną okazałą swastyką. Tu i ówdzie pośród śmieci leżały sfatygowane pluszowe małpiszony.

– Nasza fabryka robiła kiedykolwiek zabawki? – zdziwił się Igor.

– Nasza fabryka robiła wszystko, co zjednoczenie zamówiło – wyjaśnił mu kumpel.

Mijali stare hale. Przez uchylone drzwi widać było wnętrza. W niektórych stały resztki zniszczonych maszyn. W innych walały się śmieci. Wszędzie panowała świdrująca w uszach głucha cisza. Wreszcie doszli do szatni. Dyrektor musiał wypatrzyć ich z okna gabinetu, bo wyszedł im na spotkanie.

– Oto wrzeciono do głównej obrabiarki zespołu K-6. – Igor wyciągnął zza pazuchy detal. – Możemy przystąpić do montażu.

– Anomalia została zlikwidowana – zameldował Marek. – Dla zakładu oznacza to oszczędność energii rzędu co najmniej siedemdziesięciu procent. Jako racjonalizator, który wprowadził tak znaczące oszczędności...

– Jeśli faktycznie tak spadnie zużycie, wystąpię do zjednoczenia, żeby otrzymał pan talon na małego fiata – ukłonił się dyrektor.

– Mrau! – Spasiony tricolor otarł się o nogawki ślusarza.

– A dla naszego kumpla od dzisiaj ma być w stołówce specjalna miska oraz codzienny przydział śledzia albo surowej wątróbki.

Dyrektor skinął głową.

– Więc o to była cała ta awantura – mruknął Marek, montując detal na miejsce. – Ty to głupi jesteś. Polazłeś po to jak mucha do słoika z miodem! Dałbyś się zabić za głupią premię. Po cholerę ci te pieniądze? I tak nic za nie nie można kupić!

– Niby tak – westchnął Igor. – Ale jakoś tak siłą przyzwyczajenia lubię je mieć.

BAJKA O WILKU

Żarówka zamigotała ostrzegawczo. Telewizor wyłączył się, chwilę później zgasło światło.

– No jasna cholera – zirytował się wampir Marek. – Znowu dwudziesty stopień zasilania czy ki diabeł?

Wystawił głowę przez okno i rozejrzał się.

– Uuuu... Zdaje się, że jakaś grubsza awaria. Wyłączyli na całej ulicy – westchnął. – No to nie pooglądamy dziś wideo...

Z kuchni przyniósł zapałki i paczkę świec. Osadził pięć w lichtarzu. Pokój wypełniło łagodne, żółte światło.

– Szkoda – westchnęła Gosia. – A może coś mi opowiesz?

– Bajkę na dobranoc? – Spojrzał na świece. – Nastrój raczej na historie o duchach.

– Na bajki jestem już jakby za duża – prychnęła. – A w duchy i wampiry nie wierzę, to znaczy... – Zakłopotana spuściła głowę.

– No dobra... – Ślusarz uśmiechnął się złośliwie. – To zaraz opowiem ci historię, a tak się składa, że znam jedną o twoim absztyfikancie...

Weterynarz Sebastian zaszedł do domku babci zaraz po robocie. Wprawdzie staruszka była akurat w sanatorium, ale obiecał jej, że będzie co jakiś czas podlewał kwiatki. Zajrzał najpierw do kuchni, żeby wziąć konewkę. Konewki wprawdzie nie znalazł, ale w szafce pod oknem odkrył butelkę koniaku, jeszcze chyba po dziadku.

– A niech mnie! – ucieszył się. – Prawdziwy armeński. Babci to już w tym wieku niepotrzebne, ale ja...

Nalał sobie mały kieliszek i pociągnął łyk. Błogosławione ciepło rozlało się po żyłach.

– Tego mi było trzeba! Tylko – popatrzył krytycznie na mały kieliszek do wódki – muszę wziąć lepsze szkło. W kredensie coś tam stało...

Z butelką w ręce wszedł do saloniku. Tam zamarł w pół kroku i jak urzeczony zagapił się na wielkiego wilka śpiącego smacznie na wersalce. Zamrugał, ale widziadło nie chciało zniknąć.

– Kurde, co było w tym babcinym koniaku?!

– No, jest pan wreszcie. – Bestia otworzyła oczy, przeciągnęła się i ziewnęła, pokazując straszliwą paszczę najeżoną zębiskami.

– Yyy... Babciu, dlaczego masz takie wielkie oczy? – wymamrotał lekarz.

– Jak to wielkie? – zirytował się wilk. – Mniejsze niż u człowieka!

– No tak, przepraszam... – Lekarz pogrzebał rozpaczliwie w pamięci. – Babciu, a dlaczego masz takie wielkie uszy?

– Przestań pan bredzić – z gardła wilka dobiegło głuche warczenie.

– Babciu, a dlaczego masz takie wielkie zęby... – wyszeptał człowiek, upuszczając butelkę.

– Przestań mnie nazywać babcią. Jestem wilkiem! – warknęło bydlę.

– Hmmm... no tak – zreflektował się Sebastian. – Myślałem, że mam się trzymać scenariusza.

– Jakiego, u diabła, scenariusza!?

– No, bajki o Czerwonym Kapturku...

– Ma pan na głowie czerwoną czapeczkę?

Weterynarz na wszelki wypadek dotknął dłonią zmierzwionych włosów i odetchnął z ulgą.

– Nie...

– A może jest pan małą dziewczynką?

– Też raczej nie. – Na wszelki wypadek spojrzał na swoje ręce. Dłonie miał jak u murarza.

– Przyniósł pan koszyczek z lekarstwami?

– Nie, ale to dlatego, że babcia jest w sanatorium i...

– Czyli nie jest pan Czerwonym Kapturkiem – podsumował wilk. – Nawet płeć się nie zgadza. Więc niech pan przestanie chrzanić o bajkach. To nie jest sen. Jednym kieliszkiem nie miał pan szans się upić. To jest rzeczywistość!

Doktor na wszelki wypadek uszczypnął się w ramię. Wilk nadal nie znikał. Leżał spokojnie na łóżku. Ba, nawet zapach się zgadzał. Zwierz cuchnął jakby zgonionym psem, tylko ciut ostrzej.

– Ale chcesz mnie zjeść? – wolał się upewnić Sebastian.

– Jest mi pan potrzebny, więc po cholerę mam pana zjadać?

– Potrzebny?

– Chodzi o drobny zabieg chirurgiczny. Zupełnie rutynowy, wykonuje ich pan setki rocznie. Zamawiam w znieczuleniu miejscowym i dobrze zapłacę. – Bestia klepnęła łapą w stolik.

Doktor spojrzał i ku swojemu zdumieniu ujrzał pod pazurami banknot dziesięciodolarowy. To sprawiło, że wszelkie wątpliwości i zaskoczenie nietypową sytuacją zeszły na plan dalszy.

– Tak to możemy pogadać. – Ucieszony zatarł ręce. – A co konkretnie miałbym zrobić?

– I weterynarz wykastrował wilkołaka Grega? – zdumiała się Gosia.

– Tak, ale tylko wilka, który w nim żyje. Dzięki temu bestia złagodniała, nie ma ryzyka, że kogoś rozszarpie, i co najważniejsze, przestała się uganiać za suczkami, które mają cieczkę. Dlatego możemy z nim gadać jak z normalnym człowiekiem czy wampirem.

– A z innymi wilkołakami nie gadacie, bo...

– Bo się tych kopanych zoofilów brzydzimy!

KOSTNICA

Sobotni poranek przyniósł gwałtowną odwilż. Zaspy topiły się. Wszędzie stały kałuże. Mokra ziemia pachniała już wiosną. Gosia wyskoczyła z autobusu koło bramy Łazienek i ruszyła pod górę Agrykolą. Fioletowe czółenka na szpilkach trochę grzęzły w błocie, czarne pończoszki podkreślały kształt łydek. Wiatr podwiewał czarną miniówkę, ale słoneczko cudownie grało we wzorach z kryształków naszytych na pupie i cekinach zdobiących kusą kurteczkę ze spranego do bieli tureckiego jeansu. Pod brodą wampireczka zamotała odblaskowozielony szaliczek. Uszy nakryła ciężkimi radzieckimi słuchawkami z brązowego ebonitu, na których umieściła kupione na bazarze nalepki z logo japońskiego koncernu. Kabelek zawadiacko niknący w kieszeni pozwalał udawać, że należy już do grona szczęśliwców posiadających walkmany. Na głowie miała oślepiająco czerwoną czapkę, wydzierganą pracowicie z akrylowej włóczki.

– W czerwonym kapturku na głowie biegnę na randkę z wilkołakiem – zachwycała się swoim pomysłem. – Jak Czerwony Kapturek, tylko że tym razem inaczej niż w bajce, to babcia jest zła! Ależ to nieziemsko romantyczne! Ciemny las, wilki nie zjedzą nas – podśpiewywała.

Trzej milicjanci patrolujący ulicę odprowadzili ją zaskoczonym spojrzeniem. Nieczęsto zdarzało im się widzieć tak szokujące zestawienie kolorystyczne i taką ilość błyszczących detali stroju.

Rozchichotana przeskoczyła nad kałużą. Pędzącego z góry mercedesa nawet nie zdążyła zauważyć.

Greg czekał i czekał. Słoneczko niby przygrzewało, ale zdążył trochę zmarznąć. Wreszcie spojrzał na zegarek i zniecierpliwiony wstał z ławki.

– Co za idiotyczna tradycja, że dziewczyny zawsze spóźniają się na randki – prychnął. – Z drugiej strony może to dobrze? Mieliśmy razem połazić po parku. Skoro się spóźnia, to może oznaczać, że uważa nasze spotkanie za randkę?

Ruszył kilkadziesiąt kroków w dół Agrykoli. Spostrzegł zbiegowisko. Poczuł w głębi duszy delikatne ukłucie niepokoju.

– Co się stało? – zagadnął studenta stojącego pod płotem Ogrodu Botanicznego.

– Jakiś dupek potrącił dziewczynę. Gliniarze go zatrzymali, ale pogadali, pokazał jakiś papier i puścili. – Student splunął. – Albo ubek, albo dyplomata... Skurczyflaki, zabić mogą, a spływa po nich jak woda po kaczce...

Greg wspiął się na podmurówkę. Tu z góry widział wyraźnie gliniarzy, którzy odpierali tłumek gapiów żądnych sensacji, i funkcjonariusza kucającego przy poszkodowanej. Twarz potrąconej nakryta była gazetą, ale szpileczki, pończoszki i kusa mini były doskonale widoczne.

– Szlag by trafił! – Greg zeskoczył z murku i rozpaczliwym ruchem rozepchnął ludzi.

Po chwili był już z przodu. Jeden rzut oka potwierdził jego najgorsze obawy. Karetka, błyskając światłem koguta, właśnie podjechała. Chciał podbiec do ciała, ale nie pozwolono mu.

– Stój! – Rosły milicjant powstrzymał go stanowczym gestem. – To nie kino! Zwykły wypadek z ofiarą śmiertelną. Nie ma się na co gapić!

– To moja, eee... koleżanka z klasy – wykrztusił Greg. – Mieliśmy się spotkać...

Sanitariusze wymienili kilka słów z milicjantem kucającym przy zwłokach, położyli dziewczynę na nosze i zawinęli w szary brezent. Chłopak poczuł przeraźliwy chłód promieniujący wprost z żołądka.

– Przykro mi, chłopie. – Gliniarz nieoczekiwanie przyjacielskim gestem ścisnął wilkołaka za ramiona. – Jej już nie pomożesz... Takie życie. Trzepnęło ją i szlus... Znajdziesz sobie inną, ładniejszą może.

– Szlus – powtórzył bezwiednie Greg.

– Na śmierć... I od razu ci powiem – milicjant ściszył głos – nie próbuj nawet ustalić kto, bo niczego się nie dowiesz, a tylko się wpakujesz w gówno po uszy... Najlepiej zapomnij, że w ogóle tu byłeś. Zwłaszcza jakby ktoś pytał.

– Gdzie ją zabierają...? – wykrztusił wilkołak.

– Jak to gdzie? Do kostnicy. A że ciało z wypadku, to zapewne do naszego szpitala na Komarowa.

Nie słuchał dłużej; rozmazując cisnące się do oczu łzy, pobiegł w stronę przystanku autobusowego.

Greg wbiegł na piętro, przeskakując po kilka stopni. Nacisnął dzwonek, a potem załomotał pięścią.

– A, to ty? – zdziwił się Marek. – Co tak nerwowo? Walisz w te drzwi jak wariat, już się bałem, że jakieś ZOMO szturmuje... Co się stało!? – Teraz dopiero spostrzegł, że chłopak jest blady jak ściana.

Greg urywanymi zdaniami relacjonował wypadek. Igor wyłączył telewizor.

– Siadaj i uspokój się – rozkazał. – To nic takiego. Gośka jest wampirem. Nic jej nie będzie! Niełatwo utłuc kogoś, kto już nie żyje!

– Co?

– To normalne – mruknął ślusarz. – Jak wampir naprawdę mocno oberwie, zapada w śpiączkę. To znaczy wygląda jak definitywnie martwy, a od prawdziwego umarlaka różni się tym, że nie następuje rozkład ciała. To prawdopodobnie jakieś ewolucyjne przystosowanie. W dawnych czasach, gdy walczono z wampirami, pozwalało udawać martwego. Cieple spuszczali naszym łomot, myśleli, że załatwili na amen, zakopywali ciało, a wampir po paru dniach ożywał i się wykopywał. No chyba że serce kołkiem przebili albo głowę urżnęli sierpem i położyli w nogach trumny.

– Czyli... – Greg przechylił głowę.

– Ona się obudzi po dwóch, może trzech dobach. Może trochę wcześniej albo trochę później. A jak słabiej uderzyło, to i dziś nawet.

Chłopak odetchnął z ulgą.

– Już się bałem...

– Chcesz kielicha? – zapytał Igor, ruszając w stronę kuchni. – Mam cytrynówkę Baczewskiego, przedwojenna jeszcze, ze Lwowa, my, wampiry, nie pijemy, więc nie było jakoś nigdy okazji opróżnić, a tobie na nerwy dobrze zrobi.

Greg odmówił uprzejmym gestem.

– Czyli wystarczy poczekać i Gosia ożyje? – upewnił się raz jeszcze.

– Jest jeden problem. – Marek zaciągnął wojskowy pas o jedną dziurkę. – W obecnych czasach, niestety, zazwyczaj robi się sekcję zwłok. Zwykłe otwarcie jamy brzusznej to pikuś, zaszyje się dziurę i po problemie. Gorzej, jak się dobiorą do serca albo mózgu. Wtedy mogiła. To znaczy – wzniósł oczy ku sufitowi – jak przedziurawią serce, to jeszcze pół biedy, z tym można żyć... To jest, teges... – zaplątał się.

– Egzystować – podpowiedział Greg. – A jak wytną?

– Jak wytną albo rozgniotą na miazgę, próbując wbić w nie kołek, wówczas martwiak naprawdę idzie do piachu – wyjaśnił Igor. – No i ze srebrnymi kulami jest problem. Bo to solidnie zatruwa organizm i też może zabić. Ale nie zawsze, jak się szybko powyciąga, to rany się zasklepią i wampir jeszcze stanie na nogi.

– Ale tak właściwie... – wilkołak poskrobał się po głowie – nie rozumiem... Bez serca jesteście definitywnie martwi... Ale po co wam te serca, skoro i tak nie biją i nie ma krążenia?

– A cholera wie – wzruszył ramionami Marek. – Może w sercu mieszka dusza czy coś takiego... Tak czy inaczej, trzeba wykraść Gosię, zanim ją pokroją na plasterki. Czy mówili, gdzie ją zabierają?

– Coś jakby... Komarowa? Chyba jest taka ulica na Mokotowie czy gdzie...

– Szpital Ministerstwa Spraw Wewnętrznych – syknął ślusarz. – O jasna cholera... To szalenie komplikuje ewentualną akcję ratunkową.

– Jakie mamy możliwości? – zapytał Greg. – Może zawiadomić jej ojca? W końcu to członek KC, wystarczy, że wykona jeden telefon...

– Nie zapominaj, że on akurat jest szczerze zainteresowany tym, żeby znikła na zawsze! – ostudził go ślusarz. – Brat podobnie. Babcia, choć z innych powodów, też marzy o jej likwidacji. Zupełnie nie tędy droga...

– A może by tak przez majora Nefrytowa? – zaproponował nieoczekiwanie Igor. – To szczaw, leszcz, luj, śmierdziel, menda, gnida, kutas i swołocz, ale z drugiej strony bez nas jego wydział w ogóle nie ma racji bytu.

– Odpada, mają dość obiektów do rozpracowywania – westchnął jego przyjaciel. – Jak ją szlag trafi, dla nich to lepiej, mniej wampirów do śledzenia.

– Szpital na Komarowa... – zgrzytnął zębami spawacz. – Cholerny matecznik MSW. Tam się leczą gliniarze i ubecja, czasem też partyjniacy i ich rodziny. Wachmani, przepustki... Istna twierdza! Nie ugryziemy tego!

– Ugryziemy – warknął Marek. – Dawaj odpis „Necronomiconu"!

– Co chcesz zrobić? – zaniepokoił się spawacz.

– Jako człowiek nie mam szans przeniknąć do środka. Użyję tego samego zaklęcia co Adalbertus Coollen.

– Przecież mówiliście, że rozpyliło go na stonkę ziemniaczaną! – przestraszył się Greg.

– Przypuszczam, że to był skutek uboczny jego wegetarianizmu. Mnie powinno zamienić w normalne nietoperze... Wlecę do środka jakąś dziurą, a potem się zobaczy.

– W nietoperze w dzień?! – zirytował się Igor. – Z drugiej strony nie ma co czekać do nocy – odpowiedział sam sobie.

– Idę z tobą. – Greg poderwał się z fotela.

– Ta magia działa chyba tylko na wampiry... – ostrzegł Marek.

– Zamienię się po swojemu w wilka. Nikt nie zauważy.

– To ja będę ubezpieczał. – Igor zaczął wkładać buty. – To znaczy, jakby doszło do zadymy, przedzierajcie się do samochodu. Nie będę wygaszał silnika, wskoczycie do środka i wiejemy... Zawiadamiamy jeszcze kogoś?

– Nie ma czasu. Zresztą kogo chcesz zawiadamiać? Ślicznotka w Łodzi, hrabia śpi w grobowcu, Profesor pewnie w robocie, a Dziadek Weteran to świr. Przydałby się, gdybyśmy planowali odbić dziewczynę siłą, tu zaś czeka nas robota wymagająca, że się tak wyrażę, zegarmistrzowskiej precyzji.

Zapakowali się do auta i pojechali.

Zaparkowali opodal bramy szpitala. Wielki szary kompleks kilkunastopiętrowych bloków sterczał w niebo. Od strony ulicy widać było niewiele. Wysoki parkan z pomalowanej na zielono siatki, za nim prawie pusty parking... Ale przy wjeździe ustawiono budkę dla strażników i szlaban. Marek wyciągnął radziecką wojskową lornetkę i dłuższą chwilę lustrował otoczenie.

– Dwóch wachmanów przy wjeździe, dwóch kolejnych pilnuje głównego wejścia – zameldował. – Przy szlabanie trzeba wyjaśnić, po co się jedzie, pokazać dokumenty i wpisać się do księgi. Ale jak jest przy wejściu dla pieszych, nie wiem, za daleko. Chyba nie trzeba przepustek...

– Może zdobędziemy fartuchy i udamy, że jesteśmy lekarzami? – podsunął Igor. – Poszukamy zakładu fryzjerskiego, mają chyba podobne kitle...

– Ty chyba dawno nie byłeś u fryzjera – skrzywił się wilkołak.

– No, będzie z osiemdziesiąt lat – przyznał spawacz. – A co, nie noszą już białych chałatów?

– Z takimi gębami i łapami ślusarzy mamy lekarzy udawać? – ofuknął go przyjaciel. – Nikt w to nie uwierzy... A zwłaszcza nie dadzą się nabrać zawodowcy, w tym przypadku gliniarze pilnujący spokoju leczenia swoich kumpli. Trzeba jakoś inaczej...

Od strony północnej pomiędzy szpital a ogródki działkowe wcinała się pełna wybojów gruntówka. Marek, ryzykując zawieszenie, wjechał w nią i pomknął wzdłuż siatki. Zatrzymali się przy bocznej bramie szpitala. Podjazd zarośnięty był trawą, chyba używano jej sporadycznie. Teraz spiskowcy widzieli kompleks z prawej strony.

– Jak znam życie, kostnica jest gdzieś z tyłu i z boku, widok nieboszczyków denerwuje żywych pacjentów – mruknął Greg. – Pewnie trzeba jej szukać w tym ostatnim budynku.

– Kostnica czy prosektorium? – zadumał się Igor.

– Pewnie jedno jest obok drugiego, po co wozić ciała wte i wewte – mruknął chłopak.

– Tam jest boczne wejście. – Marek nadal lustrował budynek przez lornetkę. – Też pilnują go dwaj strażnicy. Ale kawałek dalej jest chyba kotłownia. Widzicie ten komin?

– Kotłownia albo krematorium, kto wie... Trzeba sprawdzić. Skoro tam jest boczne wejście, to gdzieś tu powinna być dziura w siatce, przez którą lekarze i pielęgniarki urywają się w godzinach pracy na zakupy – zauważył Igor. – Zawsze tak jest, to pewne jak...

– Jest! – Greg pierwszy wypatrzył otwór.

Marek wyjął pogniecione kartki z odpisem zaklęcia.

– Kurczę, trochę mam cykora – wyznał. – Ale mus to mus. Co mówił hrabia? Że będzie podmuch? To lepiej wysiądę z auta.

– Nie – pokręcił głową Igor. – Zostań w środku, tylko drzwiczki otworzę. Gdyby coś poszło nie tak, zatrzasnę, żeby stonka się nie rozproszyła, a ty próbuj się skoncentrować... Masz jakieś ostatnie życzenie?

– Jeśli zginę, dasz w mordę dyrektorowi naszej fabryki i powiesz mu, że jest idiotą.

– Załatwione.

– Skoro to takie niebezpieczne, może sam to załatwię? – bąknął Greg. – Pies zawsze się jakoś przemknie.

– To ogromny kompleks, nie będzie łatwo odszukać kostnicy – zaoponował Marek. – We dwóch szybciej znajdziemy. Trzeba się tylko rozdzielić... Kieruj się zapachem formaliny.

– Nie wiem, jak pachnie. – Chłopak rozłożył bezradnie ręce. – Ale za to dobrze pamiętam zapach Gosi.

– Obwąchiwałeś ją?! – zdumiał się ślusarz. – Po co?

– Nie mielcie ozorami po próżnicy, każda chwila się liczy – warknął Igor. – My wysiadamy, a ty machnij się w nietoperze.

Stanęli obok auta. Opodal, brzęcząc i chrzęszcząc, przejechał tramwaj. Marek odczytywał z kartki długie i skomplikowane inkantacje. Dmuchnęło tak, że samochodem zatrzęsło. Igor na wszelki wypadek zatrzasnął drzwiczki, a dopiero potem zajrzał ostrożnie przez szybkę.

– O, w mordę – wykrztusił.

– Jakie milutkie i puszyste – rozczulił się Greg.

Siedzenia i podłogę pokrywała kilkuwarstwowa masa rudych zwierzątek.

– No tak, wiewiórka waży jakieś ćwierć kilo, to z Marka zgodnie z prawem zachowania masy wyszło ponad dwieście... – policzył szybko spawacz. – Gorzej z inteligencją, jeśli się rozproszą, będzie katastrofa...

Uchylił drzwi i zwierzaczki jak rudy dywan wysypały się z auta, a potem ławą pomknęły w stronę budynku szpitala.

– Na mnie też już pora. – Greg rozsunął suwak wszyty pod pachą kurtki i przenicował się w wilka.

Wilk i wiewiórki obiegły skrzydło dookoła. Drzwi były tu tylko jedne, ale gdy drapieżnik skoczył na klamkę, okazało się, że zamknięto je na głucho. Znaleźli za to zsyp do węgla nakryty przerdzewiałą klapą. Bestia złapała zębami za skobel i bez większego wysiłku uchyliła właz. Rzeka wiewiórek wlała się do podziemia. Greg skoczył w ślad za nimi. Wylądowali na stosach koksu. W kącie drzemał wielki piec centralnego ogrzewania. W głąb szpitala prowadziły drzwi. Te też były zamknięte, na szczęście na prymitywną zasuwkę. Wilk zamienił się w chłopaka i przesunął rygiel.

Korytarz, słabo oświetlony nielicznymi żarówkami, ciągnął się w dwie strony. Wiewiórki zatrzymały się na moment niezdecydowane, a potem pomknęły w lewo. Chłopak szybkim marszem ruszył w przeciwnym kierunku.

– Rozdzielenie się podwaja nasze szanse – mruknął.

Mijał jakieś pomieszczenia. Drzwi przeważnie nie były oznakowane, ale domyślał się, że to jakieś magazyny. Nigdzie nie czuł zapachu dziewczyny. Minął kilka rozwidleń korytarzy. Skręcał na chybił trafił. Tunele najwyraźniej przeprowadzono pod całym kompleksem szpitalnym, niczym monstrualne kretowisko.

Nieoczekiwanie gdzieś w półmroku rozległo się ponure człapanie. Kroki zbliżały się. Chłopak przylepił do twarzy uśmiech. Zza rogu wyszła sprzątaczka. Kobieta była w nieokreślonym wieku, ubrała się w typowy fartuch w grochy. W jednej ręce niosła wiadro, a w drugiej wyleniałą szczotkę.

– Przepraszam panią najmocniej – odezwał się uprzejmie. – Jestem studentem... Pobłądziłem w tych labiryntach, a mam być za pięć minut w prosektorium...

– A to pójdzie prosto, potem w lewo i jeszcze raz prosto, a potem za smrodem chemikaliów, takie białe drzwi, zresztą tabliczka wisi. Się pospieszy, bo profesor z resztą już pewnie kroją tę małą, co ją rano przywieźli.

– Dziękuję pani serdecznie.

– A wiewiórek po drodze nie widział? – zagadnęła.

– Wiewiórek?

– Podobno całe stado tu gania... Kazali przegonić. – Potrząsnęła groźnie kijem szczotki, a w jej głosie zabrzmiała nieskrywana duma, że to właśnie jej powierzono tak skomplikowane zadanie.

– Wiewiórek ostatnio nie widziałem – bąknął. – Zresztą co by tu robiły?

– Jakby przyuważył, niech da znać.

– Oczywiście, zamelduję gdzie trzeba – zapewnił solennie.

Kobieta poczłapała w półmrok, a on schował się za rogiem, zamienił w zwierzę i pognał kłusem we wskazanym kierunku.

Niewielkie prosektorium urządzone było w przyziemiu na tyłach kompleksu. Siwowłosy profesor pchnął drzwi. Za nim wkroczyła dwójka studentów. Woń formaliny dźgnęła ich prosto w nozdrza. Dopiero po chwili poczuli, że pod zjadliwym zapachem odczynników chemicznych kryje się jeszcze coś paskudniejszego...

Na stalowym stole sekcyjnym czekało już ciało nakryte prześcieradłem.

– Oto nasz obiekt. – Uczony jednym ruchem ściągnął tkaninę. – Niezidentyfikowana dziewczyna, wzrost sto pięćdziesiąt osiem centymetrów, waga pięćdziesiąt dwa kilogramy, wiek pomiędzy szesnastym a osiemnastym rokiem życia. Przyczyna śmierci: potrącenie przez niezidentyfikowany samochód. Dziś rano się to stało.

– Niezidentyfikowana? – podchwycił student.

– Taaa... Miała przy sobie legitymację szkolną nieaktualną od ponad roku, w dodatku wystawioną na nazwisko Małgorzata Brona. Jak sprawdziła milicja, prawdziwa właścicielka legitymacji w ich ewidencji figuruje jako zmarła tragicznie ubiegłej wiosny. Tak więc dziewczyna nie żyje, sprawcy nie wykryto, a oficjalnie w ogóle jej nie ma. Możemy sobie kroić do woli. Nasza akademia potrzebuje dobrych preparatów anatomicznych do kolekcji dydaktycznej.

– A śledztwo? – zainteresowała się jego towarzyszka. – Panie profesorze, przecież takie zwłoki to dowód przestępstwa...

– Już umorzone z powodu niewykrycia sprawcy.

– To znaczy, że w ogóle go nie szukali?! – zdumiał się chłopak.

– Przypuszczam, że rozjechał ją jakiś ważny ubek lub partyjniak, ewentualnie synalek kogoś ważnego. Sami rozumiecie. – Uczony wzruszył ramionami.

Podszedł do szklanej szafki, wyjął z jej wnętrza skalpel i ręczną piłkę z niklowaną rączką. Układał kolejne narzędzia na metalowej tacy.

– Czyli de facto mamy zatrzeć ślady zbrodni? – bąknęła studentka.

– To trochę za mocne słowa, pani koleżanko, i lepiej nie wyskakiwać z takimi uwagami. Zwłaszcza w murach tego akurat szpitala. – Profesor uśmiechnął się smutno. – Aczkolwiek pani przypuszczenia nie odbiegają jakoś szczególnie od rzeczywistości... Ale to nie nasza sprawa. Do dzieła. Najpierw ją sobie rozbierzemy z ubrania, a potem na części – zażartował.

Ujął nożyce. Rozciął bluzkę i minispódniczkę. Kryształki błysnęły żałobnie, gdy wrzucał tkaninę do tekturowego pudła. Ściągnął ze stóp nieboszczki szpileczki, a potem zdjął rajstopy. One także poleciały w ślad za resztą ubrań.

– Paradowała tak w końcu lutego po ulicy? – zdumiał się student. – W kusej mini, na szpilkach i w cieniutkich rajstopkach? Nie było jej zimno?

– Pewnie jej kurtką zaopiekowała się załoga karetki. – Lekarz skrzywił się demonstracyjnie. – Co do reszty stroju, wie pan, panie kolego, kobieta, żeby się upiększyć, gotowa jest na każdą ekstrawagancję. Mam rację? – Dał studentce przyjacielską sójkę w bok.

– No nie do końca – mruknęła dziewczyna. – Ja tam nie lubię marznąć...

– Ale tak z prawie gołymi nogami i w bucikach dobrych może do teatru wyłazić na nasze błoto? To jakiś idiotyzm...

– Dziewczyny lubią się podobać chłopakom – rozwijał teorię uczony. – Może goniła na randkę? A może pracuje gdzieś w okolicy i wyszła tylko na moment? To nie nasze zmartwienie.

Szczękając nożycami, rozciął halkę. Pod nią pojawiła się fantazyjna bielizna, wydziergana pracowicie na szydełku z kolorowego kordonka.

– A niech mnie! – sapnęła studentka. – Ależ to niesamowity kawał pracy... Koroneczki jak z włoskiej manufaktury!

– Pani koleżanko – profesor postukał trzonkiem skalpela o stół – proszę się nie zajmować bzdetami. Macie być lekarzami. Nie interesuje was ubranie, ani nawet skóra, tylko to, co w środku. W naszym zawodzie niejeden raz trzeba patrzeć prosto w serce człowieka.

– Szkoda, że nie mój rozmiar – mruknęła dziewczyna z nutką żalu w głosie. – Ale na bazar zanieść, niezły pieniądz można by zgarnąć...

Profesor wraz ze studentem, nie zwracając na nią uwagi, zręcznie wyłuskali Gosię z reszty szatek.

– Jak państwo widzą, na ciele nie widać śladów urazu, który spowodował zgon. – Uczony zlustrował zwłoki. – Ciekawe, z protokołu wynika, że uderzyło w nią auto, przekoziołkowała przez dach, leciała jakieś pięć metrów w powietrzu... Powinna mieć połamane kości i wybroczyny podskórne... Otarcia na rękach i nogach. A tu nic. Czyżby przyczyną zgonu był krwotok wewnętrzny albo uraz mózgu czy rdzenia kręgowego?

– Nie ma też plam opadowych, posinienia paznokci i warg ani żadnych śladów stężenia pośmiertnego! – bąknął student, zezując do swoich notatek.

– Ona wygląda bardziej jak śpiąca czy nieprzytomna niż jak trup! – dorzuciła jego koleżanka. – Na pewno nie żyje? Może to tylko letarg?

– Czyżbym się aż tak pomylił!? – wykrztusił skonfundowany profesor, a potem ujął stetoskop i przyłożył pod lewą pierś denatki. Przypomniał sobie paskudną wpadkę sprzed lat, gdy omyłkowo wystawił akt zgonu. Był wtedy młodym lekarzem. Pacjent, którego przywieźli mu na ostry dyżur, nie zdradzał żadnych oznak życia, więc uznano go za zmarłego. Potem dopiero okazało się, że plamy powstałe na skutek picia denaturatu wzięto za opadowe. Omal nie złamało to kariery przyszłemu profesorowi, bo domniemany nieboszczyk nie dość, że się obudził, to jeszcze pobił pracownika kostnicy...

Długo się wsłuchiwał, aż wreszcie pokręcił głową.

– Nie ma ani akcji serca, ani pracy płuc. Skóra chłodna. To sztywny... No niezbyt sztywny, ale zimny trup, choć nie rozumiem, dlaczego nie mamy pełnego obrazu *rigor mortis*.

Z rosnącym zdumieniem obejrzał paznokcie. Przyłożył na wszelki wypadek lusterko do ust denatki, a potem uchylił jedną powiekę i błysnął w źrenicę kieszonkową latareczką. Wreszcie dziabnął ją skalpelem w czubek palca.

– Źrenice nie reagują – mruknął całkowicie już uspokojony. – Choć oczy jeszcze nie zmętniały. Dziwne. Naprawdę niecodzienny przypadek! Ale jest z całą pewnością definitywnie martwa.

– Zwłoki świętych nie ulegają rozkładowi – westchnął praktykant, unosząc nabożnie oczy ku sufitowi. – A ona wygląda jak anioł...

– Czy pan, panie kolego, nie jest przypadkiem pedofilem-nekrofilem? – Oczy uczonego błysnęły złowrogo znad szkieł okularów.

– Ależ skąd, przecież sam pan mówił, że wiek około osiemnastu lat. Tylko chciałem powiedzieć, że całkiem ładnie wygląda tak bez ubrania.

– Jakby była świętą, toby nie nosiła takiej fikuśnej bielizny i cekinowanej miniówy – mruknęła jego koleżanka. – Zresztą łatwo można sprawdzić, czy to była jeszcze dziewica – podsunęła.

Profesor ofuknął ją ostro.

– W obliczu majestatu śmierci należy zachować elementarną powagę – łajał. – A nieboszczykowi okazać elementarny szacunek.

– Ale ja nie miałam na myśli nic niestosownego – tłumaczyła się studentka. – Chcę robić specjalizację jako ginekolog położnik... Pomyślałam, że korzystając z okazji, zajrzę...

– W domu weźmie pani lusterko i sobie zajrzy! – Pogroził jej palcem. – Plan pracy jest następujący: zbadam teraz głowę, potem otwieramy ciało, pobieramy narządy wewnętrzne do kolekcji dydaktycznej. Warto by również wypreparować kości rąk. I chyba czaszkę. Reszta, no cóż, do spalarki... – Wskazał drzemiący w kącie piec.

Obmacał szyję denatki, szukając urazów karku, a potem otworzył usta domniemanej nieboszczki i syknął zaskoczony.

– Popatrzcie, moi drodzy. – Stuknął trzonkiem skalpela w jeden z kłów. – Zębiska jak u jakiegoś wampira.

– Paradontoza? – zapytał niepewnie student.

– Gdzie tam, dziąsła zdrowe. To raczej przerost uzębienia. Atawizm. Niezwykłe, bo nie widzę nagromadzenia innych cech recesywnych. Ale spokojnie, odetniemy głowę, wypreparujemy czaszkę i jak antropolodzy wszystko pomierzą, z pewnością niejednego się dowiemy...

W tym momencie klamka szczęknęła i drzwi sali sekcyjnej uchyliły się z upiornym zgrzytem. Wszyscy podskoczyli. Przez próg przeskoczył wielki, wyleniały wilk.

– A to co? – zdumiał się uczony. – Kto tu wpuścił tego zwierzaka?!

– Pewnie milicyjny burek któregoś z pacjentów. Przecież masa mundurowych tu leży – zbagatelizowała studentka.

Korzystając z faktu, że uwaga mężczyzn skupiona była na zwierzaku, zwinęła pospiesznie bieliznę Gosi i upchnęła w swojej torebce. Wilk usiadł po psiemu przed nimi, zamerdał ogonem i zaskamlał przymilnie.

– Czego on, u licha, chce? – zdumiał się profesor.

– Może głodny – podsunęła dziewczyna.

– Urżnąć dla niego jakiś kawałek? – Student niepewnie ujął skalpel i przeniósł wzrok z psa na nieboszczkę.

– Czego chcesz, piesku? – zapytał uczony.

– Nie jestem psem, tylko wilkiem. A tak dokładniej, wilkołakiem. A chcę dziewczyny! – odpowiedziała bestia ludzkim głosem.

Przemawiała bardzo stanowczo.

– Że co?! – wykrztusił profesor.

W tym momencie zawiasy zaskrzypiały ponownie i z korytarza przez uchylone drzwi wtargnął żywy dywan kilkuset wiewiórek.

– A sio! – Profesor tupnął nogą. – A kysz!

Zwierzaki, ignorując go zupełnie, skakały w jedno miejsce, tworząc ruszający się rudy stos. Studenci stali jak zaczarowani. Tymczasem zwierzaczki zaczęły zlewać się w jedno.

– Oddawajcie moją dziewczynę! – warknął wilk.

– Ty głupi burku, nie myśl, że jak nauczyłeś się mówić, wolno ci rozkazywać milicyjnym lekarzom! – Oburzony profesor sięgnął po skalpel.

Bestia otworzyła paszczę i wywróciła się na nice. Łomot trzech ciał walących się na podłogę zlał się w jeden głuchy stuk, kiedy ludzie w kitlach zgodnie zemdleli. Greg podniósł się na równe nogi i podbiegł do stołu sekcyjnego. Rzucił okiem i zamarł. Gapił się jak zaczarowany, tymczasem stos wiewiórek powoli zlał się do końca w postać wampira.

– Oż cholera – westchnął Marek i wypluł kłąb rudej sierści. – Ależ to upierdliwe sterować taką chmarą w jednym kierunku. Worek pcheł byłoby łatwiej upilnować! I jeszcze ten obraz z kilkuset ślepi jednocześnie, kota można dostać. A ty co się tak gapisz?

– Tak jakoś... Widok trochę niecodzienny – mruknął Greg, ocierając ślinę z brody. – Prawiczkiem jestem i jakoś nie było okazji obejrzenia na żywo gołej...

– Jakie znowu na żywo?! W prosektorium jesteśmy – ochrzanił go ślusarz.

Wilkołak tytanicznym wysiłkiem woli zmienił wyraz twarzy na mniej rozmarzony i oderwał spojrzenie od piersi Gosi.

– Dobra, trzeba się stad wynosić, zanim dojdą do siebie – mruknął Marek. – To chyba jej ubranie... – Grzebał w pudełku. – Idioci spódnicę pociachali. Dziwne, nie ma bielizny. Czy ona nie nosi majtek? – Spojrzał na chłopaka.

– Nie wiem, nie sprawdzałem, aż tak dobrze się nie znamy – bąknął wilkołak. – To wy z nią mieszkacie...

– Czekaj, to chyba agrafki... – Marek wyciągnął z szafki pudełko.

Szybko pospinał pocięte części garderoby do kupy. Greg naciągnął nieprzytomnej rajstopy, potem podane przez wampira halkę i bluzkę, mini, a na koniec wetknął na stopy szpilki i dopiął paseczki.

– Gdyby tak wziąć ją na nosze... – rozważał Marek. – Szlag by trafił, wachmani przy wejściu nas zatrzymają. Chyba żeby... Tak się zastanawiam, jeden znajomy mówił mi kiedyś, że wiewiórki z Łazienek w czasie wojny wciągnęły na drzewo, wykończyły i zeżarły esesmana... To znaczy może nie są szczególnie silne w pojedynkę, ale jak zbierze się do kupy dwieście pięćdziesiąt...

– Czyli próbujemy wyjść głównym wyjściem?

– Głównym to może nie, ale tym od strony ogródków mamy szansę. Wprawdzie jest tam dwóch strażników...

– Do dzieła!

Greg znowu machnął się w wilka. Wampir wymówił zaklęcie. Tym razem wiewiórek wyszło mniej, ale za to były większe, prawie wielkości kotów. Kilkadziesiąt wskoczyło na stół, podniosło Gosię i zeskoczyło na dół. Dziewczyna zamiotła tylko niegroźnie podłogę włosami i już żywy dywan niósł ją do wyjścia.

Dwaj wachmani właśnie ukradkiem zaciągali się petami, gdy w korytarzu prowadzącym do drzwi spostrzegli jakiś ruch. Młodszy pstryknął fajkę na zewnątrz.

Starszy, bardziej doświadczony, zdusił żar i ukrył papierosa w dłoni.

Przodem biegł wyleniały wilk wielki jak z bajki o Czerwonym Kapturku. Za nim stado złożone z około dwóch setek wiewiórek niosło na grzbietach nastolatkę w kusej mini. Dziewczyna leżała zupełnie bezwładnie i wyglądała na nieboszczkę. Zgroza odjęła milicjantom mowę.

– Salutować, bałwany! – warknął wilk. – I drzwi otwórzcie! Gdzie jest czerwony dywan?! Księżniczka wiewiórek zakończyła leczenie!

Odruchowo wykonali polecenia. Wilk przebiegł pomiędzy strażnikami, a w ślad za nim żywy dywan z wielkich jak koty rudych zwierzątek uniósł zwłoki domniemanej księżniczki. W ciągu kilkunastu sekund dziwaczny pochód zniknął za węgłem budynku.

– Widziałeś to? – bąknął jeden ze strażników, spuszczając zmieszany wzrok.

– Nic nie widziałem i dobrze ci radzę, jakby kto pytał, też nic nie widziałeś! – poradził surowo drugi i pstryknąwszy zapalniczką, zaciągnął się ukrytym w dłoni papierosem.

Igor czekał już przy dziurze w siatce. Otworzył drzwiczki. Wilk wskoczył od razu na tylne siedzenie. Wampir podniósł Gosię i umieścił ją obok Grega, opuścił fotel i skoczył za kierownicę. Wiewiórki wypełniły resztę pojazdu. Spawacz nie czekał nawet na pełną materializację przyjaciela, dał gaz do dechy.

– O, w mordę, nigdy więcej – wymamrotał Marek, przybierając z powrotem ludzką postać. – Nie znoszę wiewiórek. Nie cierpię szyszek ani orzechów. W dodatku musiałem cały czas walczyć z ich instynktem i pilnować, żeby nie wdrapywały się na mijane sprzęty.

Gosia westchnęła i uchyliła powieki. Rozejrzała się zdezorientowana po ciasnym wnętrzu fiacika.

– Co się stało? – wymamrotała.

– Wpadłaś pod samochód i chcieli cię pokroić w milicyjnym szpitalu. Uwolniliśmy cię! Najważniejsze, że się udało! – wysapał Greg. – Aczkolwiek jak pomyślę, ile osób nas widziało... – Wzdrygnął się.

– Po pierwsze nikt nas nie rozpozna, wyglądaliśmy przecież zupełnie inaczej niż normalnie – uspokoił go ślusarz. – Po drugie do dziury biegliśmy obok skrzydła psychiatrycznego. Nawet jak ktoś zauważył nas przez okno, nikt mu nie uwierzy.

OSTATNIA KREW

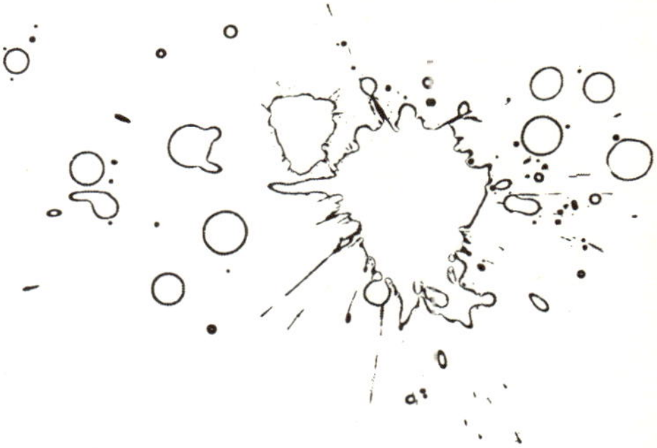

Technik Zenek wyszedł z fabryki ponury jak chmura gradowa. Wiosenne słoneczko, wiatr na twarzy, zieleniejące listki na drzewach, te wszystkie przejawy budzącego się życia tylko jeszcze bardziej go dobiły. Zwykli ludzie depresję mają zazwyczaj jesienią i wiosną, a byty bionekrotyczne chandra dopada zasadniczo tylko w tym drugim terminie.

– Do dupy to wszystko – myślał. – Niby przedtem też wszystko było do dupy, ale póki życia, póty nadziei, a teraz... Teraz łażę jako zombiak, aż się rozpadnę na kawałki. A już mi sieje plamami po brzuchu. Jeszcze trochę i zacznę śmierdzieć tak, że żaden Odekolon tego nie zamaskuje...

Ktoś pomachał mu radośnie z przystanku. Technik rozpoznał młodą wampirzycę. Odpowiedział odruchowo i ruszył ku niej przez ulicę.

– A ty co taka uhecowana? – skrzywił się, podchodząc. – Czego chcesz?

– Ciebie! – Gosia posłała mu zębaty uśmiech.

– W sensie seksualnym znaczy? – Popatrzył na nią koso.

Z tego, co wiedział, miała osiemnaście lat, ba, nawet już ze dwa lata miała tę osiemnastkę, ale figurą przypominała raczej piętnastolatkę, a zachowaniem... Nawet gdyby był żywy, raczej nie zdecydowałby się na tak niedojrzałe danie.

– Przecież wam, wampirom, się nie chce, bo popędu nie macie, a ja... – skrzywił się. – Wiesz, zombiaki... – zaczął i znów urwał.

Przyznanie się do impotencji nawet przed tym dzieckiem uznał za uwłaczające jego godności. Zastanawiał się przez chwilę, jak wybrnąć z niezręcznej sytuacji, jednak nic nie wymyślił.

– Wybacz głupie pytanie, ale tak się zastanawiam, czy ty lubisz być zombiakiem? – zaszczebiotała radośnie.

Boże, jaka ona jest głupia! – pomyślał. A gadają, że zwampirzenie podkręca IQ o dwadzieścia do trzydziestu punktów... To jaką idiotką musiała być przedtem?

– Chyba oszalałaś – parsknął. – A co tu do lubienia?! Myślisz, że to fajne łazić po ulicy ze świadomością, że jest się martwym? To jak nieuleczalna choroba. Budzi się człowiek rano i czuje, że koniec zbliża się nieuchronnie... Poza tym co to ma do rzeczy, lubię czy nie? Jestem zombie i będę zombie, aż zdechnę definitywnie. I to, zdaje się, niedługo.

– Profesor rozszyfrował właśnie kolejny rozdział „Necronomiconu" – wypaliła. – To jest chyba odwracalne.

– Że niby co? – zdumiał się.

– To, co się z nami stało, jest odwracalne. Można się odzombiaczyć i odwampirzyć. Wrócić do ciepłych. Ożyć znaczy się.

Po raz pierwszy od przemiany ucieszył się, że jego serce nie bije, boby chyba z wrażenia dostał zawału. Ruszył mimowolnie w stronę domu, a dziewczyna dotrzymywała mu kroku.

– Chcesz powiedzieć, że martwiak może znowu stać się normalny?! Niby jak? Rozkład tkanki... Dziecko, ja nawet mózgu nie mam. Pustka w głowie, mucha, jak jednym uchem wleci, to swobodnie przefrunie i drugim wypada!

– Taaak? To czym wy myślicie? – zdumiała się.

– Cholera wie. A ty sama co? Pół roku w trumnie leżałaś i robaczki cię jadły. Myślisz, że to się cofnie? Albo na przykład ręka. – Zawinął rękaw, pokazując szew. – Maszyna mi urwała, Marek przyszył dratwą. Działa, bo działa, ale taki uraz dla ciepłego... Jak niby sobie wyobrażasz wygojenie się czegoś takiego? Normalnemu człowiekowi jak rękę odetnie, to zespół chirurgów wiele godzin przyszywa. Ścięgno po ścięgnie, żyłka po żyłce... A i to zazwyczaj kiepsko potem działa, bo nerwy się źle zrastają.

– A ja... Sam zobacz. – Zatrzymała się i rozciągnęła dekolt.

Pomiędzy piersiami miała paskudną dziurę.

– Uch – syknął. – Ale cię ktoś załatwił.

– Braciszek rodzony, ścierwo głupie, bagnetem od mosina w plecy – pożaliła się. – Jak dziabnął z tyłu, to aż przodem wyszło! Marek twierdzi, że to zarośnie za kilka lat dopiero.

Przez chwilę podziwiali wzajemnie urazy, niczym czcigodni weterani z dumą prezentujący wojenne blizny, a potem poszli dalej w milczeniu. Po kilku minutach znaleźli się pod domem Zenka.

– Chodzi o to, że to wszystko da się wyleczyć – Gosia pierwsza wróciła do tematu. – Nie dziury i urwane ręce, tylko martwiactwo.

– No nie wierzę... Właź. – Przepuścił ją przodem do klatki.

Po chwili byli w jego mieszkaniu.

– Nie poczęstuję cię niczym, bo szczerze powiedziawszy, nie mam nic do żarcia... Zresztą wy... – urwał. – O co więc chodzi z tym odzombiaczeniem? – Choć uważał to za kompletną bzdurę, mimo wszystko jakaś tam nadzieja zaczęła nieśmiało kiełkować.

– Oj, to proste. Z matematyki wynika. Z zasady, że dwa minusy dają plus. Znaczy się jak wampir ugryzie zombiaka, a zombiak wampira i pociągną każdy krwi tego drugiego, to się obaj odczarują. Tak było napisane.

Poskrobał się po głowie, wydzierając kępkę włosów i kawałek skóry. Pod odłażącym paznokciem błysnęła bielą kość czaszki. Gosia siedziała, uśmiechając się wdzięcznie.

– Gadasz – parsknął. – To by było za proste! Choć z drugiej strony... – skrzywił się. – Hmmm...

– A kto powiedział, że to miałoby być trudne? – wdzięczyła się dalej. – Wszystko, co nas spotkało, to czysta magia... Skoro w tę stronę zadziałało szybko i skutecznie, to może i w drugą podobnie?

– No nie tak znowu szybko, ty z pół roku w trumnie, mnie, zdaje się, trzy dni w robocie nie było. W sumie... Spróbować zawsze można – zaczął ostrożnie.

Położyła się na jego tapczanie.

– Bierz mnie! Hmmm... to znaczy, chciałam powiedzieć, gryź mnie! – Usiadła. – Do krwi – jej głos przeszedł w namiętny szept.

Jeśli to zadziała, może chociaż trochę inteligencji jej zostanie... – westchnął w duchu, siadając obok – bo jak straci jeszcze dwadzieścia IQ, to rany Julek, chyba lepiej z dwojga złego, żeby pozostała wampirzycą...

– No dobra, to trzymaj się, mała, bo pewnie zaboli... Trzy-czte-ry – odliczył i dziabnęli się nawzajem zębiskami.

Kły Gosi weszły w ciało zombiaka jak w masło. Jego ugryzienia prawie nie poczuła. Pociągnęła kanalikami haust. Krew, czy to, co miał w żyłach, była tak obrzydliwa, że ją zamroczyło. Ale przełknęła.

– Fuuuj – jęknęła, odsuwając się.

Czegoś tak paskudnego nie piła nigdy w życiu. Nawet wódka zmiksowana z arbuzem, którą brat zaserwował kiedyś na swoich urodzinach, smakowała o wiele lepiej.

– Błe... – Zombiak Zenek też się skrzywił, jakby rozgryzł cytrynę. – Co za świństwo! Jesteś pewna, że to coś da?

– Nie wiem. – Wzruszyła ramionami. – Ale chyba warto było spróbować.

– Czekaj, mam chyba jakiś plaster w apteczce.

Ruszył do kuchni, ale po chwili poszukiwań zrezygnował. Nie było potrzeby. Rana po jego zębach na szyi dziewczyny zabliźniła się w oczach. Dotknął miejsca, w którym go ugryzła, i namacał tylko dwa niewielkie strupki. Bolesny skurcz nieoczekiwanie przeszył jego pierś. Zaskoczony nabrał haust powietrza i rozkaszlał się. Dziewczyna też kaszlała zwinięta z bólu w kłębek. Doszli do siebie chyba po pięciu minutach.

– Chcesz chusteczkę? – Technik wyciągnął z kieszeni szmatkę.

– Chusteczkę? Po co?

– Łzy ci stanęły w oczach.

– Łzy?!

Dotknęła policzków. Faktycznie, były zupełnie mokre. Otarła je niecierpliwie wierzchem dłoni, rozmazała przy okazji tusz.

– Wampiry nie płaczą... – mruknęła. – A to chyba znaczy, że...

Kolejny skurcz w piersi zgiął ją niemal wpół. Zatoczyła się i runęłaby z tapczanu na ziemię, ale Zenek złapał ją za ramiona i podtrzymał. Poczuła dziwny szum w uszach. Gdzieś z daleka dobiegł jakby stukot. Kolejny zawrót głowy... Pociemniało jej w oczach.

Ocknęła się kompletnie zdezorientowana. Leżała pod samą ścianą. Dziewiętnastowieczny mur ziębił jej pośladki przez cienki materiał miniówy. Technik obejmował ją ramieniem. Jego dłoń była dla odmiany przyjemnie ciepła.

– Czy... – zaczęła. – A niech mnie!

– Pulsuje ci żyłka na szyi – poinformował. – Krążenie wróciło! U mnie też. To działa!

Popatrzyła na niego. Twarz zombiaka odzyskała już normalny ludzki kolor. Gdy zdjął ciemne okulary, okazało się, że jego źrenice w niczym już nie przypominają oczu śniętej ryby.

– Jesteśmy ciepli! – szepnęła. – Masz może lustro?

Puścił ją i po chwili przyniósł z kuchni to, którego używał do golenia. Zajrzała do niego nieśmiało. Jej wizerunek przypominał odbicie w wodzie. Był nieostry, rozmazany...

– Oj, chyba nie do końca jeszcze puściło – zauważył. – Czekaj, mam chyba termometr...

Gosia włożyła sobie termometr pod pachę tak, żeby widzieć podziałkę. Przez chwilę nie działo się nic, a potem słupek rtęci drgnął i ruszył do góry. Patrzyła, jak najpierw szybko, potem coraz wolniej, uparcie pnie się coraz wyżej i wyżej.

– Trzydzieści sześć i sześć – szepnęła wzruszona. – Ja naprawdę... żyję!

Spojrzała na swoje blade dłonie. Opalą się... Wreszcie będzie wyglądała jak człowiek, a nie jak porcelanowa lalka... Świat wokoło zawirował. Wszystko nagle wydało jej się wesołe i kolorowe. Zajrzała sobie w dekolt. Po ranie zadanej bagnetem pozostała tylko śliczna blizna w kształcie gwiazdki.

Symetrycznie, równiutko między piersiami, ucieszyła się. To lepsze niż tatuaż! Ale mi kumpele będą zazdrościć!

– Jak z twoją ręką? – zainteresowała się.

Zenek podwinął koszulę. Wyskubał resztki dratwy ze skóry. Ogorzałe przedramię znaczyła tylko cienka blizna. Zgiął palce, rozprostował.

– Sam nie wiem – mruknął. – Niby wszystko działa... Ale wiesz, Marek wsadził tam stalowy sztyft i butaprenu nie żałował. Chyba na wszelki wypadek trzeba będzie wpaść do zakładowego łapiducha i to prześwietlić.

– No może... Ale ja sądzę, że organizm to wchłonie. Żelazo to mikroelement, no nie? To nawet chorym się w tabletkach daje... Znaczy potrzebne dla fizjologii i tak dalej.

– Niby tak, ale raczej nie w postaci trzydziestocentymetrowych gwintowanych trzpieni ze stali narzędziowej. – Uśmiechnął się.

– A co to jest trzpień? – Wytrzeszczyła oczy.

Nie, podkręcenie inteligencji jednak cofa się wraz z odwampirzeniem, zrozumiał.

– To ja zmykam. – Poderwała się radośnie z leżanki. – Czeka na mnie cały wielki, wspaniały świat, dyskoteki, chłopaki, trzeba się cieszyć wiosną.

Technik poczuł naraz, że ta mała może wcale nie jest za młoda i w zasadzie można by pocieszyć się razem z nią tym i owym, ale nim sformułował tę myśl do końca, dziewczyna już wybiegła za próg. Podszedł do drzwi.

– Dziękuję! – rzucił za nią.

Odwróciła się na schodach.

– Ale za co? Aaaa... no tak. To ja też ci dziękuję.

I pobiegła, przeskakując po trzy stopnie. Wyskoczyła z bramy na chodnik. Warszawski wiaterek owiał

jej twarz. Na przystanek tramwajowy miała raptem parę kroków i akurat nadjeżdżała trzynastka.

– A kły to się najwyżej u dentysty spiłuje na krótko – pomyślała, dotykając odruchowo językiem swojej klawiatury.

Ale zaraz przekonała się, że i uzębienie wróciło do stanu sprzed zwampirzenia. Teraz dopiero poczuła, że jest głodna jak wilk. Wysiadła koło bazaru Różyckiego. Kupiła w przyczepie bułkę nadziewaną pieczarkami i spałaszowała, aż jej się uszy trzęsły. Przez tak długi czas odżywiała się krwią, że zdążyła zapomnieć smak prawdziwego jedzenia.

Nie za dużo na raz, ostrzegła się, wcinając trzecią bułę. Żołądek mógł odwyknąć od trawienia! W ogóle organizm był tyle czasu martwy, że cholera wie jak zareaguje! Jeszcze mnie rozwolnienie złapie, a nie siedziałam na sedesie ponad rok, mogłam zapomnieć, jak się to robi!

Wsunęła rękę pod bluzkę i przyciskając mocno, wyczuła bicie serca. Wciągnęła powietrze. Płuca pracowały normalnie, od tego też zdążyła odwyknąć. Przez ostatnie miesiące nabierała tchu tylko do mówienia. Czuła wręcz, jak krew krąży jej w żyłach.

– Jestem normalna! – wrzasnęła na głos.

Kłębiący się przed bazarem tłum zamarł na chwilę. Gosia pod ostrzałem ciekawskich spojrzeń zaczerwieniła się jak burak.

– Normalna? Właśnie widać – zarechotał jeden ze stojących pod bramą dyżurnych kombinatorów.

– Za wcześnie tabletki odstawiłaś. – Nastoletni Cyganiak wyszczerzył w uśmiechu rzędy złotych zębów.

Zignorowała palantów. Gonitwa myśli wręcz ją oszałamiała. Ostatni raz tak zagubiona była, gdy dowiedziała się, że jest wampirem. Teraz też uświadomiła sobie ze zdumieniem, że kompletnie nie wie, co robić.

– Iść do Marka jakoś nijak – pomyślała. – Ja jestem ciepła, a oni wampiry. Wyssą mnie, nawet nie złośliwie, ale taki odruch mogą mieć... Kumplować możemy się nadal, ale lepiej na odległość. Chyba że i oni zechcą się wyleczyć. Wracać do domu? Za wcześnie. Najpierw trzeba będzie rodzince jakoś delikatnie wyjaśnić, że już jestem żywa. Cholera, pewnie zaraz zagonią mnie, żebym jednak zdała maturę.

Pierwszy raz zorientowała się, że bycie ciepłą ma jednak swoje cienie...

– Szkoła, studia, potem zapewne do roboty – skrzywiła się. – Ojciec chyba każe zapisać się do Partii, a braciszek będzie truł o tym socjalistycznym związku studentów czy jak się to nazywa... No, pal diabli, każą, to się zapiszę. Ale jak tu z nimi zagadać? Przyjdę ot tak, z ulicy, to gotowi mnie znowu z dubeltówki zastrzelić... Może zadzwonić najpierw?

I nagle w głowie błysnęła jej genialna myśl.

– Pojadę do Grega – postanowiła. – On jest ciepły i ja jestem ciepła. Nic już nie stoi na drodze naszemu szczęściu. Na pewno ma telefon, to się od niego do moich starych zadzwoni, wytłumaczy rodzince, przygotuje na mój triumfalny powrót. I... a niech mnie! Pójdę z nim do łóżka, teraz, zaraz, dzisiaj! Będziemy się radośnie bzykali całą noc, będziemy szczęśliwi, wszystko dobrze się skończy jak w filmowym happy endzie... A potem może nawet się pobierzemy, bo dlaczego nie? Akt zgonu się unieważni, jego rodzice są dziani, na pewno jakoś to załatwią. Albo mój ojciec, przecież ucieszy się, że już nie jestem wampirem, a ma chody w KC PZPR!

Popatrzyła na swoje odbicie w szybie. Było już prawie normalne, więc korzystając, że znów się widzi, przez chwilę ćwiczyła kuszący uśmiech.

– Swoją drogą, ciekawe, dlaczego wampiry nie mają odbić – zadumała się. – Że nie widać nas w lustrze, rozumiem. Srebro, święty metal i tak dalej, kościółkowe zabobony. Ale w wodzie albo szybie... Zresztą to już nie moje zmartwienie!

Namacała w kieszeni plik waluty i zanurkowała na bazar.

Żeby się ładnie przed chłopakiem rozebrać, trzeba się do tego najpierw odpowiednio ubrać. W zadumie przeglądała stosy koronkowej bielizny. A że on taki niedzisiejszy, szarmancki świętoszek, to muszę go najpierw odpowiednio zachęcić, żeby się skusił... I tych, no, prezerwatywów trzeba by gdzieś kupić. Albo nie! – nagle błysnęła jej genialna myśl. Jak w ciążę zajdę, to przecież nie będę musiała do budy chodzić!

Wysiadła z tramwaju i ruszyła ścieżką przez chaszcze. Euforia wręcz ją rozpierała. Sobotnie popołudnie było ciepłe.

Powinien być w domu, rozważała. A jakby go nie było, to zaczekam. Pójdziemy do jego pokoju... A potem... Eeee... Uwiodę go. Hmmm... Tylko tak właściwie jak się to robi? W oczy mu popatrzę i przejadę językiem po wargach. To chyba zrobi na nim wrażenie. I założę nogę na nogę... A może lepiej szeroko kolana rozstawię, żeby mógł mi zajrzeć pod spódnicę, chłopaków to podobno rajcuje. Cholera wie dlaczego, bo co oni tam niby mogą zobaczyć? Majtki co najwyżej... Diabli nadali, że też na całym bazarze nie było pończoszek! Ale dobre i kabaretki od biedy.

Rozpięła guzik bluzki, by powiększyć dekolt. Stanik wyjrzał trochę na światło dzienne. Jasna blizna w kształcie gwiazdki pięknie kontrastowała z czarnymi nitkami koronki. Ale dużo to nie pomogło.

Marnie, oceniła. Mariolka to dopiero ma balony... Jakbyśmy byli na Zachodzie, tobym sobie silikon wszyła, a tak... A trudno, pewnie i tak się skusi. Stanę przy oknie tyłem, może podejdzie mnie objąć. A może lepiej on siądzie na krześle, a ja mu wskoczę na kolana? Nie, cholera, tak nie wypada chyba... Ale jak się uwodzi tak, żeby wypadało? Coś by chyba trzeba doczytać, albo lepiej na filmie obejrzeć.

Obcasy szpilek strasznie grzęzły w ziemi ścieżki. Jeszcze kawałek... Potykała się co krok, a jednocześnie musiała patrzeć pod nogi, bo psich kup leżało od groma.

– Khm – ktoś chrząknął.

Zaskoczona podniosła głowę, ale już było za późno. Na ścieżce przed nią stała babcia Adelajda z Luną u nogi. Radek z lizusowskim uśmiechem czaił się za plecami staruszki. Dziewczyna rzuciła spanikowanym spojrzeniem na boki, ale pułapka już się zatrzasnęła.

Bezlistne krzaki dosłownie roiły się od wąsatych starców w maciejówkach. Najstarszy i najbardziej wąsaty podawał właśnie staruszce futerał na skrzypce.

Co, u licha, przecież ona nawet na pianinie nie gra? – zdumiała się Gosia.

Trzasnęły zatrzaski i babcia czarodziejskim ruchem wydobyła ze środka pepeszę. Gosia poczuła, że musi coś powiedzieć.

– Eeee... Dzień dobry! – wykrztusiła.

– Jednym dobry, drugim ładny, trzecim ostatni. Posrebrzone kule. *Hasta la vista*, wnuczko. – Starowinka z sarkastycznym uśmiechem uniosła spluwę i odbezpieczyła z trzaskiem.

– Babciu, skąd znasz hiszpański!? – Dziewczyna wytrzeszczyła oczy ze zdumienia.

– Z czasów służby w falandze u generała Franco – wyjaśnił wąsaty i uśmiechnął się do pięknych wspomnień młodości. – Siekliśmy wtedy komuchów jak kapustę. – Spojrzał krzywo na Radka. – Pani major kropnie ją sama, czy może...

– Pani major?! – Gosia rozdziawiła buzię. – Babciu, dlaczego nic nie mówiłaś...

– A komu miałam opowiadać? – odwarknęła staruszka. – W domu sama czerwona swołocz... No właśnie. To dobra okazja. Pokaż, po czyjej jesteś stronie. – Stanowczym gestem wręczyła pistolet maszynowy wnukowi.

– Ale ja... – Radek nerwowo przełknął ślinę. – Ja nie umiem...

A potem tytanicznym wysiłkiem woli przełamał się. Zacisnął wargi, zamknął oczy i szarpnął za spust.

Dziewczyna chciała wyjaśnić, że to pomyłka, że już nie trzeba jej likwidować, ale coś uderzyło ją w mostek i świat fiknął fikołka... Zapadła ciemność, jakby ktoś zgasił światło.

Przebudzenie nie należało do szczególnie przyjemnych. Było jej ciasno, twardo i niewygodnie. Gosia uchyliła powieki. Noktopia wróciła, dziewczyna znów doskonale widziała w ciemności. Ciasna skrzynia o charakterystycznym kształcie...

– Diabli nadali, znowu jestem w trumnie?! – jęknęła.

Coś najwyraźniej przeszkadzało jej w mówieniu. Pomacała językiem zęby. Kły ledwo mieściły się w ustach. Poczuła straszliwy głód krwi.

– No tak, zabili mnie i znowu jestem parszywym aseksualnym wampirem – parsknęła. – Wszystkiego parę godzin byłam ciepła. Nawet nie zdążyłam cnoty stracić!

Bez przekonania pchnęła wieko, ale ono od razu zsunęło się w bok. W ogóle nie było przykręcone. Usiadła i rozejrzała się. Zagrzybione ceglane ściany, przepróchniałe trumny czcigodnych przodków straszyły zielenią zaśniedziałych okuć. Zardzewiałe drzwiczki zamykały drogę na zewnątrz.

– O, znajome miejsce – zakpiła gorzko.

Wyglądało na to, że znowu trafiła do krypty pradziadka. Teraz dopiero spostrzegła na podłodze obok plastikową siatkę i jakąś kartkę. Oderwała ją.

Cześć.

Jak już się obudzisz, wpadnij do nas na Pragę, jest parę spraw do obgadania. W torbie masz piłkę do drzwiczek, bilety na tramwaj i ciuchy na zmianę, żebyś nie musiała paradować w trumiennej kiecce po mieście. Kule ci wydłubaliśmy, na szczęście centusie zaoszczędzić chcieli i zamiast srebrnych dali tylko posrebrzone – nie martw się. Pozdrawiam,

Marek.

Zajrzała sobie w dekolt. Nawet w tak marnym świetle spostrzegła liczne czarne otwory znaczące skórę.

– Radek, ty ścierwo! Z cycków mi durszlak zrobiłeś!

Nie wiedziała, czy śmiać się, czy płakać, ale w porę przypomniała sobie, że wampiry nie mają drożnych kanalików łzowych, więc wybrała to pierwsze. Nieliczni zapóźnieni przechodnie, słysząc opętańczy chichot niosący się pomiędzy grobami, odruchowo przyspieszyli kroku.